Joachim Römelt

Voll das Leben

Joachim Römelt

Voll das Leben

Predigten und Geschichten

Fromm Verlag

Imprint

Cover image: www.ingimage.com

Publisher:
Fromm Verlag
is a trademark of
International Book Market Service Ltd., member of OmniScriptum Publishing Group
17 Meldrum Street, Beau Bassin 71504, Mauritius

Printed at: see last page
ISBN: 978-620-2-44175-9

Inhaltsverzeichnis

Kapitel 1: Glauben in einer schönen und schwierigen Welt
Predigten zu herausfordernden Texten und Themen

Das Böse überwinden

„Das Böse überwinden" – da haben wir uns ja was vorgenommen heute. Es fängt ja schon mit der Frage an: was genau ist denn „das Böse" überhaupt? Wer von uns kann das denn definitiv sagen? Übernehmen wir uns nicht, wenn wir beurteilen wollen, was gut und böse ist? Und kann das Wort „böse" nicht sogar selber „böse" Folgen haben? Wie oft hat man Kinder böse genannt, nur weil sie zornig waren oder einen eigenen Willen hatten. Und was hat man ihrer Seele damit angetan. All diese Einwände und Fragen sind richtig und wichtig. Und dennoch: Wenn ich lese, wie brutal Menschen gefoltert werden in so vielen Ländern dieser Erde, wenn ich von Massakern an Menschen lese durch Terroristen oder „reguläre" Truppen, wenn ich von Vergewaltigung oder Missbrauch höre, wenn mir jemand erzählt, wie Menschen gemobbt werden in Schulklassen oder Betrieben, dann spüre ich sehr deutlich: ich kann und will auf das Wort „böse" nicht verzichten. Es gibt Dinge, die müssen wir böse nennen, wenn wir sie nicht verharmlosen wollen. Ich versuche mal eine Art Definition: *Böse ist alles, womit Menschen andere Menschen (und Tiere) willentlich an Leib oder Seele verletzen oder zerstören.*

Und die Frage ist: wo kommt das Böse her, das Menschen einander antun? Wir werden darauf keine letztgültige Antwort finden. Der Ursprung des Bösen bleibt ein Rätsel, das auch in der Bibel nicht gelöst wird. Aber ein paar Spuren gibt es schon.

Der Evolutionspsychologe Thomas Elbert sagt: in jedem Menschen steckt die Lust am Töten. Sie ist tief in unseren Genen verwurzelt. Sie ist im Verlauf der Evolution entstanden, damit unsere Vorfahren die Strapazen der Jagd überhaupt durchstehen konnten. Der Anblick vom Blut des Beutetieres wurde mit Glückshormonen belohnt. Und unter bestimmten Umständen kann sich dieses alte Erbe Bahn brechen, vor allem bei Männern. Es gibt erschütternde Berichte von Soldaten aus verschiedenen Kriegen, die in einen regelrechten Blutrausch geraten sind. Ein Soldat hat das so beschrieben: „Feinde abzuknallen, das ist wie ein Orgasmus." Und das war vermutlich ein ganz normaler Mensch, der zuhause vielleicht ein liebevoller Ehemann und Vater ist. Krieg ist eine Situation, die unsere übelsten Seiten hervorholen kann.

Eine zweite Spur: die Kriminalpsychologin Lydia Benecke arbeitet als Therapeutin mit Schwerverbrechern – Serienmördern, Vergewaltigern und anderen. Viele dieser Menschen haben bei ihren Taten keinerlei Mitgefühl oder Schuldgefühle oder Angst empfunden. Lydia Benecke fragt: Wie sind diese Menschen so geworden? Waren sie schon immer so? Steckt das in ihren Genen? Sie kommt zu einem Ergebnis, das mich sehr berührt. Sie sagt: die allermeisten dieser Täter waren in ihrer frühen Kindheit keineswegs schon gefühllos. Im Gegenteil: sie waren besonders sensible und empfindsame Kinder. Sie haben praktisch alle von klein auf Schreckliches erlebt: körperliche und seelische Gewalt, Missbrauch, völlig unberechenbare Eltern. Das Stresssystem ihres Gehirns ist ständig unter Volldampf gelaufen. Und wenn das Gehirn ständig von Stresshormonen überschüttet wird, dann verändert es sich: gerade die Regionen, die für Mitgefühl und Unrechtsbewusstsein mit zuständig sein, verkümmern. Die Region für Wut allerdings leider nicht. Das bedeutet: die Täter von heute waren praktisch alle mal kleine, ängstliche, ausgesprochen verletzliche Opfer. Das ist keine Entschuldigung. Das betont auch Lydia Benecke ganz deutlich. Aber es hilft, zu verstehen, wie sich Voraussetzungen des Bösen in einem Menschen bilden können.

Die dritte Spur finden wir in der biblischen Geschichte von Adam und Eva und der Schlange im Paradies. Da kommt die Schlange zu Eva und fragt: *„Sollte Gott gesagt haben: Ihr sollt nicht essen von allen Bäumen im Garten?“* Hat Gott natürlich nicht gesagt. Aber schaut Euch mal die *Botschaft* an, die in dieser Frage steckt. Wenn die Schlange recht hätte, dann wäre Gott ein Sadist, weil er Adam und Eva verhungern lässt. Die Botschaft der Schlange lautet: *„Du wirst zu kurz kommen! Du könntest verhungern! Es gibt keine Güte, die Dich trägt!“* Ich fürchte, wir tragen alle die Stimme dieser Schlange in den Tiefen unserer Seele. Es ist die Stimme unserer tiefsten Angst: zu kurz zu kommen, nicht geliebt zu sein, nicht von Güte getragen zu sein, zu verhungern. Und diese Stimme sagt uns: Kämpf um Dein Leben! Mach Dich selbst zu Gott, zum Herrn Deines Lebens! Übernimm die Kontrolle! Beweise allen, wie mächtig Du bist! Es geht beim Bösen letztlich immer um Macht und Kontrolle. Vergewaltigung hat wenig mit Lust zu tun, sie ist eine Machtdemonstration. Ausbeutung, Schikanierung, Demütigung – immer geht es darum, zu zeigen: ich bin mächtiger als Du. Die Botschaft der Terroristen des elften September an die USA lautete: „Wir haben die Macht, Euch jederzeit und überall tief zu verletzen.“ Und die Botschaft der USA im folgenden Irakkrieg war: „Wir haben wieder alles unter Kontrolle. Wir haben die Macht, überall einzumarschieren. Keiner kann uns hindern.“ Wie viel Angst, wie viel Gefühl von Ohnmacht steckt hinter all diesem hochgerüsteten Machogehabe weltweit!
Unser genetisches Erbe, unsere tiefsten Ängste, die Verletzungen, die wir davongetragen haben: all das kann zum Ursprung des Bösen werden. Und jetzt ist die Frage: Wie können wir damit umgehen? Viele sagen, wir müssen das Böse bekämpfen. Manchmal ist das wahrscheinlich so. Einen betrunkenen Schläger, der in der U-Bahn besinnungslos auf jemanden einschlägt, wird man nur mit Körpereinsatz daran hindern können. Und auch beim IS weiß ich nicht, wie man diese Raserei anders stoppen soll als mit militärischer Gewalt. Aber nehmen wir den Kampf gegen den Terror, den die USA nach dem 11. September ausgerufen haben und der zum Irakkrieg geführt hat. Hat dieser Krieg das Böse besiegt oder gebremst? Im Gegenteil: er hat neue Opfer erzeugt, zehntausendfach, neuen Hass, neue Gewalt. Der IS von heute ist auch ein Produkt des Irakkriegs. Und das ist häufig so. Wenn wir meinen, das Böse zu bekämpfen, verstärken wir es oft nur. Und handeln selber böse, vielleicht ohne es zu wollen und oft auch ohne es zu merken.
In der Bibel wird uns ein anderer Weg gezeigt. Paulus beschreibt ihn im Römerbrief so: *„Lass dich nicht vom Bösen überwinden, sondern überwinde das Böse mit Gutem.“* Das Böse nicht mit Gewalt bekämpfen, sondern mit Gutem überwinden. Das klingt wunderschön. Aber ist das realistisch? Und wie soll das gehen? Auch da gibt's keine Rezepte. Aber vielleicht ein paar Hinweise in die richtige Richtung.
Das Erste: Wer dem Bösen entgegentreten will, der muss zunächst einmal *bescheiden und demütig werden.* Der muss sich klar machen: wir schaffen das Böse nicht aus der Welt. Wir sind es nicht, die diese Welt erlösen. Wir brauchen selbst Erlösung. Es ist zum Beispiel eine völlige Illusion, zu meinen: wir marschieren in andere Länder ein und bringen ihnen die Demokratie. Wir können keinen anderen Menschen ändern. Wir können nur uns selbst ändern. Und das kann dann auch auf andere Menschen positiv wirken. Deshalb muss am Anfang des Weges immer die Bitte an Gott stehen: *„Erlöse uns von dem Bösen!“*
Das Zweite: Wer das Böse überwinden will, muss *das Böse in sich selbst anerkennen.* Es ist nicht nur da draußen. Es steckt auch in mir. Könntet Ihr einen Menschen töten? Ich würde gerne sagen, dass ich das niemals kann. Aber da bin ich mir keineswegs sicher. Im Dritten Reich, in Ruanda, in Jugoslawien sind ganz normale, friedliche Menschen plötzlich aufeinander losgegangen und haben Nachbarn, Freunde, Familienmitglieder brutal umgebracht. Ich muss damit rechnen, dass diese dunkle

Möglichkeit auch in mir steckt. Ich darf das Böse in mir selbst nicht verdrängen. Im Gegenteil: ich muss es kennenlernen. Sonst gerät es in den Schatten und wird noch mächtiger.

Dann: Wer das Böse überwinden will, muss *an den eigenen Verletzungen arbeiten*. Unsere Wunden sind oft der Ausgangspunkt von dem, was wir anderen antun. Deshalb müssen wir uns ihnen stellen, sie bewusst machen, den Zorn und die Ohnmacht darüber zulassen und spüren. Wichtig ist: *unsere Gefühle selbst sind niemals böse!* Die Frage ist, wie wir mit ihnen umgehen. Es ist wichtig, einen Ort zu haben, wo wir mit unserer Wut und unserem Schmerz hin können. Es ist wichtig, unsere Verletzungen ins Licht der Liebe Gottes zu stellen und ihn zu bitten, sie zu verwandeln. Unsere Vergangenheit wird dadurch nicht verändert, sie bleibt, wie sie ist. Aber wenn wir uns mit ihr versöhnen, wird sie nicht zur Quelle neuer Verletzungen.

Jesus ermutigt uns in der Bergpredigt, *unsere Feinde zu segnen*. Eine Frau hat mir vor einer Weile eine Geschichte erzählt. Sie hatte einen Kollegen, der sie ungerecht behandelt und schikaniert hat. Sie hat versucht, mit ihm zu reden, aber das hat gar nichts gebracht. Sie war zornig und hatte jede Menge Phantasien im Kopf, was sie mit diesem Kollegen mal gerne machen würde. Irgendwann hat sie sich dann die Frage gestellt: was muss mit diesem Menschen los sein, dass er es nötig hat, mich so zu behandeln? Und sie hat begonnen, für diesen Mann zu beten: „Gott, was auch immer mit ihm los ist: ich bitte Dich, segne ihn! Behüte ihn! Lass ihn das Licht Deiner Liebe spüren!" Dadurch hat sich etwas verändert. Zunächst bei ihr selbst: sie selbst fühlte sich nicht mehr so ohnmächtig und ausgeliefert. Sie war aus der Opferrolle herausgetreten und aktiv geworden. Sie hat die Kette der Verletzungen schon im Ansatz unterbrochen. Und die Gemeinheiten ihres Kollegen trafen sie nicht mehr so sehr, wenn sie sich die Frage stellte: Was muss er erlebt haben, um so zu werden? Sie erzählt weiter, dass sich später sogar das Verhalten des Kollegen geändert hat. Ich weiß nicht, ob das immer so ist. Aber ich bin sicher, dass es *immer wieder* geschehen kann.

Ich habe vor einer Weile die Trauerfeier für einen Mann gehalten, dessen Lebensmotto lautete: *„Verhalte Dich so, dass sich in Deiner Nähe niemand erniedrigt oder gedemütigt fühlt."* Das hat mich tief beeindruckt. Und es ist ein so wichtiger Schlüssel zur Überwindung des Bösen. Seien wir ehrlich: Wir haben manchmal Lust, Menschen zu erniedrigen. Gerade dann, wenn wir uns selber erniedrigt fühlen. Und dann zu sagen: „Stopp! Wie wäre es, wenn einer das mit Dir machen würde?" Das wäre eine wichtige Unterbrechung. Stellt Euch vor, wir würden diese Haltung gerade auch im Umgang mit Kindern verinnerlichen, in der Erziehung. Wir würden lernen, Grenzen zu ziehen, auch Nein zu sagen, aber in einem Ton und auf eine Weise, die nicht erniedrigt. Wie viele Verletzungen würden gar nicht erst entstehen?

Das Letzte und Wichtigste: Ich glaube, wir können das Böse nur überwinden, wenn wir zumindest ahnen, dass wir unbedingt geliebt sind. Wenn wir uns getragen wissen von einer Güte, die stärker ist als jede Bosheit dieser Welt. Es ist genau dieses Vertrauen, das Jesus verkörpert hat mit seinen ganzen Leben und mit seinem Tod am Kreuz. Und für das er geworben hat mit jeder Faser seines Seins. Nur dieses Vertrauen kann letztlich die Ängste beruhigen, die uns immer wieder zum Bösen drängen. Paulus hat im Römerbrief einen unübertrefflichen Gedanken geäußert: *„Ich stehe in Gottes liebender Hand. Und nichts kriegt mich da raus. Ich kann Hunger erleben, Gewalt, Erniedrigung. Nichts davon hat die Macht, mir die Liebe und Güte Gottes zu nehmen, die ich in Christus erlebe."* Das ist die Gegenbotschaft zu dem, was die Schlange im Paradies sagt. Die brauchen wir wie die Luft zum Atmen. Lasst sie uns immer wieder hören und verinnerlichen. Lasst uns einander zu diesem Vertrauen ermutigen. Und lasst uns selbst zu Botschaftern dieser Güte werden. Ich muss immer wieder an einen kleinen Jungen denken, von dem mir einmal jemand erzählt hat, dem zuhause und in der Schule nur

Übles begegnet ist. Gewalt, Vernachlässigung, Misserfolg, Mobbing, alles, was Kinderseelen so richtig beschädigt. Aber auf seinem Schulweg stand ein Haus, in dem eine alte Frau immer am Fenster gesessen hat. Sie hat ihm jedes Mal, wenn er vorbeikam, zugelächelt und gewunken. Der Junge ist später selbst ein liebevoller Vater geworden. Die alte Frau hat ihn gerettet. Sie war mitten in all den üblen Erfahrungen Gottes Stellvertreterin auf Erden, Botschafterin seiner Güte. Wenn sie das konnte, dann können wir das aus. Wir werden das Böse nicht aus der Welt schaffen können. Aber wir können in dieser Welt Botschafter der Güte sein. Und das lasst uns tun! Mit Gottes Hilfe.

Abrahams schreckliche Versuchung
Gedanken zu 1. Mose 22,1-14

Ich weiß nicht, wie es Euch mit dieser Geschichte geht: ich werde mit ihr nicht wirklich fertig. Und kann diesmal nur drei Gedanken unverbunden nebeneinander stellen. Ihr müsst selbst schauen, ob Ihr für Euch eine Verbindung findet. Erstens: **Diese Geschichte ist nicht zu ertragen. Wir müssen mit aller Kraft gegen sie protestieren.** – Zweitens: **Diese Geschichte stellt uns eine schwere, wichtige Frage.** – Und schließlich drittens: **Diese Geschichte enthält eine unglaublich befreiende Nachricht.**
Fangen wir mit dem Unerträglichen an. *„Nimm Isaak, deinen einzigen Sohn, den du lieb hast, und geh hin in das Land Morija und opfere ihn dort zum Brandopfer…“* Was ist das für ein schrecklicher Befehl! Ein Auftrag zum Mord, zum Mord an Abrahams und Saras einzigem Kind (auch wenn dieses „Kind“ der Tradition nach zu diesem Zeitpunkt 37 Jahre alt ist). Wie schrecklich das für Eltern sein muss, macht dieser Satz selbst klar: da wird fast quälend betont: „dein *Sohn* - der *einzige* – den du *liebst*“. Alles wehrt sich in mir dagegen. So was darf man als Vater nicht tun. Und darf Gott so was befehlen? Natürlich kann man jetzt sagen: Du darfst Gott keine Vorschriften machen, er ist souverän, er kann und darf tun und lassen, was er will, er ist der Herr, alles gehört ihm. Er kann geben und nehmen, wie er will. Alles wahr, alles erschreckend richtig. Und trotzdem: nein! Könnt Ihr Euch vorstellen, dass Gott den Mord an einem Sohn befiehlt? Wie sollen wir Gott „lieben und vertrauen“, wenn er das ernsthaft tut? Und dass Gott Abraham mit diesem Auftrag *versucht*, macht es ja nicht viel besser. Erstens fragt man sich, warum Gott so eine Prüfung überhaupt braucht. Weiß er nicht, wie gehorsam Abraham ist? Kennt er nicht die Herzen der Seinen, auch unsere? Und was ist mit dem Jakobusbrief, der klar und deutlich sagt: *„Niemand sage, wenn er versucht wird, dass er von Gott versucht werde. Denn Gott kann nicht versucht werden zum Bösen, und er selbst versucht niemand. Sondern ein jeder, der versucht wird, wird von seinen eigenen Begierden gereizt und gelockt.“* Kann es sein, dass hier gar nicht *Gott* redet, sondern ein Dämon, eine Stimme, die sich als Gott ausgibt? Eine *Vorstellung von Gott,* die Abraham tief in sich trägt – und mancher von uns vielleicht auch? Es ist ja bezeichnend, dass der hebräische Text am Anfang und am Ende der Geschichte *zwei verschiedene Namen* für Gott verwendet: *Elohim* und den unaussprechlichen Namen mit den vier Buchstaben *JHWH.* Der schreckliche Auftrag wird von *Elohim* erteilt, der Engel am Ende spricht dagegen im Namen *JHWHs.* Fast so, als würden hier zwei verschiedene *Gottesvorstellungen* miteinander ringen. Und ist das nicht genau das Problem, dass wir oft Stimmen in uns mit Gottes Stimme verwechseln? Das ist doch genau der große, schreckliche Irrtum jedes religiösen Fanatismus, dass er eigene Begierden, Empfindungen, Zorn, Hass und Rachlust mit Gottes Stimme verwechselt. Ich kann den Gott, an den ich glaube, an dieser Stelle nicht entdecken. Auf der anderen Seite: wer bin ich, dass ich sagen könnte, wie Gott zu sein hat?

Ja, und dann: Abraham. Der hört diesen Auftrag – und führt ihn aus. Navid Kermani hat zu dieser Geschichte geschrieben, dass für ihn „das Ungeheure, das Abstoßende, das Bedrohliche des Glaubens ... zwischen dem zweiten und dem dritten Vers" zu finden sei. Also zwischen dem Auftrag und seiner Ausführung. Was steht zwischen Vers zwei und Vers drei? Ganz genau: nichts! Rein gar nichts. Kein Aufschrei, kein Protest, kein bisschen Widerstand gegen diese unmenschliche Zumutung, kein Ausdruck von Trauer, Entsetzen, Schmerz ... Kermani schreibt: „Er hätte es ohne Wimpernzucken getan." Die Tradition hat Abraham immer als das große Vorbild des Vertrauens und des Gehorsams gesehen und gelobt. Ja, natürlich, *gehorsam* ist er zweifellos. Aber was ist das für ein Gehorsam? Ein Gehorsam, der bereit ist, den eigenen Sohn zu „schlachten" (Vers 10), ein Gehorsam, der ohne Zögern alles tut, was befohlen wird, der jeden noch so grauenhaften und unmenschlichen Befehl auszuführen bereit ist. Ein Gehorsam, wie wir ihn auf den Schlachtfeldern der beiden Weltkriege erlebt haben, in denen Söhne zu Hunderttausenden und Millionen irgendwelchen angeblich „höheren Zwecken" geopfert wurden. Ist es nicht gerade diese Art Gehorsam, die wir *nie wieder wollen dürfen?* Die unseren ganzen Widerstand verdient – im Namen der Menschlichkeit *und damit im Namen Gottes?* Wir sehr wünschte ich mir einen Abraham, der das tut, was der (umstrittene) Therapeut Bert Hellinger mal in einer kleinen Geschichte beschrieben hat: „Einem anderen Mann träumte in der Nacht, er habe die Stimme Gottes gehört, der ihm sagte: `Steh auf, nimm deinen Sohn, deinen einzigen geliebten, führe ihn auf den Berg, den ich dir zeigen werde, und bringe ihn mir dort zum Schlachtopfer dar!´ Am Morgen stand der Mann auf, schaute seinen Sohn an, schaute seine Frau an, die Mutter des Kindes, schaute seinen Gott an. Er gab zur Antwort, ihm ins Angesicht: `Ich tue das nicht.´" Wäre das nicht *echtes* Vertrauen, *echter* Gehorsam gegenüber Gott: in manchen Momenten, wenn vermeintlich göttliche Stimmen uns Unmenschliches befehlen, den Mut zu haben, genau das zu sagen: „Ich tue das nicht"?
Ja, ich weiß, die Geschichte endet anders. Sie geht gut aus. Gott selbst fällt Abrahams „Gehorsam" durch einen Engel in den Arm. Aber das kann das Vorige nicht einfach auflösen und ungeschehen machen. Und ich frage mich: Wie mag Isaak nach diesen Ereignissen mit seinem Vater weiterleben? Und wie mag Abraham mit sich selber weiterleben? Und mit Gott? Nein – Gehorsam, Vertrauen, alles in Ehren. Aber diese Geschichte verdient unseren Protest – auch und gerade im Namen Gottes.

Und dennoch gibt es eine wichtige Frage, die mir diese Geschichte stellt – und die ich mitnehme. Isaak ist zum einen schlicht und einfach ein Mensch, der leben will wie wir alle, der seine Würde hat wie wir alle. Er spielt allerdings in der ganzen Geschichte von Abraham und Sarah und dem Volk Israel noch eine andere, besondere Rolle: er ist die unverhofft geschenkte Zukunft! Er ist derjenige, in dem Abrahams und Sarahs Familie weiterleben wird, er ist derjenige, von dem Jakob und die Kinder Israel ausgehen werden. An ihm hängt die ganze Verheißung Gottes, aus Abraham ein großes Volk zu machen. Was für eine Freude und ein Geschenk muss das gewesen sein! Isaak, das ist Zukunft, das ist der lebende Hinweis darauf, dass Gott seine Verheißungen wahr machen wird, dass Abrahams und Sarahs Leben überreiche Frucht tragen wird. Und jetzt plötzlich der Befehl, genau diesen Isaak zu opfern ... Dass da ein Mensch sterben soll, ist schrecklich genug. Aber mit Isaak würde noch etwas anderes sterben: alle Hoffnungen auf Zukunft, alle Träume und Verheißungen von einem „großen Volk", das aus ihm werden soll – all das ist dahin. Und genau da stellt die Geschichte eine schwere Frage: „Wenn Dir plötzlich das genommen würde, worauf Du Deine Zukunft gesetzt hast ... Wenn Dir das plötzlich weggenommen wäre ... würdest Du dann noch an Gott glauben? Würdest Du dann noch darauf vertrauen, dass er Dein Leben *trotzdem* trägt und begleitet? Und dass es *trotzdem* irgendeine Zukunft für Dich geben wird, weil Gott da ist? Könntest Du das noch glauben?

Oder würde Dein Glaube mit diesem Verlust für immer begraben?“ Ich denke an Menschen, die wirklich ihr eigenes Kind loslassen mussten – nicht durch ein von Gott befohlenes Opfer, aber durch einen Unfall, eine schwere Krankheit oder sonst etwas ... Ich denke an Menschen, die innerhalb von kurzer Zeit ihre Gesundheit verlieren, ihre Beweglichkeit, ihre Tatkraft, die sie noch so sehr gebraucht hätten, um ihren Auftrag in dieser Welt zu erfüllen... Ich denke an Menschen, die ein Leben lang hart für ihr Lebenswerk gearbeitet haben, und plötzlich zerrinnt ihnen dieses Werk zwischen den Fingern ... Sie haben sich gerade dadurch von Gott gesegnet und beschenkt gefühlt, und jetzt ist es ihnen genommen, weg, zerstört ... Wenn Du das erlebst: kannst Du dann noch mit Gott rechnen? Kannst Du ihm dann noch vertrauen? Kannst Du Dir vorstellen, dass es irgendeine Art von Zukunft dennoch geben wird, mit ihm, durch ihn?
Ich finde diese Frage ausgesprochen schwer. Und kann sie selber gar nicht beantworten. Denn ich habe das so noch nicht selber erlebt. Und schon gar nicht könnte ich es für andere beantworten. Wir können einander nur beistehen und unterstützen bei der Beantwortung dieser Frage. Können wir in Phasen, in denen das Leben nur noch eine reine Zumutung ist, noch wie Abraham sagen: „Gott, hier bin ich? Verletzt, gebeutelt, voller Schmerz und Zorn, voller Fragen und Zweifel – aber trotzdem: hier bin ich, wenn Du mich rufst? Ich verstehe Dich nicht mehr. Aber ich will allem zum Trotz die Beziehung zu Dir nicht abbrechen, auch wenn Du mir im Moment so fremd und fern und abwesend erscheinst?“

Und dann gibt es Gott sei Dank doch noch eine befreiende Botschaft in dieser so schweren und schlimmen Geschichte. Und die liegt in diesem einen befreienden Satz am Ende: *„Lege deine Hand nicht an den Knaben und tu ihm nichts!“* Ich glaube, hier begegnet uns Gott zum ersten Mal in dieser Geschichte im O-Ton. Die Ausleger haben immer wieder betont, dass diese Geschichte ursprünglich von der Ablösung des Menschenopfers durch das Tieropfer erzählt. Und darin liegt ihre befreiende Botschaft: Gott will keine Menschenopfer! Die eigenen Kinder zu schlachten, wie es der Gott Moloch in direkter Nachbarschaft fordert, ist ihm ein „Gräuel“. Gott wünscht sich unsere Liebe, unsere Hingabe, aber er erzwingt sie nicht. Sie soll unsere freiwillige Antwort auf das sein, was er uns schenkt. Wir haben in seinem Namen keine Menschen umzubringen oder zu opfern – das sollte mit dieser Geschichte ein für alle Mal klar sein. So schwer der Anfang dieser Geschichte zu verstehen und zu ertragen ist: das Entscheidende geschieht an ihrem Ende. Und das hat auch Bedeutung für die besondere Zeit, in der wir jetzt sind und diese Geschichte hören: die Passionszeit, die auf den Karfreitag zuläuft und auf den schrecklichen Tod Jesu am Kreuz. Auch der Tod Jesu kann nicht als ein kultisches Opfer verstanden werden, das Gott dargebracht wird, um ihn zu besänftigen. Jesu Tod am Kreuz ist ein Akt der *Hingabe* zur Versöhnung der kranken Menschheit – nicht zur Besänftigung des göttlichen Zorns. Er ist Ausdruck einer Liebe, die uns in unsere tiefsten Abgründe entgegenkommt, und die auch da nicht zurückweicht, wo ihr heftigster, lebensgefährlicher Widerstand entgegengebracht wird. Ja, auch auf Golgatha scheint Gott so dunkel und unverständlich wie bei Abraham. Und da kommt kein Engel, der den Mördern Jesu in die Arme fällt. Aber auch nach dem Grauen von Golgatha meldet sich Gott im O-Ton zu Wort: indem er Jesus aus den Toten ruft. Indem er dem Hass der Mörder seine Bereitschaft zur Versöhnung entgegen hält. Gott will, dass Menschen unangetastet bleiben – weil sie seine geliebten Geschöpfe sind. Ihm gehorsam sein, bedeutet also: unsere Kinder *gerade nicht* zu opfern – weder einer Ideologie, noch einem Vaterland, noch einem Glauben. Aber auch nicht unseren Wünschen und Träumen davon, was aus ihnen werden sollte. Oder irgendwelchen anderen Interessen. Und es bedeutet: nicht jede Stimme in unserem Innern für die Stimme Gottes zu halten, egal wie stark oder deutlich sie auch sein mag. Sondern jede Stimme an dem Maßstab zu messen, den Gott selber in Jesus gesetzt und bis zum Äußersten durchgehalten hat: den Maßstab der Liebe.

Glaubenskrisen
Gedanken zu Psalm 22, Psalm 73 und anderen Texten

Die allermeisten von uns werden das schon mal erlebt haben: Momente, in denen der Glaube in eine echte Krise kommt. In denen man sich fragt, ob „das mit Gott" nicht alles nur ein großer Irrtum ist. Kennt Ihr das? Ich kenne das gut. Das kann nach dem plötzlichen Tod eines Menschen sein, der einem sehr nahe und wichtig war. Das kann nach einer Naturkatastrophe sein, bei der mal eben hunderte, tausende Menschen sterben, einfach so. Das kann sein, wenn einem Nachrichten von Krieg und Gewalt richtig nahe kommen und man den Eindruck hat, dass diese Welt buchstäblich von allen guten Geistern verlassen ist. Das kann aber auch einfach so geschehen, ohne erkennbaren Grund. Letztens erzählte eine junge Frau, dass sie oft das intensive Gefühl hat, mit Gott in Verbindung zu sein. Sie lebt quasi in diesem Gefühl. Aber dann gibt es Phasen, in denen dieses Gefühl einfach vollkommen verschwindet, von einem Moment auf den nächsten. Und da geht ihr dann manchmal regelrecht der Boden unter den Füßen weg und alles scheint wegzubrechen, was sie bis gerade noch getragen hat. Es ist ausgesprochen schwer, wenn man in so eine Krise gerät. Es rüttelt an den Grundfesten unseres Lebens. Und die Frage ist: wie können wir damit umgehen? Was kann uns helfen, wenn unser Glaube buchstäblich „die Krise kriegt"?
Ich sag's Euch gleich: ich habe da keine Rezepte. Ich bin in Glaubenskrisen immer erst mal genauso hilflos wie Ihr wahrscheinlich auch. Aber es gibt doch einige Dinge, die mir und anderen in solchen Phasen geholfen haben. Mir hilft es oft schon, wenn ich ganz offen mit jemandem darüber reden kann. Und wenn ich spüre: ich bin nicht allein mit meinen Zweifeln und meinen Momenten der Gottesferne. Das habe ich zum Beispiel bei diesem Satz empfunden, den ich vor kurzem in einem Artikel gelesen habe: *„Allerdings ist mir nie so deutlich geworden wie hier, was die Bibel und Luther unter Anfechtung verstehen. Ganz ohne jeden erkennbaren physischen und psychischen Grund rüttelt es plötzlich an dem Frieden und an der Gelassenheit, die einen trug … Man empfindet das wirklich als einen Einbruch von außen, als böse Mächte, die einem das Entscheidende rauben wollen."* Ahnt Ihr, von wem diese Zeilen stammen? Sie stammen aus einem Brief von Dietrich Bonhoeffer an seine Eltern, aus dem Gefängnis. Sie stammen von dem gleichen Mann, der die Verse geschrieben hat, die Ihr alle kennt: *„Von guten Mächten wunderbar geborgen, erwarten wir getrost, was kommen mag. Gott ist bei uns am Abend und am Morgen, und ganz gewiss an jedem neuen Tag!"* Wir denken ja oft: Wer so etwas schreiben kann, wer andere so trösten und stärken kann, der muss doch ständig in einem unerschütterlichen Glauben leben! Nein! Bonhoeffers Glaube ist im Gefängnis immer wieder heftig erschüttert worden. Und für mich nimmt das seinem Gedicht *nichts* von seiner Kraft. Im Gegenteil, ich finde das so menschlich und nachvollziehbar, dass beides im gleichen Leben vorkommen kann: die tiefe Gewissheit, dass „Gott bei uns ist am Abend und am Morgen". Und gleichzeitig die heftigste Erschütterung dieser Gewissheit. Wenn ich das lese, denke ich: Wir sind nicht allein, wenn wir in Glaubenskrisen geraten. Wir sind in guter Gesellschaft.
Und wir können von Bonhoeffer und anderen lernen: Wenn Du mit Deinem Glauben in eine Krise gerätst, dann lass sie zu. Kämpfe nicht gegen sie an. Meine nicht, ein Mensch, der wirklich glaubt, dürfte keine Krisen und Zweifel haben. Versuche nicht, Dir einen Glauben oder eine Zuversicht einzureden, die Du in diesem Moment einfach nicht

hast. Weil Du denkst, Du *müsstest* sie haben. Such Dir stattdessen Menschen, mit denen Du offen über alles reden kannst, was Dir fremd und fraglich geworden ist. Bleib nicht alleine in und mit Deiner Krise!
Und gerade da kann ein Blick in die Bibel so hilfreich sein. Da sind Leute immer wieder in der Krise mit ihrem Glauben. Und sie machen keinen Hehl daraus. Sie verstecken das nicht hinter irgendwelchen frommen Formeln. Sie lassen es raus, und zwar mit klaren und deutlichen Worten. Da ist zum Beispiel der Sänger des 73. Psalms, der zutiefst leidet am Unrecht in dieser Welt. Und der sagt: *„Ich verstehe nicht, warum es den Gewalttätern so gut geht, und ich gehe an dieser Frage fast kaputt!"* Kann ich so gut verstehen! Und der Sänger des 22. Psalms sagt schon fast erschreckend deutlich: *„Mein Gott, mein Gott, warum hast Du mich verlassen? Ich schreie, aber meine Hilfe ist ferne. Mein Gott, des Tages rufe ich, doch antwortest Du nicht, und des Nachts, doch finde ich keine Ruhe."* Da wird nichts fromm zurückgehalten. Sondern da wird klipp und klar gesagt: „Gott, ich vermisse dich! Ich spüre nichts von Dir! Ich bin wie abgeschnitten von Dir!" Und das Verrückte ist ja: der Psalmist sagt nicht: „Warum hat *Gott* mich verlassen?" Sondern er fragt *Gott:* „Warum hast *Du* mich verlassen?" Ist das nicht total widersprüchlich? Gott zu erzählen, dass man nicht mehr an ihn glauben kann? Ja, klar! Aber genau das könnt Ihr bei so vielen biblischen Zweiflern erleben – zuletzt bei Jesus, als er am Kreuz stirbt – mit genau diesen Worten: *„Mein Gott, mein Gott, warum hast Du mich verlassen?"* Jesus erlebt am Kreuz tiefste Gottesfinsternis. Und diese abgrundtiefe Not legt er *Gott ans Herz!* So widersprüchlich das klingt: ich glaube, das kann eine große Hilfe sein: *Gerade* in einer Glaubenskrise *Gott* anzusprechen und zu sagen: „Ich würde so gern glauben, aber ich kann es nicht! Hilf mir! Hilf meinem Unglauben!" Oder wie der Journalist Helmut Frank es formuliert hat: „Gott, ich kann nicht mehr glauben. Das ist jetzt dein Job. Bitte lass mich nicht fallen." Jemand, der so betet, hält quasi eine Tür offen und sagt: „Mein Glaube ist verschwunden. Aber vielleicht gibt es trotzdem mehr, als ich glauben kann. Diesen Hoffnungsfaden will ich nicht so schnell loslassen."
Ich kann mich noch gut an eine tiefe Krise vor neun Jahren erinnern. Ich hatte eine Diskussion in einem Internet-Blog mit etwa neun sogenannten „Brights", also wissenschaftlich gebildeten Leuten, die Religion komplett ablehnen. Drei Tage haben wir darüber diskutiert, ob am Glauben an Gott etwas dran sein könnte oder nicht. Diese Leute haben in diesen drei Tagen freundlich und fair, aber gnadenlos fast alles zerlegt, was ich an Argumenten für meinen Glauben aufbieten konnte. Es war alles nicht neu, was sie sagten, aber es kam so geballt, so konzentriert und so nahe, dass ich das Gefühl hatte: ich stehe plötzlich nackt und mit leeren Händen da. Bis dahin hatte ich die Welt und mein Leben mit dem Eindruck betrachtet: Gott ist da. In dieser Welt, in diesem Leben. Ich weiß manchmal nicht wie und wo, aber ich ahne etwas von ihm in dieser Welt und in Geschichten der Bibel. Nach dieser Diskussion bin ich plötzlich durch die Gegend gelaufen mit dem Gefühl: diese Welt ist ohne Gott! Alles ist ohne Gott – die Bäume, die Menschen, der Weg unter meinen Füßen, die Tankstelle auf der anderen Straßenseite. Alles ohne Gott. Könnt Ihr Euch das vorstellen? Das hat mir nicht sofort jeden Halt genommen. Aber ich hatte das unglaublich traurige Gefühl: die Welt ist nach wie vor da. Aber sie hat keinen Glanz mehr. Sie ist irgendwie *gleichgültig* geworden. Ob es uns gibt, ob wir etwas tun oder lassen – es gibt keinen, dem das *ewig wichtig* ist. Wenn dieses Gefühl weiter angehalten hätte, wäre ich heute nicht hier und würde nicht predigen. Aber Gott sei Dank ist da etwas passiert. Ich ein paar Monate später in einer Fotoausstellung. Da waren im Großformat die Gesichter alter Menschen zu sehen. Je länger ich diese Gesichter betrachtet habe, desto faszinierter war ich von der ganz eigenen Schönheit der Lebensspuren im Gesicht eines alten Menschen. Und plötzlich hatte ich wieder dieses alte Gefühl: jedes dieser Gesichter ist ein Wunder! Durch jedes dieser Gesichter schimmert etwas Größeres hindurch, ein Geheimnis, das hinter allem steht, und das wir

so gar nicht greifen oder wissenschaftlich untersuchen können, sondern nur ahnen und manchmal fühlen und bestaunen. Der verlorene Glanz war wieder spürbar. Und ich spüre ihn seitdem immer wieder. Besonders auch in Kindergesichtern. Natürlich kann mir ein Wissenschaftler sagen: was Du da erlebst, das kann man auch anders deuten. Das spielt sich alles in Deinem Kopf ab und hat mit Gott nichts zu tun. Kann sein. Ich kann das Gegenteil nicht beweisen. Aber ich erlebe, verstehe und deute es so – auch wenn ich es nicht beweisen kann. Nach der Internetdiskussion dachte ich: Du musst noch viel mehr lesen, um noch bessere Argumente für den Glauben zu finden. Heute denke ich: Du musst vor allem etwas anderes. Nämlich Dich neu entscheiden, ob Du Dein Leben auf die Karte „Gott“ setzen willst. Wenn Du warten willst, bis Du absolute Sicherheit hast, kannst Du lange warten. Heute kann ich wieder sagen: Ich möchte mit dem Sänger des 73. Psalms auf die Karte des Glaubens setzen. Ich möchte mit ihm sagen: *„Dennoch bleibe ich stets an Dir, Gott, all meinen Zweifeln und offenen Fragen zum Trotz. Mein Leben steht trotz allem in deiner Hand. ... Wenn ich Dich fühle, wenn ich in Beziehung zu Dir stehe, dann kann ich mit offenen Fragen über Himmel und Erde leben. Dir nahe zu sein ist mein Glück.“* Ich sage das mal lauter und mal leiser, mal gar nicht und dann doch wieder. Und ich wünsche Euch, dass Ihr es auch sagen könnt. Heute, nach dieser Krise von damals würde ich sagen: mein Glaube hat sich verändert. Er ist bescheidener geworden und zugleich an manchen Stellen auch tiefer. Ich würde bestimmte Dinge nicht mehr so vollmundig sagen wie früher. Und andere dafür umso vertrauensvoller. Auch das kann eine Glaubenskrise bewirken: dass manche *Vorstellung* von Gott sich verändert. Dass sich die Beziehung zu Ihm verändert und noch einmal eine neue Tiefe bekommt. Und: dass wir ehrlicher sehen und akzeptieren, nicht auf alles eine Antwort zu haben.

Und dazu gehört auch die Frage, die uns wahrscheinlich alle umtreibt: Wo ist denn Gott – wenn ein lieber Mensch viel zu jung stirbt, wenn die liebevolle Mutter todkrank wird, wenn ein Erdbeben Hunderte der Ärmsten in den Tod reißt, wenn Menschen an Hunger sterben, und ... und ... und? Ich kann diese Frage nicht beantworten. Aber ich möchte mich auch und gerade mit dieser offenen Frage an Jesus halten. Und schauen, wie er damit umgegangen ist. Vielleicht erstaunt Euch das, aber Jesus geht mit keinem Wort auf die Frage ein, wo Gott denn ist angesichts all des Leids. Er stellt die Frage gar nicht. Stattdessen geht er *mitten hinein in das Leid*, berührt die Aussätzigen, richtet die Lahmen wieder auf, sucht die Verlorenen und feiert ein Fest mit ihnen, zeigt den Hasserfüllten, wie sie ihren Hass überwinden können. Und plötzlich ahnt man: in dem, *was er tut, ist Gott mitten im Leid* dieser Leute. Jesus gibt keine einzige theoretische Antwort auf unsere Fragen. Aber er ist *selber eine praktische Antwort.* Und ich ahne zunehmend, dass das auch unsere Aufgabe ist im Rahmen unserer Möglichkeiten: nicht Erklärungen zu suchen. Sondern Teil von Jesu Antwort zu werden. Menschen in ihrer Not und Hilflosigkeit zur Seite zu stehen, auch wenn wir selber weder Antworten noch Lösungen haben und uns manchmal verdammt hilflos fühlen dabei. Lasst uns gerade auch mit unseren Glaubenskrisen zu Jesus gehen. Zu dem Jesus, der am Ende am Kreuz aus tiefer, echter Not herausschreit: *„Mein Gott, mein Gott, warum hast mich verlassen?“* Und erst drei Tage später zu Ostern wieder erlebt, dass unsere offene Fragen und das Gefühl der Gottverlassenheit nicht das Letzte ist, was ihn und uns erwartet. Dass da ein Gott ist, der Menschen aus dem Tod herausruft, auch wenn es lange nicht so aussieht. Dass da ein Gott ist, den man *neu* erfahren kann. Wie der Sänger des 22. Psalms , der am Ende seiner tiefen Krise neu sagen kann: *„Rühmt den Herrn, ... denn er hat nicht verachtet noch verschmäht das Antlitz des Armen ... und als er zu ihm schrie, hörte ers.“* Mögen wir alle in unseren Glaubenskrisen irgendwann diese Erfahrung wieder machen! Auch wenn sie vielleicht lange auf sich warten lässt. Und solange es nicht so ist, mögen wir Menschen an unserer Seite haben, die mit uns aushalten, was manchmal einfach nur auszuhalten ist.

Es muss doch mehr als alles geben

Lasst uns zu Beginn mal ein kleines Gespräch belauschen. Da sitzen zwei Männer in ihrer Stammkneipe, beim zweiten oder dritten Bier. Die wichtigen Themen sind besprochen: Wetter, Fußball, Arbeit, alles diskutiert. Für einen Moment sitzen die beiden einfach nur da. Und plötzlich fragt der eine: „Sag mal, was soll man eigentlich hier?" – Der andere guckt ihn groß an und fragt: „Wie, *hier*? Was meinst Du?" – „Na, hier" sagt der Erste. „Auf der Welt." – „Puh. Na ja … Groß werden. Erwachsen werden." – „Ja, und dann?" - „Geld verdienen." – „Und wofür?" – „Na, für Dich! Und für Deine Kinder!" – „Und was sollen die?"
Ich wüsste ja gern mal, wie dieses Gespräch weitergeht. Es stammt aus einem Cartoon, und der ist hier an dieser Stelle *leider* zu Ende. Schade! Vielleicht sitzen die beiden da und zucken mit den Schultern. Vielleicht sagt der eine: „Na hör mal, Du stellst hier Fragen! Jetzt lass uns mal von was anderem reden! Von was *Normalem*!" Vielleicht bestellen die beiden das nächste Bier – jetzt erst recht. Und spülen die Frage erst mal runter. Bis sie sich dann irgendwann wieder meldet! Wieder an so einem Abend in der Kneipe. Oder irgendwo anders.

„Was soll man hier eigentlich?" Was soll das Ganze? Dass wir *hier sind und leben*? Kommt Euch diese Frage bekannt vor? Ich kenne sie gut. Und ich bin ziemlich sicher: An ihr kommt keiner so wirklich vorbei. Die schleicht sich immer wieder an und macht sich bemerkbar. Vielleicht kann man sogar sagen: Es gehört zu unserem Menschsein wesentlich dazu, dass wir so fragen. Und Ihr könnt ja mal schauen, wann *Euch* diese Frage zum letzten Mal so richtig nahe gekommen ist – und in *welcher Situation*. Es ist spannend, da mal genauer hinzuschauen.
Und wir fragen das ja nicht nur, weil wir das irgendwie interessant finden. Weil das ein nettes philosophisches Thema ist. Nein, an dieser Frage hängt ja eine ganz tiefe Sehnsucht: *dass unser Leben etwas bedeutet*. Dass es einen *guten Grund* dafür gibt, dass wir da sind. Dass das nicht nur bloßer Zufall ist – oder ein Unfall sogar! *„Was soll das Ganze?"* Ich bin sicher: tief drinnen sehnt sich jeder Mensch danach, dass es auf diese Frage eine *gute und freundliche Antwort* gibt. Die Theologin Dorothee Sölle hat diese Sehnsucht in einem ihrer Buchtitel zum Ausdruck gebracht. Das Buch heißt: *„Es muss doch mehr als alles geben"*. Mehr als das, was wir vor Augen haben. Mehr als das, was wir unmittelbar erleben. Ich glaube, dass jeder Mensch tief drinnen so empfindet. Dass so ein Sehnen „tief in uns wohnt" - buchstäblich. Und dass es unter anderem dieses Sehnen ist, das uns zu Menschen macht.

Und jetzt ist natürlich die Frage: Gibt es dieses *„Mehr als alles"* wirklich? Gibt es einen, der uns sagen oder spüren lassen kann, *was wir hier sollen*? Oder ist das eine „sinnlose Frage", wie mal jemand zu mir gesagt hat? Auf die es nun mal *keine* Antwort gibt? Ich kenne kluge Menschen, die mir sagen: „Liebe Leute, wir *sollen* gar nichts auf dieser Welt. Wir sind einfach da. Und zwar rein zufällig, weil sich das Leben nun mal so entwickelt hat. Weil sich ausgerechnet in uns ein Gehirn entwickelt hat, das über sich selbst nachdenken kann. Und das hat uns leider auch die Erkenntnis beschert, dass wir nur ein winziges Staubkorn sind in einem unglaublich großen und kalten Universum. Und diesem Universum ist es völlig egal, ob es uns gibt oder nicht. Und damit kommen wir nicht klar. Und sehnen uns danach, da möge noch irgendwas Größeres sein. Aber es ist

nun mal so. Es gibt keinen „Sinn“ in dieser Welt. Es sei denn, wir machen ihn selbst.“ So denkt zum Beispiel der Evolutionsbiologe Richard Dawkins. Er sagt: „Unser Leben ist so sinnvoll, so ausgefüllt und großartig, wie wir selbst es gestalten. Und wir können es wirklich großartig gestalten.“
So was lässt sich natürlich leichter sagen, wenn man ein wohlhabender, weißer Westeuropäer ist – wie Dawkins. Andere Menschen in anderen Ecken der Welt würden wohl nicht so schnell von den „großartigen Möglichkeiten“ sprechen, dieses Leben zu gestalten. Aber davon mal abgesehen: Könnte das nicht sein? Dass unser Sehnen nichts anderes ist als *Traurigkeit*? Die uns nur daran erinnert, wie allein und verloren wir sind in einer Welt, die null Interesse an uns hat? Dass wir uns nur etwas vormachen mit diesem Gefühl: „Es muss doch mehr als alles geben“? Und wäre es dann nicht dran, erwachsen zu werden und das endlich zu akzeptieren: dass es dieses „Mehr“ nicht gibt? Dass es Gott nicht „gibt“? *Dass es nur diese Welt gibt – und uns nur ganz zufällig darin?* Sollten wir dann nicht ehrlicherweise damit aufhören, uns einen Gott zu wünschen, dem wir etwas bedeuten und der das Ziel unseres Lebens ist?
Ja, Ihr Lieben, das könnte sein. Das ist tatsächlich eine Möglichkeit. Aber es ist nicht die einzige. Es gibt noch andere. Machen wir dazu ein kleines Gedankenexperiment. Stellt Euch bitte einmal folgendes vor: Da ist ein Mensch auf einer Wanderung durch die Wüste. Sonne, Hitze, Trockenheit, so weit das Auge reicht. Leider hat er die Orientierung längst verloren und irrt durch die Gegend. Inzwischen sind seine Wasservorräte verbraucht. Was passiert? Er bekommt Durst, immer heftiger. Was signalisiert ihm dieser Durst? Er signalisiert ihm als erstes: Du *brauchst* Wasser, und zwar dringend! Er verspricht ihm leider *nicht*, dass Wasser auch in der Nähe ist und dass er dieses Wasser rechtzeitig findet. Es könnte sein, leider, dass gar nichts um ihn herum ist und dass er verdurstet. Aber *eines* verrät dieser Durst auf jeden Fall: nämlich dass es irgendwo auf dieser Welt Wasser geben *muss*! Vielleicht nicht gerade erreichbar für ihn, aber *irgendwo* muss es sein! Wenn es nirgendwo auf der Welt Wasser gäbe, dann könnte es keine Lebewesen geben, die Wasser *brauchen*. Und die es vermissen könnten. Sie wären einfach nie entstanden. Hätten nicht entstehen können. Ohne Wasser gäbe es keinen Durst danach.
Könnte es sein, dass es mit unserer Sehnsucht ganz ähnlich ist? Dass sie nicht nur eine kindliche Illusion ist, sondern ein *Hinweis* auf *die Quelle,* aus der unser Leben fließt? Nicht nur eine Wunschvorstellung, sondern eine Art *Erinnerung* an den Ursprung unseres Lebens? Ein kluger Mensch hat mal gefragt: „Wenn es Gott nicht gibt, warum vermissen wir ihn dann so?“ Vielleicht ist dieses Vermissen eine Art *Heimweh,* Erinnerung daran, dass wir eben nicht nur *Kinder dieser Welt* sind, sondern auch und vor allem *Kinder eines anderen.* Dass wir nicht nur Staub der Erde sind, sondern unser Leben noch woanders her haben. So wie *„der Hirsch nach frischem Wasser lechzt“*, wie der Psalmist sagt, so sehnen wir uns nach dem, der das Geheimnis unseres Lebens und dieser Welt ist.

Ihr Lieben, ein Beweis für Gott ist das nicht. Aber ich finde, so kann man dieses „Sehnen tief in uns“ durchaus verstehen: als *Heimweh*, als *Durst* nach dem lebendigen Wasser, wie es bei Johannes heißt, als Sehnsucht nach einem, der außer Landes gegangen ist und auf dessen Wiederkommen man wartet – wie Jesus das in seinen Gleichnissen immer wieder beschreibt. Und dann würde dieses Sehnen uns vor allem eins zeigen: Wie durstig wir danach sind, Gott zu begegnen. *„Meine Seele dürstet, Herr, nach Dir!“* singen die Psalmisten. Ich bin sicher: unsere dürstet auch, genau danach. Wenn wir es denn zulassen – und spüren!
Denn *das* tun wir nicht automatisch. Und schon gar nicht immer gern. Denn Sehnsucht ist ja nicht nur etwas Schönes. Die kann auch ganz schön wehtun. Ihr kennt das alle:

Hunger kann richtig weh tun. Durst kann was Quälendes sein. Weil er uns daran erinnert, dass uns was *fehlt*. Das ist kein schönes Gefühl. Und unangenehme Gefühle, die möchten wir ja nicht wirklich lange spüren. Die machen wir gerne weg. Und da gibt es viele Wege, die Menschen gehen, um die eigene Sehnsucht nicht mehr spüren zu müssen. Ich erinnere mich an ein Gespräch mit einem jungen Mann. Der erzählt mir, wie er so lebt. Er ist ständig in Bewegung. Immer unterwegs. Ständig muss was passieren, ständig muss irgendwas los sein. „Ich kann überhaupt nicht still sitzen", erzählt er mir. „Ich muss immer was zu tun haben, sonst werde ich verrückt. Wenn ich mich einfach nur irgendwo ruhig hinsetzen soll, dann werde ich total kribbelig." Natürlich ist das auch Typsache: manche Menschen sind einfach so, die brauchen mehr Bewegung und Action als andere. Aber es kann eben auch ein Symptom für was anderes sein: manchmal ist dieses ganze Aktivsein, dieses Ständig – Was – Los – Machen, auch ein Versuch, der eigenen Sehnsucht davonzulaufen. Denn wenn man still sitzt und nichts tut, wenn man ganz für sich ist und nichts einen ablenkt, dann meldet sie sich besonders gerne. Und ist besonders deutlich zu spüren.
Es gibt aber noch zig andere Wege, um sie zu dämpfen oder zu unterdrücken. Und die hört man quasi schon im Wort „Sehnsucht" mit. Da steckt das Wort „Sucht" drin. Und wir sehen heute ja deutlicher als in früheren Zeiten: Sucht hat nicht nur zu tun mit den klassischen Sachen wie Alkohol und Drogen. Es gibt so viele Dinge, nach denen wir buchstäblich süchtig werden können: Arbeit. Geld. Essen. Shoppen. Männer. Frauen. Unterhaltung. Fernsehen. Auch so was an sich Gesundes wie Sport. Wir können süchtig werden nach Erfolg und Bestätigung. Nach Aufmerksamkeit. Wir können danach süchtig werden, die Kontrolle über alles zu haben, über unseren eigenen Körper, über die Menschen um uns herum. Und und und. Und all diese Dinge haben eines gemeinsam: Es sind Versuche, diesen *Durst tief drinnen* zu stillen oder zu beherrschen – und man wird doch nicht satt. Sondern braucht immer mehr davon. Und geht kaputt dabei letztlich. Vielleicht kann man so sagen: Sucht ist immer die missglückte Suche nach dem lebendigen Wasser. Der missglückte Versuch, dieses „Sehnen tief in uns" zu stillen. Wenn ich mir das klarmache, frage ich mich: Wie hungrig und durstig müssen wir sein in unserer Gesellschaft heute? Und wie können wir anders damit umgehen?

Wie geht es anders? Wie können wir denn mit diesem „Sehnen tief in uns" umgehen? Zunächst mal, in dem wir uns eingestehen: Es ist da und es gehört zu uns. Ein Leben lang. Es gibt ein Sehnen, das nichts und niemand auf dieser Welt völlig stillen kann. Das kann der Partner oder die Partnerin nicht stillen, und sei er oder sie noch so toll. Das kann kein Erlebnis auf Dauer stillen, auch wenn es noch so spannend ist. Das kann keine Sache wirklich befriedigen, auch wenn sie noch so kostbar und attraktiv ist. Auch keine Aufgabe, die wir übernehmen – auch wenn sie noch so gut zu uns passt. Es gibt schon hier *Momente* der Erfüllung, zweifellos, und die sind ungeheuer kostbar. In der letzten Ausgabe der „Chrismon" erzählt zum Beispiel eine Studentin davon, wie sie eine ganze Nacht durch eine Biographie von Albert Schweitzer liest. Und am Morgen geht die Sonne auf und sie ist total erfüllt von dem, was sie gelesen hat und spürt, wie die Sonne ihr Gesicht berührt. Und für einen Moment ist ihr alles klar: Was dieses Leben soll, was es kostbar macht, was sein tiefster Grund ist. Und sie ist einfach nur erfüllt und glücklich. - Eine andere Frau erzählt, wie sie irgendwann mal mit dem Auto unterwegs ist. Sie steckt gerade in einer richtig tiefen Krise und kann sich selber überhaupt nicht leiden. Und das macht sie richtig fertig. Und plötzlich überkommt sie da im Auto ein Gefühl, das so stark ist, dass sie an den Rand fahren und den Wagen anhalten muss. Sie hat plötzlich das ganz starke Gefühl, mit all ihrer Not bis in die letzte Faser ihres Seins *verstanden* zu werden. Sie kann das kaum beschreiben, sie kann das eigentlich nur in einem Bild ausdrücken: sie sagt, sie wäre eingehüllt worden von einer *„dunklen Wolke*

unendlichen Verstehens". Interessant, dass sie von einer dunklen und nicht von einer hellen Wolke spricht. - Es gibt solche Momente. In denen sich die Fragen auflösen. In denen wir den Sinn nicht mehr suchen, weil wir von Sinn umgeben sind. Und wir können nicht genug dafür danken, wenn wir das erleben dürfen. Und gleichzeitig ist klar: Das sind Augenblicke! Bestenfalls kurze Phasen in unserem Leben. Wir haben hier noch nicht die Ewigkeit. Wir haben den Augenblick. Und zwischen diesen Augenblicken leben wir mit dieser Sehnsucht, die eben noch nicht erfüllt ist. In der Hoffnung, dass Gott sie füllen wird. Dass wir eines Tages nichts mehr zu fragen haben. Dass der Sinn dieses Lebens keine Frage mehr ist, sondern die Luft, die wir atmen. Es ist, wie Paulus es ausdrückt: *„Unser Leben ist ein Leben des Glaubens – und nicht ein Leben des Schauens."*
Und von da aus möchte ich versuchen, ein paar Hinweise zu geben, wie wir in diesem „Leben des Glaubens" mit unserer Sehnsucht umgehen können.
Das Erste: Wenn Du dieses Sehnen in Dir spürst, dann unterdrücke es nicht! *Halte es einen Moment aus!* Das, was Du da empfindest, ist keine Krankheit oder Verrücktheit oder Sentimentalität. Du musst es nicht behandeln oder betäuben. Im Gegenteil: es ist ein ganz wichtiger Teil Deines Wesens. Deswegen nimm es wahr! Schenk ihm Aufmerksamkeit! Es ist wie ein Signal, das Dich daran erinnert: *da wartet noch etwas auf Dich!* Etwas, das größer sein wird als alles, was Du hier erleben oder auch nur denken kannst!
Das Zweite: *Hab dieses Leben lieb*, auch wenn es noch nicht die ganze Erfüllung ist! Paulus sagt im zweiten Korintherbrief, er würde lieber heute als morgen dieses Leben verlassen und bei Gott sein. Das musst Du nicht wörtlich nachsprechen. Es sind seine Worte, die seine Sehnsucht zu seiner Zeit ausdrücken. Finde Du Deine Worte! Und bleib zugleich an der Seite des Paulus und aller, die sich nach Gott sehnen!
Das Dritte: *Achte darauf, wo Deine stärkste Versuchung liegt!* Wo Du den stärksten Drang verspürst: „Das muss ich haben! Damit und nur damit kann und will ich meinen Durst stillen!" Trau Dich, da genauer hinzuschauen, egal was es ist. Sprich mit dieser Versuchung und frag sie: Was willst Du mir mitteilen? Gerade sie ist eine ganz wichtige Gesprächspartnerin für Dich. Denn gerade sie kann Dir Wichtiges über Deine Sehnsucht erzählen.
Das Vierte: *Sammle die Momente, in denen Du schon so etwas wie Erfüllung findest,* wo immer das auch bei Dir sein mag: wenn Du Musik hörst (oder machst), wenn Du mit Menschen zusammen bist, wenn Du auf einen Berg kletterst, wenn Du ein Buch liest. Was auch immer. Sammle diese Momente wie Edelsteine in Deiner Seele! Und mach Dir zugleich bewusst: sie sind noch nicht das Ganze. Sie sind erst ein Vorgeschmack auf das, was Gott Dir zeigen will.
Das Fünfte: *Mach Dir klar, dass sich nicht alles in diesem Leben erfüllen kann und muss!* Dass es Wünsche und Sehnsüchte gibt, die sich hier nicht erfüllen werden. Auch Dir werden Dinge zwischen den Fingern zerrinnen, nach denen Du Dich gesehnt hast. Und das kann sehr weh tun. *Halte Deine unerfüllte Sehnsucht Gott hin! Halte ihm Deinen Schmerz hin und Deine Enttäuschung!* Und vielleicht beginnt dann eine Stimme in Deiner Seele zu sprechen, die Dir sagt: Die Scherben, die jetzt vor mir liegen, die sind nicht das letzte. Da wartet noch was auf mich. Nicht die Erfüllung dieses einen Wunsches – den muss ich loslassen. Aber etwas anderes, Größeres!
Und das Letzte: *Teile Deine Sehnsucht mit anderen!* Finde Menschen, mit denen Du darüber reden kannst! Such Dir eine Gemeinschaft, in der Deine Sehnsucht zur Sprache kommen kann! Im Grunde ist jeder Gottesdienst ein Ort, in dem das vorkommen kann und soll: unsere Sehnsucht nach Begegnung mit dem lebendigen Gott.
Ihr Lieben, *„unser Leben ist ein Leben des Glaubens – und nicht ein Leben des Schauens",* schreibt Paulus. Das ist so. Aber eines Tages werden wir nicht mehr fragen

müssen, „was das Ganze hier soll". Dann wird Gott die Bruchstücke unseres Lebens zusammenfügen zu etwas Neuem. Dann wird unser Herz „Ruhe finden in ihm", wie Augustinus das ausdrückt. Und bis dahin lasst uns unter seiner Sonne leben und dem „Sehnen in uns" zuhören, das uns von ihm erzählt. Amen.

„Und siehe, es war sehr gut!?"
Gedanken zu Genesis 1

"Ich sehe grüne Bäume, rote Rosen... Und ich denke bei mir selbst: Was für eine wundervolle Welt!" Diese Worte aus dem Song von Louis Armstrong klingen wie der Spitzensatz in der ersten Schöpfungserzählung der Bibel: *„Und Gott sah an alles, was er gemacht hatte, und siehe, es war sehr gut!" (1. Mose 1,31)* Aber ist das so? Ist diese Welt wirklich „a wonderful world", „eine wundervolle Welt", wie Armstrong singt? Können wir das mitsprechen, wenn wir unsere Welt genauer ansehen: „Und siehe, es war sehr gut?"

„Und Gott sah an alles, was er gemacht hatte, und siehe, es war sehr gut!" Ich erlebe immer wieder Momente, in denen ich das aus vollem Herzen mitsprechen möchte. Wenn in ein paar Wochen nach dem langen Winter die Natur wieder explodiert – das ist einfach nur wundervoll. Dann „geht das Herz aus" und freut sich wie verrückt „an seines Gottes Gaben" – wie in Paul Gerhardts Lobeshymne an Gott und die Welt. Oder: In der Praxis einer befreundeten Stimmtherapeutin hängt eine Bildtafel an der Wand. Da sieht man die Muskulatur von Kopf und Hals. Eine ganz fein aufeinander abgestimmte Anordnung von Muskeln und Blutgefäßen und Bändern. Sieht aus, als hätte das einer von vorn bis hinten am Reißbrett konstruiert. Aber höchst wahrscheinlich ist es anders. Höchst wahrscheinlich ist all das nach und nach entstanden in einem unglaublich langen Prozess mit ganz vielen kleinen Schritten. Aus ganz schlichten Strukturen ist über Jahrmillionen auf einem verschlungenen Weg so etwas Unglaubliches geworden wie unser menschlicher Körper. Im Grunde ein Wunder, wenn auch ein ganz „natürliches", wie die Evolutionsbiologen sagen.

Und wie empfinden das erst Eltern, wenn sie ihr neugeborenes Kind im Arm halten. Okay, die schlaflosen Nächte danach sind nicht immer so wunderbar. Und es gibt ja manchmal auch noch ganz andere Empfindungen um eine Geburt herum.

Aber im Grunde ist es das, was wir meistens fühlen, wenn wir ein neugeborenes Kind sehen: Das ganze Leben ist ein einziges Wunder, wenn es imstande ist, ein solches Wesen hervorzubringen. Und dann möchte man fast von selbst in dieses Jubellied der Schöpfungsgeschichte einstimmen: *„Siehe, sehr gut!"*

Das ist die eine Seite der Schöpfung. Es gibt aber noch eine andere. Und wenn man sich auf die einmal wirklich einlässt, kommen doch einige Fragen. Zum Beispiel: Es ist ein Grundgesetz dieser Welt, dass sich Leben nur von anderem Leben ernähren kann. Ein Lebewesen kann nur existieren, wenn es anderes Leben tötet. Der Löwe muss die Antilope reißen, der Adler muss seine Beute am Boden finden. Es gibt kein Lebewesen, das ohne Leben als Nahrung auskäme. Und das ist kein Unfall oder Strafe Gottes oder Folge menschlicher Sünde. Es ist einfach eine Grundvoraussetzung des Lebens. Eine Tatsache, die sich mit dem Leben selbst entwickelt hat. Wie viele lebende und fühlende Wesen leiden Tag für Tag daran, dass sie Beute werden für andere. Wie viel Angst und Schmerz und Leid gibt es tagtäglich in dieser Natur, und zwar noch nicht mal durch uns Menschen hervorgerufen, sondern einfach, weil diese Welt so ist, wie sie ist. Diese Erde ist überschüttet von Energie, von Sonnenlicht, zigtausend mal mehr, als das auf ihr existierende Leben braucht. Und trotzdem sind unzählige Wesen täglich auf der Suche

nach dieser Energie, die sie nur in Form anderen Lebens zu sich nehmen können. Sie müssen oft genug darum kämpfen und leiden in diesem Kampf. Ist das immer noch „sehr gut“?
Oder Erdbeben. Die manchmal Hunderte von Menschenleben von einem Moment auf den nächsten auslöschen. Was passiert da? Die Platten der Erdkruste bewegen sich, stoßen zusammen oder reiben sich aneinander. Es ist wichtig, dass sie das tun. Wenn unsere Erdkruste unbeweglich wäre, hätten sich nie Landmassen auffalten können. Die Erde wäre von einem einzigen großen Ozean mit 5.000 Meter Tiefe umgeben. Wesen wie wir wären nicht denkbar. Und dieselben Kräfte, die unser Leben auf dieser Erde erst möglich machen, können es im nächsten Moment vernichten. Und man kann das nicht einmal „böse“ nennen. Die Erde meint es nicht böse, wenn sie bebt. Sie meint gar nichts. Die Katze meint es nicht böse, wenn sie die Maus frisst. Das Bakterium meint es nicht böse, wenn es eins unserer Organe befällt. Es will nur leben. Es ist genauso auf der Suche nach Energie wie wir. Wenn es beten könnte, würde es vielleicht sagen: „Danke, Gott, für diese gute Mahlzeit!“ Die Natur schafft Leben und vernichtet es, ohne sich darum zu scheren, sie trauert nicht um die Opfer, sie funktioniert einfach nach ihren Regeln.
Und da kommt die Bibel und sagt: *„Und Gott sah an alles, was er gemacht hatte, und siehe, es war sehr gut!“* Da fragt man doch: Wirklich? Ist *das* das Werk eines liebevollen und gütigen Schöpfers?
Woher nehmen wir so einen Satz: *„Und siehe, es war sehr gut“*? Wir nehmen ihn nicht aus der Natur selbst. Die ist schön *und* schrecklich, sie ist bezaubernd – *und* gleichzeitig ohne Mitgefühl, ohne Interesse an einzelnen Wesen. Dieses „sehr gut“ ist keine Zustandsbeschreibung dieser Welt. Was damit gemeint ist, erfahren wir nicht durch wissenschaftliche Forschung. Wir können es aber ahnen, wenn wir in die Gesichter von Menschen schauen. Mir ist das beim Betrachten einer Fotoausstellung so gegangen. Es waren Bilder von Gesichtern ganz normaler Menschen. Die man im Vorübergehen vielleicht kaum beachten würde. Je länger ich diese Bilder angeschaut habe, desto mehr habe ich gesehen. Und nicht nur das, was optisch zu sehen ist: glatte Haut oder Falten, lachende Augen, graue Haare oder sonst was. Ich hatte das Gefühl, etwas anderes zu sehen: eine Würde, die in diese Gesichter eingezeichnet war, einen Glanz, den man nur schwer beschreiben kann. Ich hatte bei jedem Bild das Gefühl: Dieser Mensch ist *nicht* nur das Produkt einer gleichgültigen Natur – das ist er *auch,* aber nicht *allein.* Dieser Mensch ist viel mehr, er trägt auf seinem Gesicht den Abglanz von etwas Größerem, von etwas, was nicht kalt und gleichgültig ist, von etwas, was zutiefst daran interessiert ist, dass es diesen einen Menschen gibt. Ihn umgibt ein Geheimnis, das auf ein viel größeres Geheimnis hinweist.
Wie kommen wir dazu, so zu empfinden? Es geschieht dann, wenn wir anfangen, etwas mit den Augen der Liebe anzusehen. Und die Liebe sagt: „Allein deinetwegen muss es diese Welt geben. Damit so ein wunderbares Wesen wie du entstehen konnte.“ Und jetzt kommt die Bibel und sagt: Die ganze Welt existiert unter einem solchen Blick der Güte. Die ganze Welt wird liebevoll angesehen, auch wenn vieles, was auf ihr geschieht, überhaupt nicht liebenswürdig ist! Diese schöne und schreckliche Welt hat nicht nur Ursachen, die mal blind und gleichgültig und mal durch und durch geplant wirken. Sondern sie hat einen *guten Grund*! Sie ist *gewollt* und *bejaht.* Das Geheimnis, das einen Menschen umgibt, wenn man ihn mit den Augen der Liebe anschaut – es ist ein Hinweis auf das Geheimnis dieser Welt schlechthin. Das meint die Bibel, wenn sie sagt: *„Und Gott schuf den Menschen zu seinem Bilde.“*
Dieser Gott sagt trotz allem, was dunkel und bedrohlich ist in dieser Welt und in unserem Leben: *„Wie gut, dass es Dich gibt!“* Und genau das brauchen wir so sehr! Genau so

müssen wir angeredet werden, damit wir in dieser widersprüchlichen Welt wachsen und Vertrauen fassen und leben können.
In der Schöpfungsgeschichte der Bibel wird nichts erklärt. Warum diese Welt so ist, wie sie ist, warum Gott sie so und nicht ganz anders geschaffen hat, das wird hier nicht aufgelöst. Stattdessen lädt der Text dazu ein: Betrachte diese Welt selbst mit den Augen der Liebe! Sieh sie so an, wie Gott sie sieht. Freu dich an ihrer Schönheit und hab´ Mitgefühl, wo Menschen, Tiere und Pflanzen in Not sind. Schütze und heile, was immer sich schützen und heilen lässt. Genau das ist es auch, was Jesus getan hat. Er hat diese göttliche Liebe verkörpert wie keiner sonst. Der liebende Blick – das zeichnet nach der Bibel Gott als Schöpfer aus. Und das bedeutet: Wir müssen bestimmte Vorstellungen aufgeben, die wir mit Gott als Schöpfer verbinden. Wir müssen aufhören, uns Gott als einen Baumeister vorzustellen, der eine Welt entwirft und durchplant und designed. Wir müssen ihn mehr ahnen als einen, der einen offenen Wachstumsprozess in Gang gesetzt hat. In den er nicht mehr eingreift. Ich stelle mir vor: Gott begleitet dieses Wachsen und Werden, er freut sich an dem, was da lebendig wächst und leidet an den Komplikationen, an den Umwegen und Sackgassen. Viele Menschen erleben: Gott spricht in diese sich entwickelnde Welt hinein. In der Bibel finden wir darüber Berichte und bis heute können Menschen davon erzählen. In die Grundkräfte dieses Entwicklungsprozesses greift Gott nicht ein. Vielleicht, weil nur so ein offener, sich selbst entwickelnder Prozess so etwas wie Liebe hervorbringen kann. Liebe kann sich nur da entwickeln, wo nicht alles vorprogrammiert ist. Aber vielleicht ist das alles schon zu viel gesagt, behauptet und spekuliert.
Für mich bleiben da viele Fragen. Auf die ich keine Antwort habe. Aber ich finde es wichtig, sich solchen Fragen zu stellen. Und nicht so zu tun, als wäre alles klar, wenn Christinnen und Christen sagen: Ich glaube an Gott, den Schöpfer. Wenn ich mir Jesus anschaue, dann denke ich: Unser wichtigster Auftrag auf dieser Erde ist es nicht, diese Rätsel zu lösen. Sondern Liebe und Mitgefühl in eine Welt hineinzutragen, die von sich aus kein Mitgefühl kennt. In der es aber entstehen konnte bei Menschen und Tieren. Ich bin überzeugt: Unser Auftrag ist es, mit unserem Leben zu zeigen, dass dieses Leben mehr ist als Fressen und Gefressenwerden, dass dieses Leben nicht nur ein Kampf ist, sondern auch und vor allem ein Geschenk. Und ich glaube: Menschen sind nicht nur Exemplare einer Gattung, die zufällig aus der Tierreihe hervorgegangen ist. Sondern unendlich kostbare Kinder Gottes. Die wichtigste Aufgabe der Kinder Gottes ist es, diese schöne und schwierige Welt mit den Augen der Liebe anzuschauen. Und so etwas von Gott in ihr zu entdecken. Spannende Welt-Entdeckungen und liebende Augen - mein Wunsch für Sie und mich heute.

Stark wie der Tod ist die Liebe
Predigt anlässlich des Zugunglücks von Eschede (1998)

Schlimme Nachrichten hören und sehen wir jeden Tag: in der Zeitung, im Fernsehen, wo auch immer. Und normalerweise haben wir schnell einen Abstand dazu, der dafür sorgt, dass einem die Dinge nicht zu nahe kommen. Aber es gibt Ereignisse, da geht etwas von diesem Abstand verloren. Da funktioniert er nicht mehr so. Da sieht man was und hört was und merkt, wie es einen im Inneren berührt, wie man selber erschüttert wird, obwohl man nicht unmittelbar betroffen ist. Mir ist es so am Mittwoch gegangen, als die Nachricht vom Zugunglück in Eschede kam, und ich kann mir vorstellen, bei vielen von Euch war das ähnlich. Ich habe die Bilder gesehen und erstmal nur gedacht: Das kann doch gar nicht wahr sein. Das gibt's doch gar nicht! Und dann im nächsten Moment: So schnell kann das gehen. Du bist unterwegs, quicklebendig, alles ist so wie immer, und plötzlich, innerhalb von Sekunden, ist alles vorbei. Mit einer Wucht, die Du Dir gar nicht vorstellen kannst. Wir gehen ja normalerweise mit dem Gefühl durch´s Leben: Wird schon nichts passieren. Der Boden unter Deinen Füßen ist fest. Und wahrscheinlich muss es auch so sein. Keiner kann mit dem Gefühl ständiger Bedrohung seiner Wege gehen. Aber es gibt eben auch Momente, da wird uns das erschreckend klar: Dass wir oft viel näher am Abgrund lang laufen, als uns bewusst ist. Dass sich das Leben längst nicht immer auf festem Boden, sondern oft auf dünnem Eis bewegt. – Und die Gedanken gehen weiter, zu den Angehörigen, die zuhause warten oder an den Zielbahnhöfen. Was muss in ihnen vorgehen, als sie das erfahren? Ich merke, ich kann mir nur begrenzt vorstellen, was sie empfinden müssen an Schmerz und Trauer. Man muss wahrscheinlich Ähnliches erlebt haben, um das ermessen zu können. Was es heißt, wenn der Tod so plötzlich und mit solcher Gewalt in ein Leben einbricht. – Und dann stelle ich mir die Helferinnen und Helfer vor. Und bin froh, dass ich mir nicht vorstellen kann, was sie zu sehen bekommen. Weiß nur, dass es furchtbar sein muss. Wie werden sie damit klarkommen, mit all diesen unglaublichen Bildern?

Das alles ist so im Kopf, als ich den Monatsspruch für den Monat Juni höre, aus dem Hohelied Salomos: *„Stark wie der Tod ist die Liebe!"* heißt es da. Ein sehr vertrauter Satz, aber plötzlich klingt er ganz anders. Nicht so klar wie sonst. Plötzlich ist da ein Ereignis, an dem er sich bewähren muss. Ich höre ihn und frage mich unwillkürlich: Was mag denn eine Mutter oder ein Ehemann oder eine Enkelin denken, die in diesem Zug jemanden verloren hat, wenn sie das hört: *„Stark wie der Tod ist die Liebe?"* Erlebt haben sie doch gerade das Gegenteil: Stark wie die Liebe – ist der Tod! Du kannst jemanden noch so lieben, und Deine Gedanken und Gebete mögen ihn noch so liebevoll begleiten, plötzlich passiert so was, und es ist vorbei. Und das ist ja nicht nur eine Erfahrung der letzten Woche, sondern etwas, was Menschen zigfach erleben, wenn auch nicht so spektakulär. Dass der Tod stark ist, verdammt stark zuweilen. Dass er einem den Boden unter den Füßen wegziehen kann, und zwar so heftig, dass man erstmal gar nicht weiß, ob man wieder auf die Beine kommt! Und dass er nicht danach fragt, wie lieb oder teuer einem der Mensch war, den man da verliert. „Stark wie die Liebe ist der Tod" – das bekommen viele schmerzhaft zu spüren. Aber gilt das auch umgekehrt? Gilt das wirklich?

Und zugleich denke ich daneben: Gut, dass gerade dieser Satz jetzt da ist. Für diesen Monat, zu dem dieser Mittwochabend gehört und all die Tage und Abende danach. Gut, dass gerade dieser Satz in all die Erschütterung und Trauer hinein gesagt ist, auch wenn die, die ihn ausgesucht haben, im Traum nicht damit gerechnet hätten. Manchmal ist das ja so, dass so ein Satz irgendwie zum richtigen Zeitpunkt kommt. Auch wenn er selbst nichts heilt, vielleicht noch nicht mal tröstet, aber wenigstens der Trauer und dem Schrecken etwas anderes zur Seite stellt als Trauer und Schrecken. Indem er sagt: Da ist noch mehr als das, was Euch jetzt den Atem raubt. Da ist etwas, was sich mit der Macht des Todes anlegt. Auch mit dem, was hier geschehen ist!

Kann das einen Menschen trösten, der jemanden bei so einer Katastrophe verloren hat? Ich glaube, zunächst einmal nicht. Zumindest nicht so schnell. Es gibt Momente, in denen gibt's keinen Trost. In denen ist das Herz so verletzt, dass kein tröstendes Wort es erreichen kann. In denen nur eine Hand helfen kann, die einen festhält, oder ein Arm, in den man sich hineinfallen lassen kann. Das ist einfach so. Und es ist gut, in solchen Momenten den Mund zu halten. So, wie es viele berichten, die in den letzten Tagen Seelsorge geleistet haben an der Unfallstelle. So, wie es die Freunde von Hiob getan haben, als sie die Tiefe seines Schmerzes empfunden haben. Es gibt Momente, da kann man nur aushalten, was los ist. Später, manchmal viel später, kann es dann geschehen, dass so ein Satz wie unser Monatsspruch zu sprechen anfängt. Und zwar sehr persönlich. Dass er einem sagt: „Ich weiß, wie Dir zumute ist! Ich weiß, was Du mitgemacht hast in der letzten Zeit. Ich weiß, wie stark der Tod sein kann und mit welcher Wucht er einen manchmal erwischt. Und nichts davon will ich zudecken mit frommem Gerede. Aber eines sollst Du wissen: Der Tod hat Dir furchtbar zugesetzt. Aber das letzte Wort, das hat er nicht, weder über Dich noch über den – oder die - , die Du verloren hast. Den Sinn, den Euer Leben hatte, kann er nicht durchstreichen. Das, was ihr einander bedeutet habt, kann er nicht ungeschehen machen. Selbst, wenn all das nicht mehr ist, sollst Du wissen: Nichts davon ist umsonst gewesen. Und nichts davon geht verloren. Was aus Liebe geschehen ist, wird in Gottes Liebe bewahrt bleiben. Denn ob Du es Dir im Moment vorstellen kannst oder nicht: Liebe ist stark – wie der Tod. Und das bedeutet letztlich: Sie ist stärker."

„Stark wie der Tod ist die Liebe" – ich weiß, das ist keine Gewissheit, die locker zu haben ist. Manchmal ist sie rar und teuer. Und sie muss sich mit dem auseinandersetzen, was an Fragen kommt bei so einem Ereignis wie in Eschede, unwillkürlich. Was hat Gott damit zu tun, wenn so etwas geschieht? Ist so etwas Teil seines unerforschlichen Ratschlages, von dem im eigentlichen Predigttext heute die Rede gewesen wäre? Ist alles sein Wille, was geschieht, die Geburt eines Kindes und die Liebe zweier Menschen genauso, wie der jähe Tod vieler in den Trümmern eines Zuges? Ich weiß, da gibt es keine echte Antwort drauf. Einen Gott, der im Himmel die Fäden zieht, der Züge fahren und entgleisen lässt wie wir früher an unseren Trafos – ich kann es mir nicht vorstellen. Sicher ist nur: Er hat das Leid dieser Menschen nicht verhindert. Auch, wenn wir das noch so gerne hätten. Auch, wenn ich ihn mir manchmal von Herzen so wünsche: Als einen, der eingreift, wo das Leben von Menschen in Gefahr ist, als einen, der dem Tod keine Chance gibt und dem jähen Ende. Aber so ist er eben nicht. Und das ein wenig zu verstehen – dazu hilft mir der Blick zum Kreuz. Das Kreuz erzählt mir nichts von einem Gott, der alles Leid verhindert. Nein. Aber es erzählt mir von einem Gott, der keinen in seinem Leid alleine lässt. Der gerade da zu finden ist, wo Menschen der Boden unter den Füßen weggezogen worden ist. Und der gerade da auffängt, wo nur noch Abgrund zu sein scheint. Dessen Liebe sich auch mit dem Tod anlegt, und sei er noch so schrecklich. Und ein kleines Gleichnis dafür ist manches Ereignis, von dem in den letzten Tagen eben auch zu hören war. Die Frau zum Beispiel, die das Unglück sieht und ohne zu zögern ihr ganzes weißes Bettzeug packt und dahin rennt, weil sie genau weiß: Da reicht das Verbandszeug von zehn Rettungswagen nicht. Die vielen Leute, die offenbar sofort zu Hilfe geeilt sind, während wir ständig lamentieren, dass es keine Hilfsbereitschaft mehr unter den Menschen gebe. Die Helfer, die irgendwann völlig fertig am Rande sitzen, und selber Helfer finden, die mit ihnen reden oder schweigen. Das, Ihr Lieben, ist nicht wenig. Wahrhaftig nicht.

„Stark wie der Tod ist die Liebe!" Und der, der hinter diesem Satz steht. Möge er allen ganz nahe sein, die jetzt um einen Angehörigen trauern oder um eine Freundin. Möge er denen nahe sein, die noch nicht wissen, wie sie mit den Bildern fertig werden sollen. Möge er uns allen nahe sein, und auch eine Frage in uns wachrufen, nämlich die Frage, wie schnell wir eigentlich noch werden wollen. Ich weiß, auch eine niedrigere Geschwindigkeit hätte ähnlich schlimme Folgen gehabt. Und trotzdem frage ich mich, ob wir nicht inzwischen in ein fast schon mörderisches Tempo geraten sind, längst nicht nur auf den Schienen. Denn die sind wohl nach wie vor sicherer als vieles andere.
Lasst uns drüber nachdenken. Vielleicht auch ein bisschen bewusster wahrnehmen, an wie vielen Tagen und auf wie vielen Wegen wir heil davongekommen sind. Vor allem aber: Lasst uns für die beten, die unmittelbar unter diesem Unglück leiden. Wir können von hier aus wenig für sie tun, aber für sie beten, das können wir. Und auch für andere, deren Not uns im Moment nicht so nahe geht. Möge ihnen und uns ein wenig Halt geben,

was der Monatsspruch uns verspricht: *„Stark wie der Tod ist die Liebe“*. Und wie gesagt: Was so stark ist wie der Tod, das ist stärker.

Was begreifen wir?
Gedanken zu Psalm 139,5+14 angesichts des Amoklaufs von Erfurt (2002)

Jetzt feiern wir Himmelfahrt – und erleben gerade in diesen Tagen wieder einmal ganz deutlich, wie weit diese Erde davon entfernt ist, Himmel zu sein. Es gibt wohl keinen, der nicht erschüttert war und geschockt von dem, was in Erfurt geschehen ist. Sechzehn Menschen, die eigentlich leben sollten, die eine Zukunft haben sollten – einfach ausgelöscht, mal eben so. Und ihre Angehörigen und Freunde: ihr Schmerz, ihre Trauer, ihre Fassungslosigkeit, das ist keine Sache von Wochen und Monaten, das prägt ein ganzes Leben. Und auch die Familie des Täters. Manche fragen jetzt, was schlimmer sein mag: ein Kind, einen Vater, eine Partnerin durch eine Bluttat zu verlieren, oder vor der Tatsache zu stehen, dass der eigene Sohn, der eigene Bruder ein mehrfacher Mörder ist. Ich denke, das kann man nicht beantworten. Beides liegt in einem Bereich, wo so eine Frage einfach keinen Sinn mehr macht.
Unter den Reaktionen nach dem Amoklauf war eine, die ich besonders wichtig fand. Otto Schily warnte davor, jetzt zu schnell Antworten zu suchen und Lösungen anzubieten. Das wäre gut gewesen. Aber ich habe den Eindruck, davon sind wir schon wieder weit weg. Schon ein paar Tage später sind wieder die Schuldigen ausgemacht worden: die Elternhäuser, die Schulen, die Politik (die sowieso immer!), die Schützenvereine, die Actionfilme und PC-Spiele. Und wir machen auch direkt was: das Waffenrecht ändern und die Gewalt auf den Bildschirmen bekämpfen. *Verstehen* kann ich das gut: die Suche nach schnellen Antworten und Lösungen. Es ist wie in dem Märchen wo Rumpelstilzchen zu der Königstochter sagt: „Wenn Du meinen Namen weißt, dann bekommst Du Dein Kind zurück!“ Wir meinen, wenn wir benennen könnten, was passiert ist, dann wäre die Gefahr vielleicht gebannt. Was wir begreifen, das haben wir im Griff. Aber was begreifen wir denn?
In der Frankfurter Rundschau stand vor ein paar Tagen ein Artikel mit der Überschrift „Das Puzzle des Unbegreiflichen“. Ich fand das sehr passend. Wir haben eine Fülle von Fakten, von Einzelheiten über die Tat, über den Täter, über alles mögliche, wir haben einen ganzen Haufen von Puzzleteilen, aber es entsteht kein Bild, das man *erkennen* könnte, das man *verstehen* könnte. Dass da ein neunzehnjähriger junger Mann hingeht, durch seine Schule zieht und sechzehn Menschen erschießt, könnt Ihr das *verstehen*? Ich kann das nicht verstehen. Wenn Robert Steinhäuser ein verschrobener Außenseiter gewesen wäre, der immer schon komisch war, mit dem keiner was zu tun haben wollte, wenn er aus einer zerrütteten Familie käme, in der Alkohol und Gewalt an der Tagesordnung waren, dann hätten wir's scheinbar leichter. Dann könnten wir sagen: Ist doch klar, musste ja so kommen. Und vor allem könnten die meisten von uns sagen: Uns könnte das nicht passieren. Aber so ist es ja nicht. Der Täter, seine Familie, da ist nichts wirklich Ungewöhnliches. Alles ganz normal. Und genau das ist beunruhigend. Könnte es nicht sein, dass die *Möglichkeit* einer solchen Tat in jedem von uns schlummert, mehr oder weniger? Aber vor allem: Könnte es sein, dass das Schreckliche, was da geschehen ist, mehr mit uns zu tun, als uns lieb ist, mit uns *Menschen* und mit dem, was wir *Gesellschaft* nennen?
Ich weiß das auch nicht genau. Und vielleicht wäre jetzt dran, uns Zeit zu nehmen und da hinzuschauen. Innezuhalten. Zu sehen und zu akzeptieren, dass es hier keine schnellen Antworten gibt. Und erst recht keine schnellen Lösungen. Auszuhalten, dass wir da in einen Abgrund schauen. Und ich werde Euch ganz bestimmt auch keine fertigen

Antworten bieten. Ich will Euch nur ein paar unfertige Gedanken sagen, die mir im Moment durch den Kopf gehen.
Mitschüler haben über Robert Steinhäuser gesagt: Er war kein Außenseiter. Er war nicht unbeliebt in der Klasse. Er hatte Leute, mit denen er geredet und gelacht hat. Allerdings: Was wirklich in ihm vorging, was er gedacht und empfunden, das wusste keiner so richtig. Ich frage, ob das heute nicht vielen so geht, mehr als früher: Dass sie von anderen sozusagen nur halb gesehen und wahrgenommen werden. Gar nicht mal *über*sehen, das wäre zuviel gesagt. Man sieht sich schon, man wird gegrüßt, man steht auch zusammen und plaudert und lacht, aber all das bleibt äußerlich und geht nicht tiefer. Wie genau sehen wir die an, mit denen wir tagtäglich zu tun haben? Was nehmen wir wahr von denen? Was kommt an von den feinen, fast unmerklichen Signalen, dass sich da jemand verändert? Und da brauchen wir gar nicht bis nach Erfurt zu schauen, da können wir genauso hier in der Gemeinde mal schauen. Wie viele von Euch kommen regelmäßig in den Gottesdienst oder in Kreise mit dem Gefühl: So richtig nimmt mich eigentlich keiner wahr? Wie viele mag es geben, die sich nach dieser Erfahrung sehnen, die der Sänger des 139. Psalms so schön besingt: *„Ich sitze oder stehe auf, so weißt Du es, DU verstehst meine Gedanken von ferne!“* Ich glaube, das braucht jeder: jemanden, von dem er sagen kann: Du verstehst meine Gedanken – und meine Gefühle. Gott kann das als einziger von ferne, aber wir könnten das doch zumindest ein bisschen aus der Nähe. Aber genau das ist gar nicht so leicht – gerade für Eltern mit Kindern ab vierzehn sage ich mal. Wie finden wir mehr Zugang zueinander?
Ein weiterer Gedanke: Eine Tat wie diese hat niemals nur eine Ursache. Sie steht am Ende eines langen Weges, auf dem schon viel passiert ist. Und das müssen gar keine großen, dramatischen Ereignisse sein, das kann eine Fülle kleiner Nadelstiche sein, die Außenstehende kaum bemerken. Ein wichtiges Ereignis auf diesem Weg wird der Verweis von der Schule gewesen sein. Wohlgemerkt: nicht die Ursache, sondern der Anlass. Mir ist in diesem Zusammenhang eine Frage gekommen: Wo in unserer Gesellschaft können unsere Kinder lernen, wie man mit einer Niederlage umgeht? Wie man mit Versagen umgeht und mit dem Frust, den das erzeugt? Wie man wieder aufsteht, wenn man am Boden war – und eben *ohne* um sich zu schlagen? Wir leben in einer Zeit, in der uns überall die Botschaft begegnet, wie wichtig es ist, zu gewinnen. Ob das im Sport ist oder an der Börse oder im Job oder wo auch immer. Ein deutliches Beispiel ist für mich der Umgang mit der Schulstudie PISA: Da wurde doch meist nicht gefragt: Wie kommt es denn, dass viele unserer Kinder so große Schwierigkeiten mit relativ einfachen Aufgaben haben? Womit behindern wir sie? Sondern es wurde sinngemäß von vielen gesagt: Wir müssen unsere Kinder jetzt ganz schnell fit machen für den europäischen Wettbewerb! Sozusagen *arbeitsmarktkompatibel*. Wir müssen sehen, dass sie auf die Gewinnerseite kommen, wenn sie groß sind.
Aber wer sagt uns, wie man verliert? Wie man eine Niederlage verarbeitet, ohne das Selbstwertgefühl zu verlieren? Ohne sich als Looser zu fühlen.
„Ist der Mensch so viel wert, wie er verdient?“ Wir müssen uns wieder an eine schlichte und zugleich unendlich wichtige Wahrheit erinnern: dass jeder Mensch viel mehr ist, als das, was er erreicht oder schafft oder kann. Dass er viel mehr ist als das, was ihm misslingt oder zwischen den Fingern zerrinnt. Dass er mehr ist als seine Noten und sein Abschluss und seine Stellung in der Hierarchie und was auch immer. Dass der Himmel für uns offen steht, auch dann, wenn wir hier so vieles nicht auf die Reihe bekommen. Ich glaube, das ist entscheidend wichtig. Und da ist es nicht damit getan, dass wir das hier immer wieder beschwören und predigen. Wie können wir einander spüren lassen, dass das so ist? Dass das *wirklich so ist*, auch wenn es so oft anders aussieht?
Und da sind wir plötzlich ganz nah bei dem, was wir gleich mit Hannah und Max und Fabian tun werden: Die Taufe Eurer Kinder soll genau das zum Ausdruck bringen: Wer

Eure Kinder eigentlich sind! Wer sie für Gott sind. Die Taufe ist das Versprechen, dass sie in allem Gelingen und Versagen mit dem Psalmsänger sagen dürfen – und zwar jederzeit: *„Ich danke Dir, dass ich wunderbar gemacht bin – wunderbar sind Deine Werke, das erkennt meine Seele."*
Was können wir Eltern tun? Auch da wird man vorsichtig sein müssen mit Ansprüchen und Erwartungen. Ich sag's mal so: Wir können Botschafter dieser Nachricht sein. Unseren Kindern genau das vermitteln: Schön, dass Ihr da seid! Ihnen zeigen, wie man verliert. Und das fängt damit an, mit eigenen Niederlagen umgehen lernen. Geduld zu haben mit sich selber. Mit eigenem Unvermögen unseren Kindern gegenüber. Wissen, dss wir auf Verzeihen angewiesen sind. Und: wir können Mitgefühl anregen. Am besten, indem wir unseren Kindern Mitgefühl entgegenbringen.
Aber: Wenn all das nur Aufgabe der Eltern wäre, dann wären sie heillos überfordern. Das ist Aufgabe der ganzen Gesellschaft. Und da kommen dann auch die Politiker, die Wirtschaft und vorneweg die Medienwirtschaft in den Blick: Welche Menschenbilder wollen wir denn verbreiten nach außen. All das hat eben nichts mit schnellen Lösungen zu tun. Und es lässt sich auch nicht gesetzlich verordnen. Das muss *gewollt* werden. Und: das sind ganz lange Wege, die da gegangen werden müssen. Und da geht nichts schnell. Da ist es mit einer Legislaturperiode eben nicht getan. Es braucht das, wovon wir in unserer verdammt schnellen Gesellschaft so verdammt wenig haben: Geduld!
Wie gesagt – Ich glaube, es wäre jetzt Zeit, innezuhalten und genau hinzuschauen. Und auch das zu sehen und auszuhalten: dass wir diese Erde nicht zum Himmel machen werden. *Wir* nicht. Und trotzdem oder gerade deswegen dürfen wir glauben, dass der Himmel offensteht, dass er mitten über dieser verrückten Welt offensteht für uns alle, uns manchmal so ratlose und verwirrte Menschen. Und kein Ereignis, so furchtbar und dunkel es auch sein mag, kann daran etwas ändern. Das macht den Schrecken und die Trauer über den Amoklauf nicht kleiner. Aber es kann Mut machen, bei aller Ratlosigkeit ehrlich hinzuschauen. Und dann besonnen zu fragen, was wir tun können, um ein paar Wolken vor dem offenen Himmel wegzuschieben.

Wo ist Gott?
Gedanken zu Jesaja 61,1-3 angesichts des Tsunami in Südostasien (Dezember 2004)

Ich habe versucht, mir vorzustellen, wie das ist: diese Flutwelle, meterhoch, die plötzlich auf den Strand zurollt, und ein paar Sekunden später sind Hunderte, Tausende Männer, Frauen, Kinder, einfach nicht mehr da – weggerissen, weggespült, einfach so. Hundertdreißigtausend Menschen – oder hundertfünfzigtausend, keiner weiß das genau – alles sehr persönliche Lebensgeschichten, die mit einem Schlag vorbei sind. Könnt Ihr Euch das vorstellen? Ich kann mir das nicht vorstellen. Wir sind nicht dazu gebaut, so was zu begreifen. Und das unermessliche Leid derer, die überlebt haben: die Kinder, die jetzt ohne Eltern sind und umgekehrt, die vielen, vielen, denen buchstäblich der Boden unter den Füßen weggespült worden ist, die Bilder, die die Helfer in jedem Moment vor Augen haben – ich glaube, wir machen uns keinen Begriff davon. Es gibt nur kurze Momente, da blitzt so etwas wie eine Ahnung auf. In der Zeitung war ein Bild, da sah man eine Stellwand mit Fotos von nicht identifizierten Toten. Auf dieser waren lauter Kinder. Eine Wand voller Kindergesichter. Und davor Erwachsene, die auf den Bildern ihr eigenes Kind gesucht haben. Ich habe gedacht:

Stell Dir vor, Du stehst vor dieser Wand und suchst Dein Kind. Ein absoluter Alptraum.
Nein, begreifen kann ich das nicht. Und ich weiß nicht, wie es Euch geht. Ich merke, wie unwillkürlich der Gedanke hochkommen ist: Wer ist verantwortlich dafür? Wen kann man zur Rechenschaft ziehen oder wenigstens anklagen? Wenn wir von Menschen hören, die im Krieg sterben, dann kann man sagen: Das haben Menschen zu verantworten! Das ist ein von Menschen gemachter Alptraum! Aber hier? Was ist hier passiert? Zwei Platten sind zusammengestoßen. Auf ganz natürliche Weise. Die haben es nicht böse gemeint. Die haben es nicht auf Menschenleben abgesehen. Sie haben sich einfach bewegt. Ganz natürlich. Sie schwimmen auf flüssigem Gestein und sind den Gesetzen der Bewegung unterworfen. Genau diese Bewegungen haben vor langer Zeit mit dazu beigetragen, ein Klima zu schaffen, in dem Leben möglich wurde auf dieser Erde. Und jetzt haben dieselben Bewegungen Leben zigtausendfach zerstört. So einfach ist das. So furchtbar einfach.
Und so ist es eigentlich überall in unserer Wirklichkeit: Alles bewegt sich ständig, die Luft, das Wasser, das Land, die Energie. Alles ist in ständigem Wandel und dieser Wandel ist eine Grundvoraussetzung für Leben überhaupt. Ohne diese Dynamik, ohne diese beweglichen Kräfte gäbe es weder uns noch irgendwelche anderen Lebensformen. Und genau das ist das Zwiespältige an unserer ganzen Wirklichkeit: Dieselbe Dynamik, die Leben ermöglicht, kann das gleiche Leben mit einem Schlag vernichten. Und tut es manchmal auf so schreckliche Weise wie jetzt in Südostasien.
Wir haben gerade das Glaubensbekenntnis gesprochen und gesagt: „Ich glaube an Gott, den Schöpfer des Himmels und der Erde." Das klingt gut. Und auf den ersten Blick viel leichter mitzusprechen als manche andere Aussage. Ich frage mich, ob uns immer so klar ist, was wir da sagen. Und ich frage mich, wie wir das zusammenkriegen sollen: Dieses Spiel der Kräfte, das manchmal einfach wahllos zerstört, und Gott, den Schöpfer und Erhalter der Welt. Wenn es wahr ist, dass sein Wille hinter dieser Welt steht – und ich glaube das - , dann hat Er diese Möglichkeit mit in die Welt hinein gesetzt: dass ein und die selbe Kraft aufbauen und vernichten, schaffen und zerstören kann. Gott als den Schöpfer zu glauben, das ist keine harmlose Sache. Denn „Schöpfung" ist eben nicht nur die Blumenwiese und der Sonnenuntergang auf den Kawohl – Postern, sondern auch das, was wir gerade erleben. Ich kenne viele Leute, die sagen: „Ich finde Gott in der Natur!" Ich ahne, was sie meinen. Und mir geht's ja selber so, dass eine atemberaubende Landschaft mich an Gott denken lässt. Trotzdem müssen wir uns fragen: Was meinen wir, wenn wir da von „Natur" und „Schöpfung" sprechen? Sind die Flutwellen vor Sumatra mitgemeint? Die Erdbeben in der Türkei, im Iran, in Nicaragua vor ein paar Jahren? Oder meinen wir im Grunde nur die Wupperberge und die Toskana im Frühling?
Ich kann in der Natur vieles finden. Aber eins nicht: Ich kann in der Natur nicht wirklich ablesen, wie Gott zu mir steht, und zu Euch, und zu den Hunderttausend, die da gestorben sind. Die Kontinentalplatten sind weder böse noch zornig auf uns Menschen. Sie sind einfach nur da. Die Kräfte der Natur sind ziemlich gleichgültig uns gegenüber. Dass es hinter diesem Spiel der Kräfte eine Macht gibt, der wir *nicht* gleichgültig sind, dass es da Einen gibt, dem wir etwas *bedeuten*, dem jeder einzelne da Untergegangene etwas bedeutet hat *und über den Tod hinaus bedeutet*, das erfahre ich nicht wirklich aus der Natur. Das erfahre ich nur dadurch, dass es mir einer sagt und bezeugt. Einer, der sich selber alles andere als gleichgültig verhält. Und der weiß, was Leid in dieser Dimension bedeutet.
Es ist dieser verletzliche Mensch Jesus von Nazareth, der mir zeigt: Du bist in dieser Welt mit all ihren Widersprüchen nicht allein! Es ist nicht egal, was mit Dir passiert! Du kannst Dich trotz Deiner tausend ungelösten Fragen darauf verlassen, dass Dein

Leben einen guten Grund hat! Du kannst Dich darauf verlassen, dass Du mit Deinem Schicksal *gesehen* wirst, dass jeder und jede gesehen wird, jeder einzelne der vielen Tausend, die da weggespült worden sind, und zwar von einem, der nicht gleichgültig zusieht, sondern dessen Herz für uns Menschen schlägt, auch wenn er so vieles nicht verhindert, viel, viel weniger als wir es ersehnen! Du darfst Dich darauf verlassen: keiner der Toten dort ist vergessen! Keiner ist auf ewig untergegangen! Da ist einer, der lässt nicht zu, dass sie für immer verschwinden. Wenn es für mich einen Grund gibt, *das* zu hoffen, in dieser Welt an diesen Gott zu glauben, dann ist es der Mensch Jesus von Nazareth. Der mit seinem Leben und Sterben dafür einsteht. Und es lohnt sich, da genauer hinzusehen: Wie ist er selber mit dem Leid umgegangen, das er um sich herum ständig erlebt hat? Wenn Jesus sich der Not anderer Menschen zugewandt hat, dann hat er offenbar nicht danach gefragt, wie Gott so was zulassen kann. Und ich vermute, er hat es deswegen nicht getan, weil dieses Fragen den Betroffenen so wenig bringt. Jesus hat mit leidenden Menschen nicht darüber nachgedacht, wie sie ihr Leid mit ihrem Gottesverständnis vereinbaren können. Sondern er hat sie geheilt, getröstet, aufgerichtet, zu Recht gebracht. Das war seine gelebte Antwort auf die Frage, wo Gott ist angesichts von Leid und Not. Er selber war die Antwort, und ich meine: er war die einzig wirklich überzeugende. Und unsere Antwort als Christinnen und Christen auf all diese Fragen kann wohl nur darin bestehen, dass wir helfen. Ganz konkret. Und das heißt im Moment schlicht und einfach: Spenden. Vor ein paar Tagen war ein Interview mit einem Koordinator des DRK. Er berichtete von Angeboten von Menschen, runterzufahren und mit anzupacken. Er sagte dazu: „Helfer sind genug da. Wir brauchen Material, wir brauchen Geld, um helfen zu können! Wenn Ihr was tun wollt, dann spendet!" Spenden und für die Menschen in der Region beten, darauf kommt es jetzt an. Und ich muss sagen: Für mich ist es mehr als nur ein kleiner Hoffnungsschimmer, wenn ich höre, mit welcher Bereitschaft Menschen überall im Moment den Hilfsaufrufen nachkommen. Gerade in einer Zeit, in der wir sonst ziemlich ängstlich unsere Euros zusammenhalten. Vielleicht geht es vielen so wie dem Geschäftsführer des Cinemaxx, der gesagt hat: „Wenn man die Bilder des geballten Elends sieht, ... schäme ich mich fast, meine Probleme als solche zu bezeichnen." Ihr wisst vielleicht, alle Einnahmen des Cinemaxx vom gestrigen Neujahrstag werden für die Flutopfer gespendet. Und andere Gruppen und Firmen haben ähnliches gemacht.
Ich habe auch das Gefühl: eine Katastrophe wie in Südostasien rückt uns manchmal den Kopf zurecht. Lässt uns manches, worüber wir grübeln und klagen, zurückschrumpfen auf die Größe, die es wirklich hat. Und stellt uns die Frage, wo unsere Prioritäten liegen. Was wirklich wichtig ist. Stellen wir uns dieser Frage. Und helfen wir denen, die sich im Moment nur fragen, wie sie überleben sollen und wie sie mit ihren Traumen zurechtkommen sollen. Helfen wir ihnen, so gut wir können. Dann sind wir mitten in dieser zwiespältigen Wirklichkeit dem auf der Spur, den wir in den alten Worten Jesajas wieder finden: *„Der Geist Gottes des HERRN ist auf mir, weil der HERR mich gesalbt hat. Er hat mich gesandt, den Elenden gute Botschaft zu bringen, die zerbrochenen Herzen zu verbinden, zu verkündigen den Gefangenen die Freiheit, den Gebundenen, daß sie frei und ledig sein sollen;*
zu verkündigen ein gnädiges Jahr des HERRN."

Gott ist denen nahe, die zerbrochenen Herzens sind
Gedanken anlässlich der Katastrophe auf der Loveparade 2010

Die Loveparade gestern vor einer Woche. Ich stelle mir immer wieder vor, was dieser Tag in den Seelen von Menschen hinterlassen hat: Die Angst und die Not all derer, die da im Tunnel nicht mehr vor und zurück kamen und irgendwann einfach nur noch hilflos in der Enge steckten. Stell Dir vor, Du bist auf dem Weg zu einem Fest, das einfach nur fröhlich und ausgelassen sein soll, und plötzlich bist Du in einer Situation, die keiner mehr unter Kontrolle hat und aus der es kein Ein und kein Aus mehr gibt. Was für eine Not. Und ganz ähnlich all diejenigen, die als Helferinnen und Helfer da waren: Man sieht oder ahnt zumindest, was da mit Menschen passiert und kann nichts tun, weil man sie gar nicht mehr erreichen kann. Oder: man wird zu Hilfe gerufen und erwartet Sturzverletzungen oder so etwas, und plötzlich ist da eine völlig andere, viel schrecklichere Situation, auf die sich keiner innerlich vorbereiten kann, und man sieht so viele Menschen, die dringend Hilfe brauchen und so viele, denen keiner mehr helfen kann. Was machen wir mit diesen Bildern? Oder: man steht davor, inzwischen wieder in Sicherheit, und merkt, dass man nur noch gekämpft hat um sein Leben, dass der rechts und links einen gar nicht mehr interessiert hat, dass da nur noch der Gedanke war, raus hier, egal wie – obwohl man es doch sonst so wichtig findet, anderen zu helfen und Rücksicht zu nehmen. Aber so ist das doch: in der tödlichen Enge greifen unsere Überzeugungen und unsere moralischen Prinzipien oft nicht mehr, da werden andere, uralte Mechanismen wirksam und steuern uns. Was machen wir damit, wenn wir uns selbst da nicht wiedererkennen? Oder: Ich stelle mir die Eltern vor, die voller Sorge versuchen, ihre Kinder zu erreichen, und niemand kommt durch. Die Erleichterung, wenn dann doch ein Anruf ankommt oder wenn der Sohn, die Tochter dann irgendwann vor der Tür steht, fertig, aber lebendig. Aber was muss in den Eltern vorgehen, deren Kinder nicht mehr angerufen haben, nie wieder anrufen werden? Welcher Schmerz muss da sein! Wie viel Erschütterung, wie viel innere Not hat dieses Wochenende hinterlassen! Wie viel Ohnmacht und Trauer und auch Zorn!
Und die Frage ist doch hier genauso wie in ähnlichen Situationen: Wie können wir denn leben mit solchen Ereignissen, die uns buchstäblich den Boden unter den Füßen wegziehen? Was machen wir mit solchen Erlebnissen, die uns einfach nur hilflos und ohnmächtig zurücklassen? Und das ist ja nicht allein das Drama des vergangenen Wochenendes in Duisburg, das sind so viele kleinere und größere Katastrophen im Leben von Menschen in unserer Stadt und anderswo. Was machen wir mit diesen Bildern? Mit dieser Erschütterung, die das in uns bewirkt? Mit dieser Ohnmacht, die wir da empfinden?
Ich wünschte, es gäbe da einfache und schnelle Mittel. Wir könnten da einen Schalter umlegen, alte Bilder löschen, andere, heilsame, vertrauensvolle Bilder neu aufspielen. Aber das geht nicht so einfach. Unsere Seele kann in unglaublich kurzer Zeit verletzt werden. Heilen dagegen kann sie nur langsam. Wenn man aus der Bahn geworfen worden ist, dann ist das Zurücktasten ins Leben immer ein weiter Weg. Und der beginnt damit, dass wir einem oder einer anderen erzählen können, wie schlimm sich das anfühlt, wie weh das tut, wie das ist, wenn einem der Boden unter den Füßen weggeht. Wir gehen doch alle in der Regel morgens aus dem Haus in dem Vertrauen, dass wir später wieder heil zurückkommen, dass der Boden unter unseren Füßen irgendwie trägt, dass unsere Welt nicht zusammenbricht. Und ohne dieses Vertrauen könnten wir nicht wirklich leben; wir würden morgens nicht mal aus dem Bett kommen, wenn wir nicht das Gefühl hätten, dass es gut gehen kann mit uns heute. Was, wenn dieses Vertrauen erschüttert ist? Oder: Im Gespräch sagte jemand letzte Woche: „Ich hätte es nicht für möglich gehalten, dass so etwas in unserem Land möglich ist! In anderen Gegenden dieser Welt, in denen solche Veranstaltungen nicht mit deutscher Gründlichkeit geplant werden, ja, aber hier doch nicht!“ Auch dieses Vertrauen ist erschüttert. Und vielleicht müssen wir das erst einmal aussprechen und miteinander sagen: Ja, so ist es! Der

Boden unter unseren Füßen ist unsicherer, als wir meinen! Damit beginnt es: Auszusprechen, was alles da ist an Gefühlen, an Bildern und schweren Gedanken, das verwundete Herz ausschütten vor einem anderen Menschen und vor Gott, in Worte fassen, was da erschüttert hat und umtreibt. Wir brauchen viele geschützte Räume, in denen wir einfach erzählen können – in unseren Gemeinden und darüber hinaus. Und wir können füreinander beten, im Moment vor allem für die Angehörigen der Toten, für die Verletzten an Leib und Seele, für die Angehörigen der Ordnungs- und Rettungsdienste, für alle Menschen in ähnlichen Situationen. Und auch, ja, auch für die, die Verantwortung tragen an diesem Drama. Wir können Gott all das hinhalten, was da ist, im Vertrauen darauf, dass er den verwundeten Herzen nahe ist und sie berührt mit seiner heilsamen Kraft.

Und natürlich fragen wir auch nach Schuld und Verantwortung. Eine Frage, die sofort nach dem Unglück gestellt wurde und nach wie vor gestellt wird. Und es ist abgründig zu sehen, was da immer deutlicher ans Tageslicht kommt, was da an Warnungen und berechtigten Bedenken im Vorfeld in den Wind geschlagen oder buchstäblich weggedrückt worden ist. Ich habe noch die Bilder vor Augen von der ersten Pressekonferenz, in der so viel geschwiegen oder mit dem Finger auf den jeweiligen Nachbarn gezeigt wurde. Es war einfach nur eine erschreckende Veranstaltung. Ich denke, wir müssen uns hüten, aus der Erschütterung und Betroffenheit heraus Schuldige zu suchen, denen wir die ganze Last einer Situation aufladen, mit der keiner wirklich zurechtkommen kann. Und natürlich wird kein Toter, keine Tote wieder lebendig, wenn die Frage nach der Verantwortung geklärt wird. Und doch: ich glaube, es wäre gut und heilsam in so einer wunden Situation, wenn da jemand das Rückgrat hätte, zu sagen: „Ich trage Verantwortung an dieser furchtbaren Tragödie. Und es tut mir in der Seele weh!“ Es würde nichts wieder gut machen, aber es würde gut tun, wenn einer oder mehrere den Mut und die Größe hätten, das zu sagen. Das Stehen zu wirklicher eigener Schuld, das Übernehmen von wirklicher Verantwortung hat immer eine heilende und befreiende Wirkung, das können wir aus Bibel an so vielen Stellen lernen. Und stattdessen erleben wir das alte Spiel des Herumschiebens von Verantwortung zum Nächsten und Übernächsten. Das man jeden Tag in so vielen Lebensbereichen beobachten kann. Was ist los mit uns, dass so vielen von uns das Rückgrat fehlt, einer Situation ins Auge zu sehen und zu sehen: „Daran habe ich meinen Anteil?“ Wie gehen wir in dieser Gesellschaft mit Schuld und Verantwortung um? Was müsste geschehen, was müsste sich im Klima unserer Gesellschaft verändern und im Klima unserer eigenen Seele, dass wir den Mut zu diesen zwei Worten gewinnen könnten: „Ich war's?“ Braucht es da nicht auch die Gewissheit: Ich falle nicht in endlose Tiefen, wenn ich mich dazu bekenne, ich werde nicht in der Luft zerrissen, ich werde nicht für immer am Boden zerstört, sondern auch ich darf mich trotz allem zurücktasten ins Leben. Und mich eines Tages auch wieder am Leben freuen? Ist das nicht die Voraussetzung für jedes Schuldbekenntnis, dass es so etwas geben kann wie ein Leben nach und mit der Schuld? Vielleicht braucht es eine Ahnung vom Geschenk der Vergebung, um sich eigener Schuld überhaupt stellen zu können. Und dann Erkenntnisse zu gewinnen und zu lernen für die Zukunft. Denn darum geht es doch vor allem.

Und noch etwas müssen wir neu bedenken nach dieser Katastrophe. Ich habe gestern in unserer Zeitung noch einmal den Weg der Planung dieser Loveparade nachgelesen. Und ein Wort ist mir dabei immer wieder ins Auge gefallen: Das Wort *Außenwirkung!* Da wurde immer wieder argumentiert, welch wunderbare Außenwirkung es doch hätte, ein solches Event im gebeutelten Duisburg durchzuführen. Und bei Bedenken wurde davor gewarnt, welch verheerende Außenwirkung es haben könnte, jetzt abzusagen. Außenwirkung – das Zauberwort. Wichtig ist nicht mehr, ob etwas richtig ist oder gut oder machbar, wichtig ist, wie es ankommt, wie es nach außen wirkt. Nicht nur in

Duisburg. Ich habe mich selber schon dabei ertappt, dass ich mich bei irgendetwas weniger gefragt habe: Ist das jetzt richtig? Sondern: Wie kommt das an? Wir brauchten den Mut, Dinge zu tun, weil wir sie für richtig halten, egal, wie sie dann nach außen wirken. Den Mut, den die Bochumer Oberbürgermeisterin gehabt hat – die man wahrscheinlich noch heute auslachen oder beschimpfen würde, wenn das Drama von Duisburg nicht passiert wäre. Und wer will das schon: Spaßverderber sein oder Bedenkenträger? Außenwirkung, Image, Renomme´ – das darf sich nicht länger zu einem Götzen entwickeln, dem wir die Vernunft und die Sicherheit von Menschen opfern. Wir müssen den Mut haben, Dinge *nicht* zu tun – auch wenn sie nach außen ganz toll aussehen.
Und Gott? Wo war Gott – an diesem Wochenende und in diesen Ereignissen? Greift Gott überhaupt ein in das äußere Geschehen unseres Lebens, in Situationen wie diese? Viele Überlebende aus dem Tunnel haben in Gesprächen hinterher die Frage gestellt: Warum bin ich gerettet worden? Warum ist der Mensch drei Meter von mir entfernt gestorben – und ich darf leben? Mich berührt diese Frage sehr, weil sie von tiefem Mitgefühl gegenüber denen zeugt, die nicht dasselbe Glück hatten wie man selbst. Und zugleich spüre ich immer deutlicher: Diese Frage führt nicht weiter. Sie lässt sich nicht beantworten. Ich kann mir keine himmlische Macht, keinen Gott vorstellen, der in dieser Lage entscheidet: diesen Menschen lasse ich entkommen und diesen lasse ich am Boden. Und ich glaube, wir müssen uns verabschieden von dieser Vorstellung eines Gottes, der die einen in solchen Situationen rettet und die anderen im Stich lässt. Oder gar die Vorstellung eines Gottes, der solche Katastrophen als Strafe über Menschen kommen lässt wie Feuer über Sodom und Gomorrha! Nein! Um Himmels willen, nein! Es gibt keine Antwort auf die Frage, warum der eine überlebt hat und der andere nicht. Und die einzige Antwort, die wir geben können, wenn wir davongekommen sind, ist die, dass wir dieses gerettete Leben *annehmen* und es *leben*, dankbar und ohne schlechtes Gewissen. Die einzige Antwort auf das Überleben ist das *Leben*! Und die Hoffnung, dass dieses Leben trotz allem, was geschieht, in guten Händen ist. In den Händen eines Gottes, der viel weniger in das äußere Geschehen eingreift, als uns lieb ist. Der in Duisburg einundzwanzig Menschen nicht vor dem Tod bewahrt und ihren Fuß auf sicheren Fels gestellt hat. Der nicht auf wunderbare Weise die tödliche Enge in diesem Tunnel aufgelöst hat. Und der doch den Toten so viel näher ist, als wir es uns vorstellen können. Der all den verwundeten Herzen der Menschen so viel näher ist, als wir es für möglich halten. So wie es der Psalmist es besingt – Nikolaus Schneider hat diesen Satz gestern zitiert: *„Der Herr ist nahe denen, die zerbrochenen Herzens sind, und hilft denen, die ein zerschlagenes Gemüt haben."* Das ist bei allen offenen Fragen die Verheißung, an die wir uns halten können. Unser kleines Leben mit all seiner Schönheit und all seinen Katastrophen spielt sich nicht vor tauben Ohren und gleichgültigen Blicken ab, es steht in den Händen eines Gottes, dem zutiefst an uns liegt, und der all das wahrnimmt, was wir an Freude und gerade auch an Leid erleben. Der auch das Leid Jesu am Kreuz nicht abgewendet, nicht verhindert hat, sondern selber mitten in dieses Leid hineingegangen ist, damit wir ganz gewiss sein dürfen: Wir können stürzen, oh ja, und keine Legion Engel bewahrt uns davor; aber wir können niemals tiefer fallen als in seine Hände. Und auch die Toten, um die wir jetzt trauern, auch ihr Sturz geht irgendwo im Dunkel und in der Bodenlosigkeit weiter, sondern hat sein Ende gefunden in ihm, in seinen Händen, im Licht seiner Liebe. Das Zurücktasten ins Leben, das so viele jetzt vor sich haben – es geschieht nicht im luftleeren, gleichgültigen Raum, es wird in seiner Gegenwart geschehen, getragen von seinen Händen. Er ist die heilende, tröstende Kraft, die an unseren Herzen arbeiten wird. Auch wenn es Momente gibt, in denen wir nichts davon wahrnehmen. Gerade dann lasst uns selber zum Zeichen werden dafür, mit unserer Nähe, mit unseren Umarmungen, mit unserem Zuhören, mit unserer

Anteilnahme, wie sie zum Beispiel tausendfach im Netz zu lesen ist, ganz oft tief von Herzen kommend. Lasst uns in Situationen der Erschütterung einander neue Erfahrungen der Verlässlichkeit schenken. Damit die schlimmen Bilder ihre Macht verlieren. Sie werden nie ganz verschwinden, aber sie werden aufhören, unser Leben zu bestimmen. Und nach und nach der guten Erfahrung Platz machen, dass es gelingendes Leben gibt in all den Gefährdungen. Und dass wir in allem Schweren Mut fassen können, in den nächsten Tag zu gehen.

Kapitel 2: Glaube hat Folgen
Politische und seelsorgliche Predigten

Es ströme Gerechtigkeit
Gedanken zu Amos 5,21-24 im Rahmen eines Gospel-Gottesdienstes

Lasst Euch das mal auf der Zunge zergehen: *„Ich mag eure Versammlungen nicht riechen ... Tu weg von mir das Geplärr deiner Lieder ...“* Und das ausgerechnet *heute* - wo wir uns so liebevoll aufs Gospeln vorbereitet haben. Ausgerechnet heute kommt Amos und sagt: *„Lasst mich bloß in Ruhe mit Euren Gottesdiensten und mit Eurer Kirchenmusik, ich kann das alles überhaupt nicht mehr ab, es kotzt mich an! Hört auf mit Eurem Geplärr!“* Da hat man den Kaffee doch schon auf, oder? Hätten wir uns da nicht wenigstens heute mal was anderes aussuchen können? Einen netteren Text? Der besser passt? Zu den Gospelstücken, zu Karneval – und überhaupt?
Hätten wir. Na klar. Ich werde nur das Gefühl nicht los: wenn wir das heute machen würden, dann wären wir schon ganz schön nahe dran an dem, was Amos hier kritisiert: Dann machen wir's uns richtig schön hier mit toller Musik und mit Texten, die ans Herz gehen. Dann baden wir die Seele in Klängen und schönen Worten. Und lassen die ganze böse, ungerechte Welt draußen. Manchmal braucht man das ja: ein Fasten von schlechten Nachrichten und schweren Themen. Aber ich muss gestehen: heute lässt mich der Amos nicht los. Ich habe das Gefühl: wir sollten ihn nicht gegen was Netteres auszutauschen. Sondern ihm zuhören.
„Lasst mich in Ruhe mit Euren ach so schönen Gottesdiensten!“ Ich weiß nicht, wie es Euch geht: ich brauche schöne Gottesdienste. Ich brauche gute Musik im Gottesdienst. Sie baut meine Seele auf und sie ist für mich eine wichtige Kraftquelle. Und ein Gottesdienst wird für mich nicht dadurch schön, dass wir in ihm ein Feuerwerk abbrennen. Sondern dass in ihm etwas von Gottes Schönheit spürbar wird. Das machen wir sowieso nicht selbst. Und es ist überhaupt nichts dagegen einzuwenden, sich an schönen Gottesdiensten zu freuen. Der Punkt ist nur: wenn Gottes Schönheit sich wirklich zeigt, wenn sein Licht in unser Leben fällt, dann sehen wir manchmal auch die Hässlichkeiten deutlicher, die wir Menschen auf dieser Erde anrichten. Das ist so ähnlich wie letzte Woche, wo nach neun Wochen Regen die Sonne endlich rauskommt – und dann sehen wir plötzlich: „Oh, die Fensterscheiben müssen wohl mal geputzt werden.“ Und die Frage ist: Führen „schöne Gottesdienste“ dazu, dass wir das sehen und sagen: da bin ich gefragt? Gott will, dass ich selber etwas tue in dieser Welt? Oder sagen wir: och nee, jetzt will ich mir meine schöne religiöse Stimmung nicht versauen lassen durch so was Hässliches wie - *Politik*!
Gott feiern und sich für Gerechtigkeit einsetzen – das gehört zusammen, sagt Amos. Das ist so wie mit einem römischen Brunnen. Wir sind quasi die oberste Schale. Und wir

dürfen uns immer wieder bis zum Rand füllen lassen mit dem, was uns wirklich gut tut, was uns stärkt und ermutigt, was unseren Durst nach Leben stillt. Auch mit „schönen" Gottesdiensten und schöner Musik. Aber dabei bleibt es nicht: die erste Schale behält ja nicht das ganze Wasser für sich, sondern irgendwann fließt sie über. Ganz von selbst. Sie gibt weiter, was sie selbst empfangen hat. Erst in die unmittelbare Umgebung, von uns zu den Menschen, mit denen wir verbunden sind und die zu uns gehören. Und dann fließt es noch weiter in die dritte Schale, in unsere Gesellschaft und unsere Welt. Uns füllen lassen und weitergeben, überfließen, das ist quasi unsere Bestimmung.

Und der Zorn des Amos richtet sich auf Menschen, die bis hierher gerne mitmachen, die sich gerne füllen lassen – aber dann das Wasser gerne behalten wollen, in ihrer Schale. Die wollen es nicht weiter fließen lassen. Die gehen gerne in einen Gottesdienst, freuen sich an den Liedern, bringen sogar gerne Opfer dar, um Gott zu gefallen. Aber in ihrem Leben bleibt alles beim Alten. Da fließt nichts weiter zu anderen. Das, was sie da im Gottesdienst erleben, hat keinen Einfluss darauf, wie sie mit anderen Menschen umgehen. Und besonders die Oberschicht seines Volkes hat Amos da vor Augen, reiche und mächtige Leute, die am Sabbat bewegt ihre frommen Lieder singen und sich den Rest der Woche keinen Deut um die Armen scheren: *„Sie achten kein Recht, sie horten Gewalttat und Raub in ihren Palästen"*, sagt er. Oder an einer anderen Stelle: *„Hört dies, die ihr die Armen unterdrückt und die Elenden im Land zugrunde richtet ... und nehmt von ihnen hohe Abgaben an Korn ..." - „Es ströme aber das Recht wie Wasser und die Gerechtigkeit wie ein nie versiegender Bach."*

Vielleicht erinnert Ihr Euch: nach dem letzten Weihnachtsfest wurde Kirchenvertretern von Politikern vorgeworfen, ihre Predigten seien zu politisch und zu nah an den Positionen bestimmter Parteien. Ich frage mich: wie sollen Predigten unpolitisch sein, solange wir solche Sätze von Amos in der Bibel stehen haben? Oder die Bergpredigt oder das Magnificat der Maria? Man kann doch nicht sagen: Das Leben ist geteilt in bestimmte Bereiche, Religion ist ein Bereich und Politik ist ein Bereich – und jeder dieser Bereiche soll mal schön für sich bleiben. Politische Entscheidungen beeinflussen das ganze Leben von Menschen – und eben nicht nur kleine Bereiche. Und unser Glaube ist eben nichts, was nur unsere Seele und unsere kleine Privatsphäre berührt, und mit dem Rest des Lebens und der Welt hat er nichts zu tun. Wenn wir von Nächstenliebe und Gerechtigkeit reden, nein: wenn *Gott* von Nächstenliebe und Gerechtigkeit redet, dann hat das natürlich auch politische Folgen. Eine Kirche, die nicht mehr nach Gerechtigkeit in der Gesellschaft und der Welt fragt, die nur noch schöne Gottesdienste und schöne Konzerte veranstaltet, zu der sagt Gott genau das: *„Ich kann Euren ganzen frommen Veranstaltungskalender nicht leiden! Tut weg von mir das Geplärr Eurer Lieder!"*

Was würde Amos uns heute sagen? Wir wissen das nicht. Ich sage Euch gerne meine Gedanken dazu, aber ich habe die Weisheit da auch nicht mit Löffeln gefressen. Unsere Lebensverhältnisse sind anders als zu seiner Zeit. Vieles ist erheblich komplizierter geworden. Aber ich bin sicher, er hätte uns trotzdem eine ganze Menge zu erzählen. Vielleicht würde er sagen: „Ihr Mächtigen, Ihr Einflussreichen, in Euren Sonntagsreden betont Ihr immer wieder, wie wichtig Euch christliche Werte sind. Und das christliche Erbe Eures Landes. Aber in Euren Entscheidungen ist davon oft so wenig zu spüren. Da verehrt Ihr einen ganz anderen Gott, da dient Ihr dem Götzen des freien Marktes, dem man bloß keine Steine in den Weg legt und der angeblich alles zum Guten wendet, wenn man ihn nur ungehindert machen lässt. Aber dieser Götze bringt eben nicht nur Wohltaten, sondern er frisst auch Menschen. Dieser Götze macht es möglich, dass die fünfzig reichsten Menschen auf diesem Planeten mehr besitzen als die ärmsten 3,7 Milliarden! Wacht auf! Hört auf, den Markt zu vergöttern! Traut Euch endlich, ihn zu regulieren und ihm Grenzen zu setzen! Hört nicht immer nur auf den Rat der gut bezahlten Lobbyisten, sondern schaut hin und redet mit den Menschen, die zu den

Verlierern dieser Entwicklung gehören. Ihr redet von sozialer Gerechtigkeit, aber bis heute besteuert Ihr die Arbeit und den Konsum mehr als die großen Vermögen. Ihr erhöht die Mehrwertsteuer, die auch die ärmste Rentnerin in Eurem Land voll bezahlen muss, aber die großen Vermögen schont Ihr noch immer. Hört auf, auf die nächste Wahl zu schielen oder Euren nächsten Karriereschritt in der freien Wirtschaft! Tut das, wozu Ihr da seid: macht die Verhältnisse gerechter. Und Ihr Kirchenvertreter: auch Ihr habt Büros in der Nähe Eurer Regierenden und beratet sie. Wofür nutzt Ihr diesen Einfluss? Um die eigene Institution zu erhalten? Oder um für die zu sprechen, die niemals Lobbyisten bezahlen könnten: die gering Verdienenden, die alleinerziehenden Mütter und Väter, die Menschen, die von Grundsicherung leben?"
Und was würde Gott durch Amos mir sagen, Euch, den Christenmenschen in diesem Land? Es ist ja immer leichter, sich auszumalen, was er „denen da oben" so sagen würden. Was würde ich, was würden wir zu hören bekommen? Wahrscheinlich ziemlich Unterschiedliches, weil wir nun mal sehr unterschiedlich sind. Manchem würde er vielleicht sagen: „Du singst hier im Gottesdienst so gerne das Lied von Fairness und Freundlichkeit. Aber wenn Du mit Deinen Kollegen umgehst, ist nicht viel davon zu merken. Dann fährst Du Deine Ellbogen aus, suchst nach ihren Fehlern. Und Dein Ton, wenn Du mit ihnen redest: freundlich und fair ist anders." Anderen von uns würde Amos vielleicht sagen: „Ihr singt im Gottesdienst gerne und laut: „Lass uns den Weg der Gerechtigkeit gehen!" Aber wenn Ihr einkauft, wenn Ihr Shoppen geht, singt Ihr plötzlich ganz andere Lieder. Da soll es möglichst günstig sein und da ist Geiz oft viel geiler als Fairness." Und noch anderen würde er vielleicht sagen: „Ihr preist hier sonntags die Schönheit der Schöpfung und betet für sie - und den Rest der Woche lebt Ihr so, als hättet Ihr drei Erden zur Verfügung. Ihr lobt im Gospelgottesdienst mit tollen Songs meine Macht und mein Handeln in dieser Welt, und im Alltag singt Ihr so oft: „Man kann ja doch als Einzelner nichts machen!" Ich habe nichts dagegen, dass Ihr singt. Ich höre Euch gern! Was mich bedrückt, ist, dass Ihr oft so verschiedene Lieder singt! Dass Ihr so verschiedene Liederbücher in der Tasche habt. Und mein tiefster Wunsch ist: singt das Lied der Gerechtigkeit nicht nur hier! Singt es mit Eurem Leben! Wenn Ihr Geld zum Anlegen habt: legt es zumindest teilweise da an, wo es anderen Menschen hilft. Wenn Ihr Shoppen geht, dann fragt danach, wo die Sachen herkommen, und wie es den Menschen geht, die sie produzieren. Und wenn es keine faire Alternative gibt, dann fragt wenigstens danach und macht es zum Thema. Wenn Ihr Fleisch esst, macht ein Fest daraus! Lasst es wieder etwas Besonderes werden, und nichts Tagtägliches mehr. Und fragt nicht danach, ob all das was bringt. Diese Frage erstickt alles im Keim. Sie ist Ausdruck von Unglauben. Sie macht Euch ohnmächtig. Fragt danach, ob es richtig ist! Fragt danach, ob es Eure Bestimmung ist! Ich gebe Euch aus der Quelle des lebendigen Wassers umsonst, ohne Ende, immer wieder. Ich schenke Euch meine Liebe in jedem Moment. Und ich wünsche mir, dass Ihr weiter fließen lasst, was Ihr von mir empfangt! Vertraut darauf, dass all das nicht ohne Folgen bleiben wird. Dass all das den kleinen, aber feinen Unterschied macht. Und meint nicht, Ihr werdet arm und Euer Leben wird karg, wenn Ihr aus Euren gut gefüllten Schalen Wasser zu anderen fließen lasst. Nein, Ihr werdet selbst reich und erfüllt davon."
Erkennt Ihr Euch da irgendwo wieder? Ich schon. Und ich glaube, das muss ich mir sagen lassen, das müssen wir uns sagen lassen, wenn wir es wirklich ernst meinen mit dem, was wir singen. Und es geht eben nicht darum, dass wir uns kasteien und uns alles verbieten, um Amos´ Worten hier gerecht zu werden. Es geht nicht darum, jetzt ein karges, asketisches Leben zu führen. Es geht darum, die „Lust auf Gerechtigkeit" wiederzuentdecken. „Lust auf Gerechtigkeit", das ist der Titel eines Papiers unseres Kirchenkreises zu diesem Thema. Es geht darum, zu spüren, wie eng Gospel mit einer gerechten Welt zusammenhält. Gospel war im Ursprung immer auch ein Schrei des

Glaubens gegen Unrecht und Gewalt. Gesungener Hunger und Durst nach Gerechtigkeit. Und das wird zum Beispiel in der Aktion „Gospel für eine gerechtere Welt" aufgegriffen. Die die Musik verbindet mit Spendenaktionen für Brot für die Welt und manches andere. Lasst uns in diesen Spuren weitergehen. Lasst uns fröhlich Gottesdienst feiern und aus vollem Herzen singen. Lasst uns reichlich trinken von dem lebendigen Wasser, das Gott uns im Überfluss schenken will! Und lasst uns davon weitergeben, überfließen zu denen, die es dringend brauchen.

Zeig dich!
Gedanken zur Fastenaktion 2018, zu Lukas 13,10-17 und manchem mehr

Fällt es Euch leicht, Euch zu zeigen? Auch mit dem zu zeigen, was Euch wichtig ist und woran Ihr glaubt? Oder habt Ihr da eher Bedenken bzw. fällt Euch das schwer? Das wird wahrscheinlich unterschiedlich sein. Wir sind verschieden. Manchen von uns fällt es leicht, offen und öffentlich zu zeigen, was sie können, was sie denken und damit vielleicht auch im Mittelpunkt zu stehen. Andere mögen das gar nicht so gerne, bleiben lieber im Hintergrund. Das ist von Mensch zu Mensch sehr verschieden.
Und es kommt auch darauf an, *was* wir zeigen sollen. In dem Seelsorgekurs, den ich gerade mache, sollte jeder von uns den anderen Kursteilnehmern in ein paar Sätzen schreiben, was ihm oder ihr an den anderen gut tut – und was ihm oder ihr an den anderen Mühe macht. Ihr hättet die Gesichter sehen sollen, als diese Aufgabe gestellt wurde! Anderen etwas Positives zu sagen, ist für die meisten von uns ja noch eher leicht. Aber etwas Kritisches? Könnt Ihr Menschen gut sagen, wenn Ihr es schwer mit ihnen habt, wenn Ihr Euch geärgert habt oder so? Da geht ja meistens gleich das Kopfkino los: wie reagiert der oder die andere? Ist der vielleicht sauer? Oder greift die mich dafür an? Ist unsere Beziehung danach schwierig oder sogar kaputt? Und was kriege ich selber Kritisches zu hören, wenn ich anderen zeige, was ich wirklich denke und empfinde? Und so weiter. Wir haben das dann an einem Abend gemacht. Und es war nicht wirklich schlimm. Weil auch bei den kritischen Bemerkungen spürbar war: die wurden nicht gemacht, um jemanden zu verletzen oder fertigzumachen, sondern die wurden gesagt, weil einem was an dem oder der anderen lag. Wie wichtig und kostbar es sein kann, wenn man auch Kritisches gezeigt bekommt – auf eine Weise und in einem Ton, der klarmacht: Ich sage Dir das jetzt nicht, um Dich runterzumachen, sondern weil mir an Dir liegt.
Und natürlich kann es auch andersherum sein. Ich habe in Trauergesprächen immer wieder erlebt, dass die hinterbliebenen Kinder über die verstorbene Mutter oder den verstorbenen Vater sagte: „Sie war für uns da." Oder: „Er hat gut für uns gesorgt. Aber uns seine Liebe zeigen, das konnte er irgendwie nicht. Er hat nie zu uns gesagt: Ich bin stolz auf Dich! Das hast Du toll gemacht. Dass er stolz auf uns war, haben wir immer nur von anderen gehört." Ich spüre in diesen Erzählungen meistens keinen Groll, noch nicht mal einen echten Vorwurf – aber sehr wohl Traurigkeit und unerfüllte Sehnsucht. Jedes Kind braucht Eltern, die ihm ihre Liebe zeigen. Jedes Kind muss den Satz hören: „Ich bin stolz auf Dich!" Und nicht nur Kinder brauchen das: Menschen brauchen Menschen, die ihnen zeigen: „Ich habe Dich lieb! Du bedeutest mir was."
Eine andere Situation: ein Bekannter von mir arbeitet in einer Initiative mit. In dieser Initiative gab es irgendwann ziemliche Spannungen und Probleme, die aber nicht offen angesprochen werden. Es wurde nur hinter vorgehaltener Hand darüber geredet. Ihr kennt so was. All hatten das Gefühl: da müsste mal offen drüber diskutiert werden. Aber keiner traute sich, das mal auf die Tagesordnung zu setzen. Keiner wollte der Buhmann sein. Schließlich hat es der Bekannte nicht mehr ausgehalten, ist aufgestanden und hat

gesagt: „Leute, ich muss hier mal was ansprechen. Das liegt mir schon länger auf der Seele." Heftige, schwierige Diskussion, auch noch kein Ergebnis an dem Abend. Aber es lag auf dem Tisch. Und einige sagten zu dem Bekannten: „Danke, dass Du den Mut hattest, aufzustehen! Dich zu zeigen!" Es war der Anfang eines heilsamen Prozesses.
Letztens habe ich einen Artikel gelesen über eine Demonstration von Neonazis vor einem Asylbewerberheim in einer Kleinstadt. Viele Leute in der Stadt sagten: „Wir können nichts gegen diese Demo machen. Und wir wollen auch nicht genauso laut dagegen schreien. Aber wir können uns zeigen." Sie haben sich schweigend mit Kerzen in der Hand vor der Kirche versammelt. Sie haben ganz bewusst den Hassparolen nichts entgegengeschrien. Aber sie waren da. Haben gezeigt, dass in diesem Ort viele Menschen anders denken und auf der Seite der Geflüchteten stehen. Und gerade für die Bewohnerinnen und Bewohner des Asylbewerberheims wird das ein ausgesprochen wichtiges Zeichen gewesen sein.
Es ist in solchen Situationen nicht ohne, sich zu zeigen. Aber manchmal ist es wirklich gefährlich: Ich denke an den Journalisten Denis Yücel – und seine türkischen Kollegen. Wie schwer und gefährlich ist es für sie geworden, ihre Meiinung offen zu sagen, sich zu *zeigen*. Bei uns ist es – noch – viel leichter, zu zeigen, was man denkt. Gerade deshalb sollten wir auch den Mut haben, es zu tun.
In der Bibel finden wir tausend Geschichten, in denen es ums Sich-Zeigen geht: Mose, der beschaulich und ruhig als Schafhirte in Midian lebt – und sich plötzlich dem Pharao stellen und ihm Gottes Willen zeigen soll. Jona, der sich dem König und dem Volk von Ninive zeigen und ihm Gottes Willen mitteilen soll. Der erst abhaut, sich aber am Ende dann doch „zeigt". Die namenlose Frau, die Jesus ihre Wertschätzung und Dankbarkeit zeigt, indem sie ihn mit teurem Öl salbt – und genau dadurch eine kritische Diskussion auslöst. Petrus – auf den kommen wir noch. Die Frauen unter dem Kreuz Jesu. Sie können nichts für ihn tun, aber sie stehen zu ihm. Und zeigen das, idem sie unter dem Kreuz aushalten.
Und natürlich Jesus selbst: der zeigt sich ja die ersten dreißig Jahre seines Lebens auch gar nicht groß. Lebt ein ziemlich normales Leben als Zimmermann. Und dann zeigt sich ihm Gott auf ganz besondere Weise in seiner Taufe. Und von da an zeigt Jesus sich öffentlich. Und wenn man die Evangelien liest, kann man nur staunen, was Jesus alles zeigt: Er zeigt Menschen, wie nahe ihnen Gottes Licht und Liebe ist. Er zeigt ihnen eine große Vision der Hoffnung, das Reich Gottes. Er zeigt ihnen, was Gottvertrauen alles bewirken kann. Er zeigt tiefe Barmherzigkeit mit Sünderinnen und Sündern. Er zeigt tiefes Mitgefühl mit Menschen, die krank oder regelrecht besessen ist. Er weint über den Tod seines Freundes Lazarus. Er zeigt sehr deutlich seinen Zorn und seine Empörung, als er die Tische der Händler im Tempel umwirft. Er zeigt offen seine Angst, als er Gott im Garten Gethsemane bekniet, den Kelch an ihm vorübergehen zu lassen. Jesus zeigt sich, ganz und gar, mit vielen Facetten, offen und ehrlich. Und gerade dadurch zeigt er uns Gott. Ich kann für mich sagen: Ich kann vor allem deshalb an Gott glauben, weil Jesus ihn mir zeigt!
Und: Jesus ermutigt andere Menschen, sich zu zeigen. Da gibt es die Geschichte von einer Frau, die seit 18 (!) Jahren einer verkrümmten Rücken hat. In der Geschichte heißt es, dass ein Dämon sie so verkrümmen würde. Und das zeigt schon: hier geht es nicht um eine rein körperliche Krankheit, hier geht es zumindest auch um einen inneren Konflikt, um ein seelisches Problem. Ich stelle mir vor, dass diese Frau mal ein fröhliches, lebendiges Mädchen war, mit aufrechtem Gang. Und dann hat sie Dinge erlebt, die sie dazu gebracht haben, sich zu ducken. Vielleicht hat sie immer wieder zu hören gekriegt: „Sei still! Halt die Klappe! Deine Meinung interessiert hier keinen. Was Du willst, spielt keine Rolle. Spiel Dich nicht auf! Sei nicht so vorlaut! " Oder andere habe sie ausgelacht, wenn sie etwas von sich gezeigt hat, was sie konnte, was sie dachte.

Auslachen ist der sicherste Weg, einen Menschen dazu zu bringen, sich nicht mehr zu zeigen. Irgendwann hat dieses Mädchen vielleicht angefangen, sich wegzuducken. Sich quasi unsichtbar zu machen. Und ich stelle mir vor, wie sie da in der Synagoge sitzt, wahrscheinlich am Rand, fast unsichtbar, nie jemandem im Weg. Aber für Jesus ist sie nicht unsichtbar. Jesus sieht auch und gerade das, was Menschen nicht zeigen. Und was macht er? Er ruft diese Frau zu sich! Er holt sie in die Mitte. Erlaubt ihr, sich aufzurichten. Er sagt zu ihr: *„Frau, sei frei von deiner Krankheit! ... Du bist eine Tochter Abrahams! Du bist eine Tochter Gottes! Du musst Dich nicht ducken! Du musst Dich nicht verstecken! Du darfst Dich zeigen: mit Deinen kostbaren Gaben, mit der Schönheit Deines Wesens, mit Deiner Lebendigkeit, mit Deinen rebellischen wilden Anteilen, mit allem, was Du bist! Zeig Dich – egal was andere sagen! Gott liebt Dich genau so! Und er hat Dich nicht geschaffen, damit Du Dich versteckst! Deshalb zeig Dich!“*

Das zeigen, was wir sind, was wir glauben, lieben, hoffen, uns den anderen zumuten mit unseren Gedanken und Gefühlen, auch mit unserem Gottvertrauen – das ist so wichtig. Und manchmal so schwer. Das geht nur, wenn da jemand ist, der uns so annimmt wie wir selbst. Das geht nur, wenn wir uns von Gott getragen wissen – und wenn da Menschen sind, die zu uns stehen und uns unterstützen. Und das auch zeigen.

Jetzt werde vielleicht einige sagen: Okay, zeig Dich ist ein wichtiges Motto. Aber hat es nicht auch eine kritische Seite? DSDS, Germanys next Topmodel, Posten von allem Möglichen bei Facebook? Müsste man nicht auch manchmal sagen: „Zeig Dich mal nicht? Bleib einfach mal im Hintergrund?“ Bestimmt. Aber was wird denn da gezeigt? Menschen zeigen ihre Schokoladenseite, sie präsentieren ein Bild, ein Image von sich. Eine Pose. Darum geht es beim Fastenmotto nicht. Hier wird ermutigt: „Zeig Dich so wie Du bist! Hab den Mut, auch Schwäche zu zeigen. Bekenne Dich zu etwas. Zeig, was Du glaubst, liebst und hoffst.“ Das braucht die Welt dringend: Menschen, die den Mut haben, sich echt und offen zu zeigen. Es wird ja oft gesagt, dass viele Menschen in unserer Zeit kein Interesse mehr am Glauben haben und am liebsten damit in Ruhe gelassen werden wollen. Da mag einiges dran sein. Ich merke aber immer wieder: es gibt auch viele Menschen, die darauf warten, dass wir uns ihnen als Christen zeigen. Mit unserem Glauben, mit dem, was wir lieben und was uns trägt. Ein muslimischer Freund sagte im Gespräch: „Warum versteckt Ihr Euch so?“ Und der Theologe Fulbert Steffensky hat gesagt: „Mission, das bedeutet, anderen zu zeigen, was man liebt und woraus man lebt.“ Ohne Arroganz, ohne Gewalt – aber auch ohne Scheu und falsche Scham.

Und uns als Christen zeigen, das bedeutet nicht, dass wir in unserem Leben vollkommen und perfekt sein müssten. Es bedeutet im Gegenteil, dass wir im Licht der Liebe Gottes auch zu unseren Macken und Fehlern stehen dürfen. Uns gerade als fehlbare Menschen zeigen dürfen. So, wie die Bibel es mit Petrus tut: der Mann mit der großen Klappe, der sich gerne als bester Freund zeigt, solange es nicht gefährlich ist. Versagt im entscheidenden Moment, in dem er sich hätte zeigen und bekennen sollen. Weint, als er das begreift. Und gerade hier, gerade in seinen Tränen, ist er ganz echt! Zeigt sich mit seinem Versagen. Wie gut und ermutigend, wenn wir uns trauen, uns einander als fehlerhafte Menschen zu zeigen. Ich merke selber immer wieder, wie gut es mir tun, wenn gerade Menschen, die ich bewundere, von Momenten erzählen, in denen sie schwach oder gar nicht toll waren oder ihnen etwas schief gegangen ist.

„Zeig Dich“ – mit Deiner Meinung, mit Deinem Glauben und Zweifeln, mit Deiner Liebe, Deiner Freude, Deinem Ärger! Hab den Mut, Dich Menschen zu zeigen. Und zeig Dich Gott. Und halte Ausschau danach, wo er sich Dir zeigt. Er tut das – nicht immer, aber immer wieder. Auch und gerade in Jesus, der sich uns ganz offen gezeigt hat und für uns da war: mit seinem Mitgefühl und seinem Zorn, mit seiner Liebe und seiner Art, ganz aus Gott zu leben, mit seinem Leben, Sterben und Auferstehen. Lasst uns zeigen, dass wir mit ihm verbunden sind.

Da sein und trösten
Gedanken zu 2. Korinther 1,3-7

„Gott ist ein Vater, der sich erbarmt und tröstet und ermutigt. ... Und weil er das für uns tut, können wir das selber auch: andere trösten, die sich in irgendeiner Not befinden." Das ist quasi die Kurzfassung unseres Predigttextes. Und ich finde es wunderbar und wichtig, das zu lesen und mir immer wieder klarzumachen: das Kerngeschäft Gottes ist Erbarmen. Das Kerngeschäft Gottes ist es, Menschen zu trösten in allem, was ihnen das Leben schwer macht. Und wenn man das bei Paulus liest, dann spürt man förmlich: das sind nicht irgendwelche schönen, erbaulichen Gedanken, die er sich am Schreibtisch gemacht hat. Das ist etwas, was er ganz persönlich in wirklich heftigen Situationen erlebt hat. Dass da plötzlich das Gefühl war: Ich bin nicht allein! Auch wenn ich tief traurig bin oder verletzt, auch wenn mein Leben in Gefahr ist und ich keine Ahnung habe, wie es weitergeht: da ist einer, der trägt mich. Der hält mich in seiner Hand. Der geht mit mir da durch. Und der lässt mich nicht fallen. Und Ihr könnt ja mal für Euch schauen: Habt Ihr das irgendwann schon einmal selber erlebt? Dass in einer echt schlimmen oder schwierigen Situation plötzlich das Gefühl da war: da ist etwas, was mich trägt? Vielleicht unmittelbar in Eurem Innern, vielleicht vermittelt durch die Nähe von Menschen, die für Euch da waren? Ich wünsche es Euch von Herzen, dass Ihr alle solche Momente hattet und habt. Und wenn Ihr sie bis heute nicht habt, wünsche ich Euch umso mehr, dass Ihr sie erleben werdet.

Eins haben wir jedenfalls wahrscheinlich alle gemeinsam: wir kommen alle irgendwann in Situationen, in denen wir Trost brauchen. Das fängt im Baby- und Kleinkindalter an. Wie wichtig ist es für ein Kind, in offene Arme laufen zu können, wenn es sich die Knie aufgeschlagen hat. Oder wenn irgendwas anderes Schmerzhaftes passiert ist. Dass dann jemand da ist, der sagt, dass es „wieder gut" wird. Oder einfach pustet. Ihr Eltern habt ja magische Kräfte: Ihr könnt allein durch Pusten Schmerzen lindern und Tränen trocknen. Eure offenen Arme, Eure Stimme, Euer Mitgefühl, das wird wie Medizin für Eure Kinder sein. Und ich bin überzeugt: Wenn Ihr das für Eure Kinder tut, dann vertretet Ihr für sie den Gott des Trostes, von dem Paulus hier redet. Wenn sie bei Euch Trost und Mitgefühl und Liebe erleben, wird es ihnen viel leichter fallen, an einen mitfühlenden und tröstenden Gott zu glauben.

Wobei das Trösten zwischen Kindern und Eltern keine Einbahnstraße ist. Kinder brauchen nicht nur Trost. Sie sind auch ein Trost – allein durch ihre Gegenwart. Jemand von Euch hat das im Gespräch gesagt: „Wenn ich bei der Arbeit einen richtig heftigen Tag hatte, und ich komme bedrückt und gestresst nach Hause, dann brauche ich mein Kind nur in den Arm zu nehmen und für einen Moment ist alles weg." Unsere Kinder oder auch Enkel geben uns da manchmal mehr als sie selber wissen.

Und da kann man schön sehen: man muss kein Profi sein, um trösten zu können. Man braucht da keine Ausbildung für oder so was. Ich erinnere mich noch gut an eine Situation, die ich mit 16 erlebt habe. Ich war total verliebt in ein sehr schönes Mädchen – wie das in dieser Zeit so ist. Und bei einer Stufenfete in der Schule hatte ich die Hoffnung: an diesem Abend könnte was passieren und wir könnten uns endlich näherkommen. Es passierte auch was und es gab tatsächlich ein Näherkommen. Aber leider nicht mit mir, sondern mit meinem besten Freund. Ihr könnt Euch vielleicht vorstellen, wie sich das anfühlt. Zum Glück waren andere Freunde da, die das alles mitbekommen haben. Die haben mich geschnappt und wir sind auf unseren Rädern durch die Stadt gerast. Diese Freunde waren keine begnadeten Seelsorger. Sie waren keine Meister einfühlsamer und tröstender Worte. Sie haben auf ihren Rädern rumgejohlt und dumme Sprüche geklopft, die sie wahrscheinlich aufmunternd fanden. Aber das war egal. Sie waren *da*. Sie haben gesehen, was mit mir los war. Und sie wollten irgendwas für mich tun. Darauf kam es an. Dass das psychologisch nicht gerade schulbuchmäßig war, spielte keine Rolle. Es tat gut. Es war echter Trost.

Ihr Lieben, so ist es mit Trösten eigentlich immer. Trösten löst nicht das Problem. Trösten verändert nicht die äußere Situation. Und dennoch ist es so wichtig und tut so gut. Wenn wir traurig sind, weil wir einen lieben Menschen verloren haben, dann bringen uns tröstende Worte und tröstende Gesten diesen Menschen nicht zurück. Der Verlust und der Schmerz bleiben. Und doch kann beides gelindert werden dadurch, dass wir spüren: da sind Menschen, die teilen das. Die sind einfach da. Und durch diese Erfahrung hindurch spüren wir vielleicht, dass auch Gott in dieser Situation an unserer Seite ist. Das deutsche Wort „Trost" ist mit dem Wort „Treue" verwandt. Trösten bedeutet also: jemandem treu zur Seite stehen. Ich finde, das trifft genau das, worauf es ankommt.

Viele Menschen meinen, sie könnten nicht trösten. Sie wüssten nicht, was sie tun oder sagen sollen angesichts der Not anderer. Ich verstehe das gut. Gleichzeitig kann ich nur jeden ermutigen, sich trotzdem ein Herz zu fassen und anzurufen oder hinzugehen. Eine Frau erzählt, wie schwer es ihr gefallen ist, eine kranke Freundin zu besuchen. Sie hat es dennoch getan. Sie hat sich bei diesem Besuch unsicher und hilflos gefühlt. Sie wusste einfach nicht, was sie der Freundin sagen sollte, sie fand keine tröstenden Worte. Saß nur da, hörte zu, sprach zwischendurch mit der Freundin auch über andere Dinge als die Erkrankung, hat zwischendurch in der Küche aufgeräumt und Kaffee gemacht. Als sie ging, hatte sie das Gefühl, dass sie ihrer Freundin so gar nichts hatte geben können. Die Freundin aber sah das ganz anders – sie sagte: „Es hat mir so gut getan, dass Du da warst! Das war ein großer Trost für mich!" Die Freundin war völlig irritiert – was hatte sie schon groß gemacht? Erst hinterher wurde ihr klar, dass ihre bloße Anwesenheit schon so wichtig und tröstlich für ihre Freundin war. Und das Kaffeekochen. Wir müssen gar nichts Großes sagen oder tun. Es reicht, dass wir da sind. Und damit zeigen: „Ich lasse Dich nicht allein in dem, was jetzt ist."

Manchmal kann es sogar tröstlich sein, wenn wir uns voreinander gerade nicht kompetent und stark zeigen. Sondern unsere Schwächen teilen. In dem Seelsorgekurs, den ich gerade mache, erzählte letztens eine Teilnehmerin, wie unsicher sie sich in manchen Situationen mit vielen Menschen fühlt. Dass sie dann manchmal gar kein Wort rauskriegt, obwohl sie eigentlich was sagen möchte. Und dass sie sich genau darüber ärgert und dafür schämt. Und sie sagte: „Ich habe das Gefühl, Ihr anderen seid alle so stark und sicher. Euch passiert das bestimmt nicht. Ich glaube, ich bin die einzige hier, die oft so unsicher ist." Wir haben ihr erst mal gesagt, wie mutig wir das von ihr fanden, dass sie uns das erzählt hat. Und dann haben wir selber losgelegt: Jeder von uns erzählte Situationen, die ihm oder ihr persönlich Angst machen. Ich selbst habe in neuen Gruppen am Anfang immer Angst, keinen Kontakt zu finden. Ich weiß eigentlich, dass ich mir keine Sorgen machen muss, und trotzdem ist es so. Andere erzählten Ähnliches von sich – ganz offen und ehrlich. Wir schleppen alle so was mit uns rum. Unsere Kollegin war ziemlich verblüfft, als sie das von uns hörte – und sie war sehr dankbar. Dass es uns an irgendeiner Stelle ähnlich ging wie ihr, das war ihr ein Trost. Wir sind alle nicht so, wie wir uns selber gerne hätten. Wir haben alle unsere Achillesfersen und unsere manchmal ganz unbegründeten, uralten Ängste. Auch das ist tröstlich: zu sehen, dass man mit dem, woran man selbst leidest, nicht allein steht. Deshalb ist es so wichtig, dass wir uns nicht nur unsere fitten, starken Seiten zeigen. Sondern einander an

unseren Schwächen Anteil haben lassen. Oder um mit Paulus zu sprechen: es ist gut, einander „an den Nöten teilhaben zu lassen" – und sich gerade darin zu trösten.
Wobei ganz wichtig ist: echter Trost bedeutet nicht, einen Menschen zu *vertrösten.* Ganz im Gegenteil. Ihr kennt solche Sätze alle: „Das Leben geht weiter" oder „Die Zeit heilt alle Wunden". Das ist gut gemeint, geht aber meistens völlig vorbei an dem, was jemand da gerade erlebt. Wenn Du in einer tiefen Krise bist, wenn Du um jemanden trauerst, den Du verloren hast, vielleicht sogar sehr plötzlich, dann geht Dein Leben eben nicht einfach so weiter. Die Sonne geht auf wie immer, Dein Herz schlägt merkwürdigerweise weiter, und am Kölner Ring ist um acht Uhr Stau wie immer. Und trotzdem ist alles anders und nichts geht weiter wie bisher. Und es gibt eben auch Wunden, die die Zeit *nicht* heilt! Es gibt Wunden, die heilen erst nach einem langen, schweren Heilungsprozess – und eben nicht von allein. Und es gibt Wunden, die heilen gar nicht. Deren Schmerzen können nachlassen mit der Zeit, aber ganz verschwinden sie nicht. Da stimmt es einfach nicht, wenn man sagt: „Die Zeit heilt alle Wunden." Etwas anderes ist es, wenn ich einem trauernden Menschen irgendwann sage: „Ich glaube und hoffe, dass Dein jetziger Schmerz nicht das Letzte ist, was Du erlebst. Dass da noch etwas anderes kommt. Ich weiß, dass das jetzt ganz weit weg für Dich ist. Aber ich glaube daran, dass es kommen wird." Das ist etwas anderes als „das Leben geht weiter." Da wird nicht einfach am Schmerz eines Menschen vorbeigeredet. Sondern da wird dem Schmerz etwas zur Seite gestellt. Das können wir tun, wenn der richtige Moment da ist. Und wenn wir unsicher sind, können wir fragen, wie es dem oder der anderen mit diesen Sätzen geht.
Wir brauchen Trost. Von Gott. Von anderen Menschen. Und wir können trösten, weil Gott uns tröstet. Und manchmal ist es sogar umgekehrt: manchmal braucht Gott sogar unseren Trost. Als Jesus voller Angst mit seinen Freunden im Garten Gethsemane ist, bittet er sie: „Bleibt hier und wachet mit mir. Wachet und betet!" Der, der so viele auf seinem Weg getröstet hat, braucht jetzt selbst Trost. So ist das – selbst bei Jesus. Und auch hier können wir noch mal sehen, was Trost bedeutet. Jesus bittet seine Freunde nicht: „Holt mich hier raus! Löst meine Probleme! Nehmt mir die Angst! Muntert mich auf!" Oder sonst etwas in der Art. Nein, seine Bitte lautet einfach: „Bleibet hier und wachet mit mir!" Teilt das mit mir! Lasst mich nicht allein! Betet für mich. Bleibt an meiner Seite! Das ist Trost. Und es ist traurig, dass seine Freunde in diesem Moment nicht mal das auf die Reihe kriegen. Traurig – und menschlich.
Ihr Lieben, auch der *Gott des Trostes* löst nicht einfach unsere Probleme. Auch er zaubert Schmerz und Not nicht einfach weg. Und er erspart uns vieles nicht. Er mutet sogar Jesus den Weg ans Kreuz zu. Nein, Gott bewahrt uns keineswegs vor allem – und davon werden viele von Euch ein eigenes Lied singen können. Aber ich bin überzeugt, dass er uns *in allem begleitet.* Auch wenn ich das nicht immer spüre – und viele von Euch wahrscheinlich auch nicht. Ich glaube fest, dass Gott mich trösten will, dass er jeden verletzten Menschen trösten und seine Wunden heilen will. Und dafür kann er uns alle brauchen – egal wie alt wir sind, egal ob Reden unsere Stärke ist oder nicht. Egal ob wir viel Zeit haben oder wenig, egal ob wir seelsorgliches Geschick haben oder nicht: *da sein* können wir alle im Rahmen unserer Möglichkeiten. Und damit daran erinnern, dass *Er da ist* – immer und in jeder Situation.

Umkehren und frei werden
Gedanken zu Hesekiel 18

Ihr Lieben, ich weiß nicht, wie es Euch geht: ich spüre ganz viel Widersprüchliches bei diesen Worten. Auf der einen Seite muss ich schlucken, wenn ich so viel von Sünde und

Tod lese. *„Die Seele, die sündigt, soll sterben"* – das ruft ganz viele Widerstände und Fragen hervor. Ist Gott wirklich einer, der Sünder zum Tode verurteilt und hinrichtet? Oder müssen wir das lesen als Text aus einer Zeit, in der die Todesstrafe für schwere Verbrechen nun einmal selbstverständlich war? Oder ist „Sterben" ein Bild für die Folgen, die jeder zerstörerische Weg nun einmal hat? Lassen wir diese Aussagen jetzt erst mal so stehen – so fremd und sperrig, wie sie sind. Und auf der anderen Seite sind da Sätze, die ich so wichtig und kostbar finde: *„Die Väter haben saure Trauben gegessen, und die Kinder bekommen stumpfe Zähne" – „dieses Sprichwort sollt Ihr künftig nicht mehr gebrauchen!"* Das bedeutet: Kein Mensch darf für etwas bestraft werden, was ein anderer getan hat. Der Sohn nicht für den Vater und die Mutter nicht für die Tochter. Jeder muss für seine eigenen Taten und Wege geradestehen. Jeder trägt Verantwortung für sein eigenes Leben – und nur für seins!" Wie gut, das hier so deutlich zu hören! Wenn wir das alle verinnerlicht hätten, dann müsste es ein für allemal vorbei sein mit Blutrache, mit Sippenhaft, wie sie oft in Diktaturen geübt wird, dann dürfte keine Volksgruppe mehr diskriminiert werden, weil wir mit einem ihrer Vertreter mal schlechte Erfahrungen gemacht haben. Genau auf diesem Gedanken basiert auch unser Rechtssystem. Ich kann nur für meine eigenen Taten zur Verantwortung gezogen werden. Nicht für die irgendeines anderen Menschen. Ein unglaublicher Fortschritt in der Rechtsgeschichte. Der hier zumindest eine seiner Wurzeln hat.

Und gleichzeitig werde ich sehr nachdenklich, wenn ich das lese: *„Die Väter haben saure Trauben gegessen, und die Kinder bekommen stumpfe Zähne" – „dieses Sprichwort sollt Ihr künftig nicht mehr gebrauchen!"* So sehr ich dem zustimmen kann – ich frage mich: enthält dieses alte Sprichwort nicht mehr Wahrheit, als uns lieb ist? Ist das nicht immer wieder so, dass Eltern etwas tun oder erleben, und ihre Kinder tragen die Folgen? Wie muss es zum Beispiel nach dem Ende der Nazidiktatur gewesen sein, den Namen „Himmler" oder „Eichmann" oder „Goebbels" zu tragen? Ein Kind oder Enkel dieser Eltern und Großeltern zu sein? Wie werden solche Kinder angeschaut – und was passiert in ihrer Seele? In den letzten Jahren hat man sich intensiv mit dem Erleben und den Erfahrungen der Kriegskinder beschäftigt. Wie viel seelische Not gibt es in dieser Generation, die zurückzuführen ist auf das Trauma der Eltern, auf die Erfahrungen, Ängste, Verletzungen während des Krieges? Ist das da nicht genau so: Die Seelen der Kinder sind krank geworden durch die sauren Trauben, die die Eltern und Großeltern gegessen haben?

Oder eine andere Situation: Eine junge Frau erzählt, wie sie in bestimmten Situationen immer wieder heftige Ängste entwickelt. Sie kann sich das gar nicht erklären, weil sie in diesen Situationen noch nie etwas Schlimmes erlebt hat. Erst nach und nach stellt sich heraus: diese Ängste kommen gar nicht aus ihr selbst, aus ihrem eigenen Erleben, sondern aus dem ihrer Mutter. Es sind gar nicht ihre eigenen Gefühle, sie hat sie von ihrer Mutter buchstäblich *übernommen.* Oder: da ist der junge Ehemann und Vater, der regelmäßig immer wieder ausrastet und auf seine Frau und seine Kinder losgeht. Unentschuldbar. Geht gar nicht. Aber wenn man genauer hinschaut, dann sieht man: genau das hat dieser junge Mann in seiner *eigenen* Kindheit erlebt. Sein Vater ist regelmäßig ausgerastet und hat ihn verprügelt. Und die ganze Wut und Ohnmacht, die der kleine Junge damals erlebt hat, und die er gegenüber seinem übermächtigen Vater natürlich nie ausleben konnte, diese ganzen heftigen Gefühle, richtet er nun gegen seine eigene Familie. Und die erträgt das genauso hilflos. Und wenn man in die Geschichte seines Vaters wiederum schaut, wird man vielleicht ganz Ähnliches entdecken: dass auch in seinem Vater ein hilflos wütendes Kind lebt, das in manchen Momenten blind um sich schlägt …

„Die Väter haben saure Trauben gegessen, und die Kinder bekommen stumpfe Zähne" – das ist leider nur zu oft wahr. Wir haben wahrscheinlich alle stumpfe Zähne im Gebiss

unserer Persönlichkeit, die mit den sauren Trauben im Leben unserer Eltern zusammenhängen – in ganz unterschiedlichem Maß. Und umgekehrt haben wir da auch gute und starke Zähne, die mit der guten Seelenernährung unserer Eltern zusammenhängen. Wir sind einfach eng miteinander verbunden – so oder so. Und das macht dieses Sprichwort deutlich.
Und jetzt lässt Gott uns durch den Propheten sagen: *„So wahr ich lebe, Ihr sollt dieses Sprichwort nicht mehr gebrauchen“* Wie kann Gott das so einfach sagen? Wie soll das denn gehen? Hieße das nicht, etwas ignorieren, was doch nun einmal da ist?
Ihr Lieben, *das* kann nun *nicht* sein. Denn Gott ist durch und durch Realist. Er kennt unsere Lebenswirklichkeit wie kein anderer. All die Gesetze, die unser Zusammenleben bestimmen, auch die heimlichen und unheimlichen. Es gibt niemanden, der die feinen Zusammenhänge unseres Lebens so genau kennt wie Er. Also, wenn Gott sagt: „Gebraucht dieses Sprichwort nicht mehr!“, dann hat das nichts mit Verdrängung zu tun. Sondern dann ist das offenbar eine unglaubliche Verheißung: „Ich weiß um die Zusammenhänge, die zwischen Euch bestehen. Und ich weiß, dass sie sich anfühlen wie Gesetze, an denen keiner rütteln kann. Aber ich sage Euch: Alle Seelen gehören mir. Die Seelen der Eltern gehören mir. Und die Seelen der Kinder genauso. Und ich bin kein blindes Schicksal. Ich bin der, der Israel aus Ägypten befreit hat, aus der Sklaverei. Ich liebe die Freiheit. Und ich will, dass Ihr sie findet. Deswegen: Ihr sollt nicht die Sklaven Eurer Vergangenheit bleiben. Ihr seid nicht die Knechte und Mägde der Erziehung, die Ihr empfangen habt – auch wenn Ihr es oft genau so empfindet. Ihr sollt nicht für immer von dem bestimmt sein, was die sauren Trauben auf dem Speiseplan Eurer Eltern angerichtet haben. Euer Leben soll *Euer Leben* sein und in Eurer Verantwortung liegen! Ihr sollt Eure Wege gehen können. Und dann auch die Konsequenzen daraus tragen. Und ich wünsche mir so sehr, dass Euer Weg ein Weg ins Leben wird und nicht in den Tod, in den Tod von Beziehungen, von Gefühlen, in den Tod von Lebendigkeit und Vertrauen. Glaubt Ihr, dass es mir gefällt, wenn auch nur ein Mensch in einer Spur landet, die ihn so kaputtmacht? Glaubt Ihr, es macht mir Spaß zu sehen, wie er die sauren Früchte dieses Lebens erntet? Glaubt Ihr denn nicht, dass ich mich von Herzen danach sehne, dass all die Verlorenen, die Umgeknickten, die Sünder, die in üble Spuren Geratenen die Kurve kriegen und einen neuen Weg einschlagen, und eine gute Zahnbehandlung für ihre Seele bekommen? Ich habe überhaupt keine Freude daran, dass auch nur einer von Euch vor die Hunde geht! Deswegen: Kehrt um! Lasst die alten Spuren hinter Euch! Und Ihr werdet leben! Neu leben!“
Wie könnte das gehen? Aus den unguten Spuren und Prägungen herauszukommen, in denen wir vielleicht von klein auf sind? Ich glaube, es gibt Prägungen und Wunden, die sich in diesem Leben nicht komplett ändern und heilen lassen. Nicht alles kann sich wandeln. Aber manches eben doch. Und das kann entscheidend sein. Was kann da helfen?
Das Erste ist: offen und ehrlich hinsehen, am besten mit Unterstützung und Begleitung eines Menschen, dem wir vertrauen und der uns Halt gibt. Den Schmerz spüren über die sauren Trauben, deren Säure bei uns angekommen ist und unsere Seele angeätzt hat. Die Wut spüren, auch über manches, was unsere Eltern uns getan oder eben auch nicht getan haben. Ich weiß, gerade damit tun wir uns oft ausgesprochen schwer. „Du sollst Vater und Mutter ehren“ und „Selig sind die Sanftmütigen“ – solche gewichtigen Worte scheinen dagegen zu sprechen. Aber ich bin überzeugt: gerade die Sanftmütigen haben einen ausgesprochen lebendigen Kontakt zur Wut in ihrem eigenen Herzen. Und sind ihr gerade deshalb nicht hilflos ausgeliefert. Wir dürfen alles *spüren*, was in uns ist. Gerade dann müssen wir es nicht mehr *leben.*
Und das Zweite: wir dürfen all das, was da kommt, Gott hinhalten. Es ins heilende Licht seiner Liebe stellen. Die Psalmisten machen uns das so stark vor: das Herz

auszuschütten vor Gott, alle Gedanken und Gefühle vor ihn zu bringen, auch die ätzendsten und dunkelsten. Gott ist nichts davon fremd. Er kennt das alles schon. Er macht zwar nichts ungeschehen in unserem Leben. Er zaubert nichts einfach weg. Und es gibt auch bei ihm keine Turboheilung, wie wir sie uns manchmal wünschen. Aber er kann unsere Wunden verwandeln. So, dass ihre Macht in unserem Leben nachlässt. Und manchmal lässt er gerade aus unseren Wunden Segen für andere Menschen werden.
Und *dann* wird der Blick frei für zwei wichtige Dinge: erstens für das, was unsere Eltern uns an Gutem und Kostbarem und bleibend Wertvollem mitgegeben haben. Und zweitens dafür, dass sie selber auch einmal Kinder waren, die von den sauren Trauben im Leben *ihrer* Eltern etwas abbekommen haben. Und vielleicht lernen wir dann, zu sagen: „All das gehört zu meinem Leben dazu – die süßen und die sauren Trauben. Ich nehme dieses Leben, diese Vergangenheit an, so wie sie ist. Aber ich bleibe nicht ihr Sklave. Was jetzt geschieht, gestalte ich mit, so gut es geht. Ich mache meine Eltern nicht für das verantwortlich, was jetzt aus mir wird. Sondern ich übernehme die Verantwortung für mein Leben, für meine Zukunft. Ich will, so gut es geht, nicht das Leben meiner Eltern mit mir herumschleppen. Und sie sollen nicht die Last meiner Probleme tragen."
Ich denke immer wieder an eine alte Frau aus unserer Gemeinde, die mir irgendwann die Geschichte ihrer Kindheit erzählt hat. Eine Geschichte voll Vernachlässigung und Gewalt, unter anderem in den Kinderheimen, in denen sie war. Eine total erschütternde Geschichte. Aber irgendwann hat diese Frau sich ganz deutlich gesagt: „Meine Kinder werden nicht erleben, was ich erlebt habe." Und das hat sie auf bewundernswerte Weise gelebt und verwirklicht – als Mutter, Oma und Uroma. Bei ihr habe ich gesehen, dass das gehen kann: Umkehren. Nicht wiederholen, was man selbst erlebt hat. Einen anderen Weg einschlagen. Das geht nicht einfach so. Das ist, wenn es gelingt, ein langer Prozess. Und das geht nicht ohne Hilfe und Kraft von außen. Aber genau diese Kraft ist uns versprochen. Denn wenn Gott sagt: *„Kehrt um, und Ihr werdet leben!"*, dann steckt da immer die Zusage mit drin: „Ich bin bei Euch!" Denn dieser Gott wartet nicht nur darauf, dass wir uns endlich umdrehen und auf ihn zugehen. Sondern er kommt uns selber entgegen. Mit offenen Armen. Mit einer unfassbaren Bereitschaft, zu vergeben und neu zu beginnen. Des Alten *„nicht mehr zu gedenken"*, wie es hier wörtlich heißt. Gott geht von sich aus dahin, wo wir sind, bis nach ganz unten, sogar bis ans Kreuz. Nirgendwo wie da wird so deutlich, wie ernst Gott es damit ist: *„Ich habe kein Gefallen am Tode dessen, der sich so weit entfernt hat von dem, was ihn heilen könnte. Ich gebe alles dafür, dass das in seinem Leben geschehen kann: Umkehr, Versöhnung und Heilung."* Lasst uns diesem Gott unsere stumpfen Zähne hinhalten. In der Hoffnung, dass er etwas Anderes, etwas Neues daraus werden lassen kann.
Amen.

Lass los – gib frei
Gedanken zu Jesaja 58,2-11

Sind Sie in diesen Tagen „medden im Jewööhl" und feiern Karneval? Oder gehören Sie eher zu den Karnevalsflüchtlingen? Wie es auch sei: Kommen Sie fröhlich und lebendig durch die nächsten Tage. Und genauso durch die Zeit, die mit Aschermittwoch beginnt. Da ist dann eben nicht „alles vorbei", sondern es fängt eine Menge Spannendes an. Denn Fasten – das hat viel mit Freiwerden zu tun. Mit Aufatmen. Und mit Loslassen.

Fastenzeit – das klingt irgendwie nach religiöser Pflicht, nach kargen Wochen und Verzicht, nach Hagebuttentee statt Rotwein. Sieben Wochen ohne Süßigkeiten oder Fleisch, Fernsehen oder Facebook. Gott sei Dank sind es nur ein paar Wochen, denke ich. Und am Ostersonntag ist alles vorbei. Doch dann lese ich beim Propheten Jesaja Fastentipps, die mir Lust aufs Fasten machen. Da ist plötzlich keine Rede mehr von Kargheit und hartem Verzicht.

„Soll das ein Fasten sein, an dem ich Gefallen habe, ein Tag, an dem ... ein Mensch seinen Kopf hängen lässt ... und in Sack und Asche ... (geht, spricht der HERR)? Wollt ihr das ein Fasten nennen, ... (das mir gefällt)?
Das aber ist ein Fasten, an dem ich Gefallen habe: Lass los, die du mit Unrecht gebunden hast, lass ledig, auf die du das Joch gelegt hast! Gib frei, die du bedrückst, reiß jedes Joch weg!
Brich dem Hungrigen dein Brot, und die im Elend ohne Obdach sind, führe ins Haus! Wenn du einen nackt siehst, so kleide ihn, und entzieh dich nicht deinem Fleisch und Blut!
Dann wird dein Licht hervorbrechen wie die Morgenröte, und deine Heilung wird schnell voranschreiten. ... Und du wirst sein wie ein bewässerter Garten und wie eine Wasserquelle, der es nie an Wasser fehlt.“ (Jesaja 58,5-11 in Auszügen, Luther 1984)
„Lass los! Gib frei!“ Darum geht es beim Fasten, so wie die Bibel es versteht. Hier geht es nicht um den Verzicht auf Liebgewordenes und schon gar nicht um Zwang. Hier geht es darum, neu lebendig zu werden und frei zu atmen. Indem man die Hände öffnet und loslässt. Aufhört, zu klammern und festzuhalten.

Der erste Fastentipp des Jesaja: *„Lass los, die du mit Unrecht gebunden hast, lass ledig, auf die du das Joch gelegt hast!“* Das Joch auf dem Nacken, das kann vieles sein. Das können Erwartungen sein, die ich an jemanden richte – und die er niemals erfüllen kann. Und wenn er sie nicht erfüllt, bin ich tief enttäuscht und lasse ihn das spüren. Das kann eine alte Schuld sein, die ich einem anderen nicht vergebe. Und er bleibt auf diese Weise gefesselt in seinen Schuldgefühlen und in dieser alten Geschichte. Und ich selber auch. Oder: Ich kann Menschen mit Vorwürfen und Vorhaltungen ein Joch auf den Nacken legen. Ein beliebtes Spiel zwischen Eltern und Kindern:

Zweiter Weihnachtsfeiertag. Kathrin fährt vom Besuch bei ihren Eltern nach Hause. Wie fast immer ist sie nach der Begegnung mit ihren Eltern tief bedrückt. Anfangs lief es ganz gut. Man schmückte den Baum, bereitete das Abendessen vor, feierte Heiligabend. Alles ganz nett und entspannt. Aber am nächsten Abend dann dieselbe Geschichte wie immer. Kathrin gerät mit ihrer Mutter in Streit. Und irgendwann hält ihr die Mutter zornig vor: „Kind, weißt Du eigentlich, was Du uns gekostet hast? Was wir Dir alles gegeben haben? Was wir alles geopfert haben, damit Du alles hast? Wie erschöpft und fertig ich oft gewesen bin, weil ich mich um Dich gekümmert habe? Wir haben für Dich auf so viel verzichtet. Und Du kommst und führst Dich hier so auf! Ein kleines bisschen Dankbarkeit wird man ja wohl erwarten können.“ Wie oft hat Kathrin das schon zu hören bekommen. Und wie immer fühlt sie sich einfach nur klein und hilflos zornig. Und schuldig. Ein Kostenfaktor – das vor allem ist sie also. Eine Investition – und, wenn´s nach ihrer Mutter geht, offenbar keine besonders gelungene. Das Schlimme ist: Sie selbst sieht das mittlerweile genauso.

Eltern, die ihrem Kind vorwurfsvoll vorrechnen, was es gekostet hat, es großzuziehen. Eine enorme Last kann das sein. Oder andersrum: Kinder, die ihren Eltern vorrechnen, was sie alles in der Erziehung versäumt oder falsch gemacht haben. Was für eine Last! Sogar Liebe kann zum Joch werden, wenn sie Besitz ergreifend ist und dem anderen keine Luft zum Atmen lässt. Es gibt so viele Weisen, wie wir einander binden und fesseln können. Und all das macht unfrei, unglücklich und krank. Wie heilsam, wie befreiend, wie erlösend wäre es, wenn Kathrins Mutter ihre alten Rechnungen loslassen könnte. Wenn sie ihrer Tochter signalisieren könnte: „Auch wenn ich mich manchmal ärgere: Für mich bist Du viel mehr als eine Investition! Lass uns aufhören zu rechnen! Atme auf – und lebe Dein Leben!“ Wie befreiend wäre es, wenn wir dieser großen Einladung folgen würden: „Lass los. Gib frei! Befrei die anderen von Deinen Vorwürfen und Deinen Ansprüchen! Du wirst selber frei dadurch. Du wirst glücklicher sein, wenn Du nicht klammerst, sondern loslässt. *Ich weiß, das fällt dir nicht leicht.* Versuchs. Fang an. Ich bin bei dir! Ich mache es hell auf diesem Weg. *Du wirst gesund dadurch. Und es geht. Glaub mir, ich spreche aus Erfahrung!*“ Sagt Gott.

Lass los – gib frei. Dieser Fastentipp von Jesaja hat noch eine andere Ebene als die persönliche. Der Prophet sagt: *„Siehe, an dem Tag da ihr fastet, geht ihr doch euren Geschäften nach und bedrückt alle eure Arbeiter.“* Nun sind längst nicht alle unter uns selbst Chefs oder Chefinnen. Trotzdem stecken wir alle in Zusammenhängen, in denen genau das geschieht: Da werden Menschen in ihrer Arbeit bedrückt und ausgepresst. Und ich kann ihre Produkte dann für wenig Geld kaufen: die Sportschuhe aus Pakistan, das T-Shirt aus Bangladesh, das Spielzeug aus einer chinesischen Fabrik, in der Menschen sieben Tage die Woche bis zu 14 Stunden schuften und am Ende mit umgerechnet zwei Euro fünfzig nach Hause gehen. Da ist die Mine im Kongo, in der Menschen unter schlimmsten Bedingungen seltene Erden fördern. Oder da sind die ausländischen Arbeiter in Katar für die Fußball-WM. Ohne Rechte und völlig abhängig von der Gunst ihrer Arbeitgeber. Und die Gewinner sind wir. Sie und ich. Wir profitieren von diesen Verhältnisse durch die geringen Preise, die wir zahlen. *„Lass los, die du mit Unrecht gebunden hast!“* Wir wollen diese Armut auf keinen Fall. Und sind doch als Käuferinnen und Käufer daran beteiligt.
Ein Fasten, das Gott gefällt - das ist ein immer neues Bemühen um fairen Handel. Sich die Mühe machen, zu schauen: Wo bekomme ich T-Shirts, die unter menschlicheren Bedingungen produziert werden? Manchmal höre ich mich selber sagen: Das macht doch so viel Arbeit, sich da schlau zu machen. Aber dann überlege ich: Wie viel Zeit verwende ich darauf, herauszufinden, wo es das *Günstigste* gibt? Die günstigsten Flüge, die günstigsten Flachbildschirme, die günstigsten Handytarife? Was, wenn ich diese Zeit nutzen würde, um nach fair gehandelten Produkten zu schauen? Quasi innerlich von „günstig.de“ auf „fair.de“ umschalte?

Ich habe vor kurzem das Buch „Zehn Milliarden“ von Stephen Emmott gelesen. Er ist Hochschullehrer und Leiter eines Microsoft-Labors für computergestützte Naturwissenschaften. In seinem Buch geht es um die Frage: Was geschieht, wenn in der Mitte dieses Jahrhunderts auf unserer Erde 10 Milliarden Menschen leben? Die Antwort ist ausgesprochen bedrückend. Ich habe nach diesem Buch gedacht: Stephen Emmott ist ein Unheilsprophet unserer Zeit. Mit seinen bloßen Fakten. Er mahnt:

„Wir müssen unseren Konsum reduzieren. Drastisch. Und wir müssen viel sparsamer mit unseren Ressourcen umgehen. Viel sparsamer.“

Doch dazu – so Stephen Emmott - fehlt überall die Bereitschaft. In der Bevölkerung genauso wie in der Politik. Und sein Buch endet mit diesen Sätzen:
„Ich habe einem der nüchternsten und klügsten Forscher … aus meinem Labor … die folgende Frage gestellt: Wenn er angesichts d(ies)er Situation … nur eine einzige Sache tun könnte, was wäre das? Wissen Sie, was er geantwortet hat? `Ich würde meinem Sohn beibringen, wie man mit einem Gewehr umgeht.´“
Und genau das passiert bereits. Auf Klimakonferenzen tauchen immer häufiger führende Militärs auf. In Lampedusa proben wir schon heute, uns abzuschotten. Gegen die so genannten Klimaflüchtlinge - Menschen, die kommen, weil sie nicht wissen, wie sie in ihrer Heimat leben und überleben sollen.
Ist das unsere Zukunft? Unseren Kindern zu zeigen, wie man sich abschottet und verteidigt gegen hungernde Menschen? Ich kann und will nicht glauben, dass das die einzige Möglichkeit ist. Und ich höre die Worte des Propheten Jesaja noch mal neu:
„Lasst nicht zu, dass es dazu kommt! Ruft ein Fasten aus, ein Fasten der ganz neuen Art! Schottet Euch nicht ab, sondern teilt! Schaut, was Ihr wirklich braucht – es ist materiell gesehen viel weniger als Ihr denkt! Ihr braucht keine Erdbeeren aus Marokko und kein stilles Wasser aus Südfrankreich, das erst mal tausend Kilometer gefahren werden muss! Ihr braucht nicht alle drei Jahre ein neues Auto und alle zwei ein neues Handy! Lasst los, lasst frei, und Ihr werdet sehen: Ihr werdet weder verarmen noch vertrocknen. Sondern im Gegenteil: Die Sonne wird ganz neu aufgehen in eurem Leben und neue, frische Quellen fangen an in euch zu sprudeln.“
Ich weiß, jetzt werden viele sagen: Wenn ich dieses Fasten beginne, was bringt das schon? Wenn weltweit Milliarden von Menschen nicht mitziehen? Dagegen sagt mit der Glauben: Lebe so, als ob es ginge! Tu Dinge, einfach weil sie *richtig* sind und nicht, weil sie sicher funktionieren. Fangen wir an, zu fasten, als ob es was bringen würde:
Vor einer Weile war im Fernsehen ein Bericht über junge Leute, die auf dem Dach eines Hochhauses Fische gezüchtet und Gemüse gezogen haben. Sie haben mit dem Abwasser aus den Aquarien ihre Dachgärten gedüngt. Und das Wasser durch die Erde auf ihren Dächern wieder brauchbar gefiltert. Sie haben gesagt: Wenn das Land für den Anbau von Nahrungsmitteln immer knapper wird, dann müssen wir eben die Städte selber nutzen. Die Flachdächer zu Feldern machen.
Solchen Menschen will ich zusehen und Mut aus dem ziehen, was sie machen! Gott hat uns zugesagt: Wenn du dein Verhalten *änderst*, wenn du deine Gier loslässt, wenn du richtig fastest, *„… dann wird dein Licht hervorbrechen wie die Morgenröte … und du wirst sein wie ein bewässerter Garten und wie eine Wasserquelle, der es nie an Wasser fehlt.“*
Mir machen diese ungewöhnlichen Fastentipps Mut. Loszulassen. Etwas anderes zu versuchen. Viele andere sind da mit auf dem Weg. Und Gott ist es auch. Mit dem Licht seiner Liebe, auf das wir niemals verzichten müssen – gerade auch in Fastenzeiten nicht.

Fußball – Gott
Was Fußball und Glaube miteinander zu tun haben
(Gottesdienst mit Taufen zu Beginn der Fußball-WM 2018 – mit einem Videointerview mit dem Leverkusener Trainer Heiko Herrlich)

Ich muss Euch zu Beginn ein Bild zeigen, das letztens gesehen haben: ein bekennender BVB-Fan mitten unter grimmigen Schalke-Fans, zeigt selbstbewusst seinen schwarz-

gelben Schal – und darüber steht der Bibelspruch: *„Alles ist mir erlaubt, aber nicht alles dient mir zum Guten."* Das ist lebensnahe Bibelauslegung, was? Wobei ich auch gedacht habe: ein anderer Vers würde auch zu dem Bild passen: *„Seid allezeit bereit, Rechenschaft abzulegen über die Hoffnung, die in euch ist."* Das können wir von Fußballfans ja wirklich lernen: Die zeigen sich. Sie bekennen Farbe. Sie zeigen selbstbewusst, wofür sie stehen und was sie lieben. Ich frage mich manchmal: Wie ist das mit uns Christen? Sind wir erkennbar? Merkt man uns an, was wir lieben und „zu welchem Verein wir gehören"? Woran könnte man das sehen? Ich komme später darauf zurück.
Was fasziniert so viele Menschen am Fußball? Ein kluger Mensch hat gesagt: „Fußball ist so faszinierend, weil er wie das Leben ist." Da geht es auf und ab, da ist man himmelhoch jauchzend und zu Tode betrübt. Da gibt es grandiose Momente: den Fallrückzieher in den Winkel, die Glanzparade, mit der man einen unhaltbaren Ball noch von der Linie kratzt – und auf der anderen Seite gibt's diese schrecklichen Momente, in denen man aus drei Metern das Tor nicht trifft – oder als Torwart Karim Benzema den Ball vor die Füße rollen lässt. Fußball ist wunderbare Gemeinschaft und gepflegte Feindschaft, Fußball ist Familienfest und Krieg, Fußball ist echte Liebe und schmutziges Geschäft, Spiel und Politik – alles auf einmal. Also die volle Dröhnung.
Und natürlich ist Fußball auch ein Stück Kult und Religion. Schaut Euch nur mal an, wie sehr ein Fußballspiel einem Gottesdienst ähnelt. Da pilgern die Fans in die große Kathedrale. Dann kurz vor Spielbeginn die Stadionfanfaren quasi als Orgelvorspiel. Der feierliche Einzug der Schiedsrichter und Spieler in ihren bunten liturgischen Gewändern, oft mit den kleinen Messdienern. Da sind die katholischen Geschwister ja deutlich näher dran: bei uns läuft zum Einzug ja nur eine einsame Gestalt durch den Mittelgang – in Schwarz! Wenn's doch wenigstens Schwarz-Gelb wäre! Und dann die Choräle! Wenn Ihr meint, in Deutschland würde nicht mehr gesungen, dann geht mal ins Stadion! Erwachsene Männer, die bei einer Trauung oder Konfirmation den Mund nicht aufmachen würden, singen da aus vollem Hals! Gut, die Qualität der Lieder ... Das ist nicht Paul-Gerhardt-Niveau. Aber „You never walk alone" kommt unserer Botschaft hier schon ganz schön nahe. Und: es wird gebetet! Besonders, wenn es in der 92. Minute beim Stand von 1:2 noch mal Freistoß aus aussichtsreicher Position gibt. Wobei ich persönlich vermute, dass Gott in Fußballspiele ungefähr genauso eingreift wie ins Wetter: nämlich gar nicht. Dass er sagt: „Jungs, Mädels, das müsst Ihr selber hinkriegen."
Ich möchte Euch zwei kleine Geschichten erzählen, in denen für mich deutlich wird, wie viel Fußball mit unserem Leben und Glauben zu tun hat. Die eine stammt aus dem Film „Das Wunder von Bern". Da ist der fußballbegeisterte Matthes, der mit seinen Kumpels auf der Wiese hinter den Häusern Fußball spielt. Das Problem ist: er macht das nicht besonders erfolgreich. Beim Wählen wird er immer als Letzter genommen. Und manchmal streiten sich die Mannschaften sogar, wer ihn nehmen muss – die Höchststrafe für einen kleinen Fußballer. Und eines Tages beobachtet sein Vater, der gerade erst aus der Kriegsgefangenschaft zurück ist, seinen Sohn beim Spielen. Und als der wieder total frustriert vom Platz kommt, sagt der Vater sinngemäß: „Weißt Du, was Dein Problem ist, Matthes? Du spielst auf der falschen Position. Du versuchst, vorne Tore zu machen, aber das ist nicht Dein Ding. Du bist kein Stürmer. Du bist ein Verteidiger. Du bist einer, der mutig auf den Mann geht und stören kann. Probier das mal aus!" Und das macht Matthes dann auch. Er wechselt die Position – und plötzlich läuft es. Und er merkt von Spiel zu Spiel mehr, wie ihm das liegt: den anderen den Ball abzunehmen. Die anderen Jungs sind beeindruckt und loben ihn. Und schließlich legt ihm sogar die süße Carola die Hand auf die Schulter und sagt: „Gut gemacht, Matthes!"

Ihr Lieben, das ist etwas ganz Wichtiges - im Fußball genauso wie im Leben: dass ein Mensch seine Position auf dem Feld findet – die richtige Position. Nicht jeder ist ein Stürmer, der die Tore macht. Nicht jede ist eine Strippenzieherin im Mittelfeld, die die Bälle verteilt. Nicht jeder hat die Reflexe, die ein guter Torwart braucht. Es gibt nicht nur die Stars, die vorne glänzen. Es braucht auch die fleißigen Arbeiter im Hintergrund. Und so weiter. Wir sind unterschiedlich von unserem Schöpfer und Cheftrainer begabt worden. Und er hat für jeden und jede von uns eine Idee, auf welcher Position er uns braucht und einsetzen will. Und das zu entdecken, unsere Berufung zu finden, das ist eine der wichtigsten Aufgaben in unserem Leben. Und da brauchen wir manchmal andere, die uns das sagen. Und wir können den Cheftrainer selber im Gebet danach fragen: Was ist Dein Plan mit mir? Auf welcher Position willst Du mich haben? Denn eins ist klar: dieser Cheftrainer will uns alle auf dem Spielfeld des Lebens. Er hat keinen von uns für die Ersatzbank oder die Tribüne geschaffen. Sondern dafür, aufs Feld zu gehen und mitzumachen. In Gottes Team haben alle Platz. Und wir dürfen gespannt sein, auf welcher Position Elise und Jette mal spielen werden. Das ist eine wichtige Aufgabe für Euch Eltern und Paten: findet mit Euren Kindern heraus, was ihre persönliche Berufung ist. Was ihre Position auf dem Spielfeld „Leben“ sein könnte.
Die zweite Geschichte habe ich vor Jahren auf einer Kinderfreizeit erlebt. Und in der kann man schön einige der vier „D's“ wiederfinden, von denen die Trainer Heiko Herrlich (Leverkusen) und Jürgen Klopp (Liverpool) immer wieder reden: Durchhaltevermögen - Demut – Dienen – und Dankbarkeit. Wir waren in Natz in Südtirol und hatten einen Bolzplatz in der Nähe. Und schon am ersten Abend war klar: die Mädchen wollen zusammen bleiben und gegen die Jungs spielen. Das war eine ziemlich ungleiche Sache: die Mädchen hatten damals kaum Fußballerfahrung. Bei den Jungs dagegen gab es einige richtig starke Vereinsspieler. Und es kam, wie es kommen musste: die Mädchen verloren ungefähr mit 0:8. Ich fragte dann, ob wir das nächste Mal anders mischen sollten. Wollten sie nicht. Von da an gab's jeden Abend Jungs gegen Mädchen. Tagelang mit hohen Niederlagen für die Mädels. Die aber unermüdlich weitermachten. Nach ein paar Tagen aber waren die Ergebnisse nicht mehr so deutlich. Und am letzten Abend passierte das „Wunder von Natz“: die Mädchen schlugen die Jungs mit 6:1! Ein fast schon „brasilianisches“ Ergebnis.
Wie war das möglich? Der erste Punkt war: die Mädchen waren bis in die Fußspitzen motiviert. Sie hatten eine klare Vision, ein klares Ziel: einmal die Jungen schlagen. Eine Vision, ein attraktives Ziel vor Augen, das kann gewaltige Kräfte freisetzen. Nur mit einer solchen Vision bekommt man das Durchhaltevermögen, um auch eine Kette von Niederlagen wegzustecken. Jesus hat mit seiner Vision vom Reich Gottes jede Menge Menschen bis heute in Bewegung gesetzt. Wir brauchen alle solche attraktiven Bilder vor Augen: im eigenen Leben – und in der Gemeinde auch. Und wir dürfen den Cheftrainer darum bitten, dass er sie uns immer neu schenkt. Das Zweite war: die Mädchen haben ganz realistisch gesehen: eins gegen eins haben wir gegen die Jungs keine Chance. Wenn wir was erreichen wollen, dürfen wir den Ball nur ganz kurz behalten und müssen sofort abspielen, sonst ist er weg. Das hat was mit *Demut* zu tun! Demut bedeutet nicht, sich selber klein oder runterzumachen. Es bedeutet: eine realistische und ehrliche Sicht auf sich selbst zu gewinnen. Auf dem Boden zu bleiben. Und deswegen haben die Mädchen gelernt, ganz schnell abzugeben. Wenn ein Mädchen den Ball hatte, rannten gleich zwei andere in ihre Nähe und boten sich an, weil sie wussten: die ist gleich in Bedrängnis und braucht uns jetzt. Und da kommt das dritte „D“ in Spiel: diese Mädels haben einander *gedient*. Während die starken Jungs eher etwas ballverliebt waren. Diese Frage muss sich jeder Spieler stellen: Willst Du glänzen? Oder bist Du bereit zu dienen? Für das Team da zu sein? Was dann entstehen kann, ist diese merkwürdige Kraft, von der wir heute an vielen Stellen reden: *Teamgeist*. Diese

Kraft, die man nicht machen oder verordnen kann, die aber vieles möglich macht, wenn sie da ist. Auch bei Teams, die keine Starspieler haben. Jesus hat seine Elf oder seine Zwölf auch nicht aus Stars zusammengestellt. Das waren einfache Männer, ich würde mal sagen: dritte Liga. Aber als zu Pfingsten dieser besondere Geist zu ihnen kommt, wachsen sie über sich hinaus und tun Dinge, die sie sich selbst nie zugetraut hätten. Das Problem in vielen Teams sind ballverliebte und selbstverliebte Mitspieler. Dabei ist es so beglückend, in einem Team zu spielen, in dem alle füreinander da sind. Heiko Herrlich sagt: „Die schönsten Momente als Spieler und Trainer waren die, in denen wir gemeinsam was erreicht haben." Und das gilt für eine Gemeinde genauso: Christsein ist ein Mannschaftssport.
Und dann war spannend zu sehen, wie die Jungs und die Mädchen mit Ballverlust umgegangen sind. Wenn einer von den starken Jungs den Ball an die Mädchen verloren hat, dann hat er erst geschimpft, sich fallen lassen, ist empört liegen geblieben und hat Foul reklamiert. Wenn ein Mädchen den Ball verloren hat, was wesentlich öfter vorkam, ist es aufgesprungen und hat versucht, sich den Ball zurückzuerobern. Das war für mich ein echtes Aha-Erlebnis. Wir erleben ja auch im richtigen Leben immer wieder Ballverluste. Du hast eine tolle Spielidee, im Beruf oder in der Gemeinde, Du hast richtig Fahrt aufgenommen und richtig Zug zum Tor. Und da kommt einer und grätscht Dir dazwischen – mehr oder weniger fair. Und der Ball ist weg. Das ist echt frustrierend! Es gibt zwei Möglichkeiten, damit umzugehen: Du kannst liegenbleiben und beklagen, wie ungerecht das Leben ist. Du kannst Deinen Gegenspieler verfluchen oder das schlechte Wetter oder den Platz. Oder von mir aus auch das Schicksal oder Gott. Es gibt Menschen, die ihr Leben damit verbringen, uralte Ballverluste zu beklagen. Das kann man machen. Aber so kriegt man den Ball nicht zurück. Dafür muss man aufstehen und laufen. Ihr findet in der Bibel immer wieder die Worte: „Steh auf und geh – oder lauf! Mach weiter! Starte neu!" Als der todmüde, tief frustrierte Elia da unter dem Wacholder liegt, kommt ein Engel und verpasst ihm erst mal eine heilsame Pause. Das ist oft ganz nötig. Und dann sagt er zu Elia: „Steh auf, wenn Du Prophet Gottes bist!" Und genau so ermutigt Gott uns auch. Immer wieder. Aufzustehen, loszugehen – und uns den Ball neu zu holen.
Durchhaltevermögen, Demut, Dienen – das ist quasi das Trikot, das wir Christen tragen sollten. Und noch was kommt hinzu: Heiko Herrlich erzählt im Interview sehr dankbar von seiner Begegnung mit dem brasilianischen Spieler Jorghino, der sehr wichtig für ihn war. Was war das Besondere an Jorghino? Erst mal nicht seine Bibelkreise, die kamen später. Auch nicht zu allererst seine Gebete vor dem Spiel. Es war die Art, wie Jorghino mit Menschen umgegangen ist. Wie er alle gleich freundlich und wertschätzend behandelt hat, vom Star bis zum völlig unerfahrenen Jungspieler. Paulus hat mal gesagt: *„Hier bei uns Christen ist nicht Jude noch Grieche, hier ist nicht Sklave noch Freier, hier ist nicht Mann oder Frau, wir sind alle eins in Christus."* Man könnte hinzufügen: „Hier ist nicht Star oder Anfänger, hier ist nicht Cheftrainer oder Reinigungskraft, wir sind alle Töchter und Söhne des einen liebenden Gottes!" Das hat Jorghino gelebt. Das war das Trikot, das er getragen hat, und das ihn als Christ erkennbar gemacht hat. Und das ist das Trikot, das wir alle tragen sollten: diese Art, mit Menschen umzugehen. Die etwas widerspiegelt von der Menschenfreundlichkeit Gottes.
Und noch etwas (ich weiß, wir sind schon in der Verlängerung, aber pfeift bitte nicht ab: dieser Einwurf muss noch sein): Heiko Herrlich spricht an einer Stelle von den Fehlern, die auch Christen haben. Er sagt da: „Ich bin auch nicht fehlerfrei, das hat man auch in dieser Saison gesehen." Er meint da wahrscheinlich die Schwalbe, die er sich im Pokalspiel gegen Gladbach geleistet hat. Ich bin nicht nur an seinen Worten hängengeblieben, sondern vor allem an seinem Gesichtausdruck: Dieses Lächeln, mit dem er das erzählt. Das ist für mich eins der größten Geschenke des Glaubens: Wir

dürfen im Licht der Liebe Gottes zu unseren Fehlern stehen. Wir brauchen sie nicht zu verstecken oder anderen in die Schuhe zu schieben. Wir dürfen um Vergebung bitten. Und irgendwann dürfen wir darüber lächeln, weil wir frei geworden sind davon. Weil Gott uns das nicht ewig hinterher trägt. Weil er uns nicht auf unsere Fehler und Untaten festnagelt. So wie die Öffentlichkeit das manchmal leider gnadenlos tut. Mögen alle Elfmeterschützen, die den Ball in den Himmel gejagt haben, und alle Torhüter, denen der Ball durch die Finger gerutscht ist, irgendwann lächeln können über ihre Fehler. Weil sie sich von einer Güte getragen wissen, die größer ist als alles, was wir verbocken können.
Durchhaltevermögen – Demut – die Bereitschaft zu dienen – Dankbarkeit – das wünsche ich uns allen. Beim Fußball, im Leben, im Glauben. Heiko Herrlich hat uns als Kirche ins Stammbuch geschrieben: Lasst die Leute Eure Dankbarkeit spüren! Und ich glaube, wir haben ganz viel zu danken: für unser Leben und die Menschen, mit denen wir es teilen. Für die schönste Nebensache der Welt. Für kleine große Wunder wie Eure Kinder. Und vor allem für den, der den beiden und uns allen verspricht: *„Ich bin bei Euch – bis ans Ende der Welt!“* You never walk alone!

Mit leichtem Gepäck
Gedanken zu Lukas 12,15, Matthäus 11,28f, Lukas 18,14 und dem Lied von "Silbermond"

Wie fühlt Ihr Euch im Moment mit dem Gepäck Eures Lebens? Ist das in Ordnung? Kriegt Ihr das gut getragen? Habt Ihr Pausen, in denen Ihr das auch mal abstellen könnt? Oder sehnt Ihr Euch gerade nach einem Leben mit leichtem Gepäck, weil so viel an Euch dran hängt? Ich erlebe das öfter so. Und ich bin überzeugt, dass Gott uns so ein Leben von Herzen gönnt und wünscht. Nicht ein Leben ganz ohne Lasten, das gibt es nicht. Aber doch ein Leben mit leichterem Gepäck, als wir es oft haben. Jesus hat eine wunderbare Einladung ausgesprochen: *„Kommt zu mir, ihr alle, die ihr euch plagt und von eurer Last fast erdrückt werdet; ich werde sie euch abnehmen. Nehmt mein Joch auf euch und lernt von mir, denn ich bin gütig und von Herzen demütig. So werdet ihr Ruhe finden für eure Seele. Denn das Joch, das ich auferlege, drückt nicht, und die Last, die ich zu tragen gebe, ist leicht.“* Ich finde, das ist Balsam für die Seele. Und ich möchte gerne ein bisschen mit Euch bei Jesus in die Schule gehen und schauen, wie das zumindest in Ansätzen gehen könnte: ein Leben mit leichterem Gepäck.
Und da ist es zunächst mal wichtig, hinzuschauen: was ist es denn eigentlich, was uns Last macht? Man kann da vieles nennen. Ich möchte mir jetzt drei Lasten mit Euch anschauen: einmal *die Dinge, mit denen wir uns umgeben.* Dann die *unerlösten Geschichten*, die wir mit uns herumtragen. Dann natürlich die *Aufgaben,* die wir bewältigen müssen. Und wo das alles hinführt, werden wir sehen.
Fangen wir bei den *Dingen* an. *„Du siehst dich um in deiner Wohnung ... Und eines Tages fällt dir auf, dass du 99 % nicht brauchst.“* Singt Stefanie Kloß von „Silbermond“. Wie ist das, wenn Ihr Euch in Eurer Wohnung umguckt? Was ist da alles drin? Und was davon braucht Ihr? Was davon tut Euch gut und verschönert Euer Leben? Und was habt Ihr irgendwann mal gekauft, weil der Jäger und Sammler in Euch mal wieder zugeschlagen hat, oder weil es ein Schnäppchen war, oder weil irgendwer gesagt hat: „*Must have!* Musst Du haben!“ Und was ist nicht einfach nur da, sondern belastet Euch? Weil Ihr Euch ständig damit beschäftigen müsst? Als wir 1995 mit unseren zwei Kindern ins Pfarrhaus Klingenstraße zogen, waren wir und vor allem die Kinder erst mal fasziniert: 200 Quadratmeter! Sehr schnell haben wir gemerkt: 200 qm musst Du erst mal füllen, damit sie wohnlich werden. Und dann musst Du sie sauber halten und pflegen

– was vor allem an meiner Frau hängen geblieben ist. Und wenn Du ausziehst, was wir 2006 getan haben, musst Du sie wieder leer machen. Ihr hättet den Sperrmüll sehen sollen! Die Kraft unserer Seele ist begrenzt. Und was wir an Seelenkraft für unsere Dinge einsetzen, ist woanders nicht mehr da. Nur ein ganz kleines Beispiel: Ich hatte mir vor Jahren einen Ordner angelegt, in dem ich wichtige Zeitungsartikel zu wichtigen Themen gesammelt habe. Mit dem festen Vorsatz, sie später zu lesen, wenn ich mal Zeit habe. Jedes Mal, wenn ich diesen Ordner gesehen habe, hat er mich vorwurfsvoll angeschaut und gesagt: „Lies mich! Du hast es versprochen!" Und irgendwann hatte ich ihn wieder mit schlechtem Gewissen in der Hand. Und plötzlich ging mir der Gedanke durch den Kopf: „Jo, sei ehrlich, Du wirst diese Artikel nie lesen. Du schaffst es nicht. Die Zeit wirst Du nie haben." Ich habe ihn weggeworfen, so wie er war. Und das war traurig. Denn ich musste mich verabschieden von der Illusion, ich könnte in all diesen wichtigen Themen mal richtig gut informiert sein. Kann ich nicht. Werde ich nie. Und gleichzeitig war es ungeheuer befreiend, denn mit diesem Ordner verschwand eine Sache aus meinem Leben, die mir ständig sagen: „Beschäftige Dich mit mir!"
Was muss weg aus Eurem Leben? Damit es aufhört, Euch zu beanspruchen und Euch Lebensenergie abzuziehen? Jesus weiß genau, wie viel Aufmerksamkeit und Energie uns die Dinge rauben können. Deswegen sagt er seinen Jüngern, als er sie zum Predigen und Heilen losschickt: „Nehmt nichts mit! Lasst alles zuhause, was Euch ablenken könnte. Seid ganz bei den Menschen – und vertraut darauf, dass Gott Euch das geben wird, was Ihr braucht." Unser Umgang mit den Dingen ist eine Glaubensfrage. Wir laden sie oft auf mit Bedeutung, die sie nicht haben. Jesus sagt: *„Nutze die Dinge, die Du hast. Aber häng Dein Herz nicht daran. Keiner lebt davon, dass er viele Güter hat."* Schaut Euch zuhause mal um: was könnte Euch entlasten, wenn Ihr Euch davon trennt?
Jetzt gibt es aber noch ganz andere Koffer, die wir mit uns herumschleppen. Zum Beispiel unsere *unerlösten Geschichten.* Letzte Woche haben unsere Kinderchöre ein wunderbares Musical um den Zöllner Zachäus aufgeführt. Mir ist bei diesem Musical noch mal richtig bewusst geworden, wie viel Gepäck dieser Zachäus mit sich herumschleppt. Die dummen Sprüche seiner Mitschüler wegen seiner Körpergröße, die Verletzungen aus dieser Zeit, sein eigenes Gefühl, nicht genug zu sein, seine Bitterkeit und seine Sehnsucht nach Anerkennung, das ganze Geld in seinem Haus, der Betrug und die Ausbeutung, auf der sein Leben und sein Wohlstand beruht – was schleppt dieser Mann alles mit sich herum! Und nicht nur er: solche Altlasten tragen wir alle mit uns herum. Alte Verletzungen, die nicht wirklich geheilt haben. Alte Prägungen und Angewohnheiten, die uns nicht gut tun. Dinge, die wir uns selber nicht verzeihen können. Schaut mal, wie das bei Euch ist. Diese Dinge belasten uns oft viel stärker als die Sachen, die wir haben. Auch wenn wir das lange Zeit gar nicht merken. Sondern da irgendwie nur so ein dumpfes Gefühl ist. Es braucht oft einen Anstoß von außen, damit wir es überhaupt zulassen, uns mit diesen Lasten zu beschäftigen. So wie in dieser Geschichte: da kommt Jesus, sieht den Zachäus da im Baum sitzen, und sagt: *„Zachäus, komm runter! Heute will ich bei dir zu Gast sein!"* Damit fängt es an, dass uns jemand sagt: „Ich bin interessiert an deinem Leben! Ich bin daran interessiert, dass deine Seele heilen kann." Jesus geht mit Zachäus nach Hause, mitten in dieses falsche, ergaunerte Leben hinein, und er lässt mitten in diesem Leben eine Atmosphäre der Wertschätzung und Annahme entstehen, die Zachäus noch nie erlebt hat. Und in dieser Atmosphäre kann Zachäus zum ersten Mal den Gedanken zulassen: dieses Leben, das macht mich fertig. Ich will es nicht mehr. Ich will und ich brauche etwas ganz anderes. Ihr Lieben, nur in einer Atmosphäre der Liebe können wir uns wirklich selber verstehen – und dann auch verändern. Ich stelle mir vor, wie sich anfühlen muss, als Zachäus nach der Begegnung mit Jesus seinen Tresor räumt und den Leuten das Geld vierfach

zurückgezahlt. Wie befreiend es für ihn ist, dieses Geld *loszulassen* – und alles, was für ihn daran gehangen hat. Sein Herz nicht mehr an der verdammten Kohle festzumachen, weil er es endlich woanders festmachen konnte, nämlich an der Liebe Gottes. Was müsst Ihr loswerden, um endlich frei atmen zu können? Was wartet darauf, dass Ihr es hinter Euch lasst oder endlich selber vergebt? Ich bin sicher, da ist einer unterwegs zu Euch. Der will Euch da abholen, wo Ihr gerade seid. Der will zu Euch sagen: „Ich will bei Dir zu Gast sein." Um dann in dem Haus Eures Lebens eine Atmosphäre zu schaffen, in der Ihr irgendwann Altlasten abgeben könnt. Ich weiß, das geht meistens nicht über Nacht wie bei Zachäus. Das sind weite Wege, lange und auch schmerzhafte Prozesse. Aber ich bin überzeugt: Gott ist bereit, mit uns diese Wege zu gehen.
Und dann der Koffer Nummer drei: unsere *Aufgaben*. Viele von Euch werden reichlich davon haben. Beruf, Familie, Ehrenamt und manches mehr. Und es gibt ja so Zeiten, da kommt ganz viel auf einmal, da ist der Engpass in der Firma und der Opa wird krank und und und. Das kann sehr belastend sein. Und es gibt Lasten, die sind uns auferlegt, und an denen kommen wir einfach nicht vorbei. Auch Gott erspart die uns nicht. Aber wenn er uns eine Last auflegt, stellt er uns etwas zur Seite: *„Gott legt uns eine Last auf, aber er hilft uns auch."* Das heißt: es lohnt sich, viel öfter hinzuschauen: muss ich das wirklich allein bewältigen? Ich erinnere mich an einen Besuch bei einem älteren Ehepaar im Vikariat. Die beiden erzählten mir, wie schwer alles geworden war und wie viel Mühe jede alltägliche Aufgabe ihnen machte. Ich war erschüttert und habe die Gemeindeschwester gefragt, ob da nicht was zu machen wäre. Sie sagte: Klar, ich rede gerne mal mit den Leuten. Daraufhin rufe ich fröhlich den Mann an und frage, ob unsere Schwester nicht mal vorbeikommen sollte. Und da antwortet er: „Ach nein, danke, es geht schon noch. Wir bekommen das schon noch hin." Damals war ich völlig irritiert. Aber seitdem bin ich vielen Menschen begegnet, bei denen alles nach Hilfe ruft, und wenn man Hilfe anbietet, lehnen sie ab. Und ich muss leider sagen: manchmal bin ich selber einer davon. Lasst uns lernen, Hilfe anzunehmen. Wir müssen nicht alles allein schaffen.
Und dann ist es gut, mal genau hinzuschauen und zu fragen: welche Aufgaben muss ich wirklich erfüllen? Und welche habe ich übernommen, die eigentlich gar nicht meine sind? Weil andere gesagt haben: „Wenn Du es nicht machst, macht es keiner!" Oder: „Das kann doch keiner so gut wie Du!" So verführerisch redet die Schlange im Paradies. Wenn Euch jemand so kommt, geht erst mal mit Gott ins Gespräch und fragt ihn, ob das wirklich Eure Berufung ist. Überprüft die Dinge, die Ihr in Eurem Alltag tut und schaut, ob das wirklich alles sein muss. Oder ob Ihr nur meint, es müsse sein. Ist das wirklich Gottes Anspruch an Euch? Oder ist das vielleicht Euer eigener, viel zu hoher Anspruch?
Ich erzähle Euch ein persönliches Erlebnis von vor etwa zwei Wochen. Ich sitze wieder mal müde und lustlos morgens in meinem Zimmer beim Morgengebet. Ich habe überhaupt keine Lust, aber aus Pflichtgefühl mache ich's doch. Ich danke Gott halbherzig für den Tag und für die zu kurze Nacht. Und dann erzähle ich ihm von meiner Müdigkeit, von meiner Erschöpfung, von den vielen Dingen, die heute wieder warten und so weiter. Wie so oft. Und in diesem Moment geht mir ein Gedanke durch den Kopf, von dem ich ziemlich sicher bin, dass er nicht von mir selbst kommt. Plötzlich ist da quasi eine innere Stimme, die sagt: „Jo, hör auf! Du machst mich müde mit diesen Gebeten. Glaubst Du im Ernst, dass ich Dir all diese Lasten auflege? Wann hörst Du mal endlich auf damit, mich mit Deinen ganzen Aktivitäten beeindrucken zu wollen? Wann erfreust Du mich stattdessen mal mit Deiner Leichtigkeit? Leg doch endlich mal alles ab und stell Dich in den Strom meiner Liebe. Nimm Dich leicht – und mach Dich nicht so wichtig!" Das hat gesessen. Ich glaube: wer uns am meisten belastet, ist unser eigenes *Ich* – mit seinen verdammt hohen Ansprüchen, mit seinem Perfektionismus, mit seinem Hunger nach Anerkennung und Bestätigung. Unser Ich achtet ständig auf sein Gewicht. Und es

will nicht etwa abnehmen, sondern es will zulegen. Wie viele Lasten tragen wir, weil wir meinen, dass sie uns Bedeutung schenken. Und was, wenn wir endlich – nicht nur verstehen, sondern – *fühlen* würden, was wir Gott immer schon bedeuten, wie verrückt er nach uns ist, ohne dass wir irgendetwas dafür zu tun oder zu leisten hätten! Wisst Ihr, warum Jesus so ein Meister des leichten Gepäcks war? Weil er von Anfang an das im Gepäck hatte, was unseren Hunger wirklich stillt: die Botschaft, die Gott ihn in seiner Taufe bis in die letzte Faser seines Wesens hat fühlen lassen: *„Du bist mein geliebter Sohn, an dir habe ich Wohlgefallen."* Das war die Gewissheit, aus der er gelebt hat. Ganz leicht, und doch so unendlich gewichtig. Und wer dieses Gepäck von Gott wirklich mitnimmt auf seinen Weg, der wird erstaunt erkennen, wie viel Gepäck er in diesem Leben nicht mehr braucht, mit wie wenig er auskommt – weil er so viel hat. Lasst uns auf diese Stimme hören. Lasst uns dieser wunderbaren Einladung folgen, die Jesus uns mitbringt – und er weiß genau, wovon er redet. Ich möchte gerne mit Johannes dem Täufer sagen lernen – etwas abgewandelt, zugeben: *„Er will wachsen – ich aber darf endlich - abnehmen!"*

Gesunde Grenzen setzen

Ihr Lieben, kennt Ihr solche Situationen? In denen jemand etwas von Euch will. Und Ihr spürt eigentlich sehr deutlich: das will ich nicht, das überschreitet meine Grenzen? Fällt es Euch dann leicht, *Nein* zu sagen? Ich vermute, vielen von uns fällt das eher schwer. Besonders wenn der andere dann weitermacht, wie Martina das gerade gemacht hat. Es gibt ja Menschen, die akzeptieren kein „Nein". Die fahren dann immer schwerere Geschütze auf. Stefan hat sich da in dem Anspiel gerade schon gut geschlagen. Er hat es durchgehalten, „Nein" zu sagen. Leicht gefallen ist ihm das aber nicht. Ich vermute: mancher von uns hätte das nicht gekonnt. Mancher von uns hätte gedacht: „Ich kann doch Martina jetzt nicht enttäuschen. Die ist sonst sauer auf mich." Oder: „Ich kann doch die Leute jetzt nicht im Stich lassen. Was machen die denn ohne mich? Gott will doch, dass wir *dienen,* dass wir uns engagieren. Vielleicht enttäusche ich Ihn, wenn ich das nicht mache." Und schon hat man „Ja" gesagt. Aber ein „Ja", das nicht echt ist, das man eigentlich nicht will. Ein „Ja" aus Pflichtgefühl oder aus Angst, und nicht aus Überzeugung.

Wenn es uns so geht – und ich kenne das gut -, dann haben wir ein Problem mit Grenzen. Natürlich möchte Gott, dass wir uns engagieren. Er verlangt aber nirgendwo von uns, dass wir das unbegrenzt tun. Im Gegenteil: er selber hat uns und unsere Welt *mit Grenzen* geschaffen. Gott schafft diese Welt, indem er Grenzen setzt: Licht und Finsternis, Himmel und Erde, Land und Meer, alles wird voneinander *geschieden* und bekommt seinen begrenzten Bereich. Unser Körper ist begrenzt – unsere Haut zeigt an, wo er anfängt und wo er aufhört. Unsere Kräfte sind begrenzt – das bekommen wir im Alter besonders schmerzhaft zu spüren. Jede Zelle unseres Körpers ist von einer Grenze umgeben, einer Membran. Ohne sie könnte sie nicht sein. Ohne Grenzen gibt es überhaupt keine Strukturen. Gebote sind Grenzen, die uns zeigen: in diesem Bereich darfst Du Dich austoben – und hier ist Schluss. Gott hat uns mit Gaben und Grenzen geschaffen. Und er möchte, dass wir beides tun: unsere Gaben entwickeln – und unsere Grenzen achten.

Der amerikanische Psychologe Henry Cloud hat das in einem Bild schön ausgedrückt. Er hat unser Leben mit einem Garten verglichen. Jeder Mensch bekommt von Gott ein solches Stück Garten geschenkt, für das er zuständig ist. Dieses Stück Garten zu bebauen, zu entwickeln, zu genießen, das ist unsere Aufgabe. Im Idealfall hat da alles seinen guten Bereich: die Familie, die Arbeit, der Freundeskreis, das ehrenamtliche

Engagement, die Hobbies, der Schlaf. Die eine hat ein etwas größeres Stück anvertraut bekommen, der andere ein kleineres – ja nach Kraft und Begabung. Wichtig ist: jedes Gartenstück hat eine Grenze, eine Hecke oder einen Zaun – keinen Stacheldrahtzaun, sondern eher einen Jägerzaun. Und dieser Zaun macht klar: hier beginnt und endet mein Bereich. Für dieses Stück bin ich verantwortlich. Ich bin *nicht* verantwortlich für das Nachbargrundstück, das hat Gott jemand anderem anvertraut. Der Zaun oder die Hecke zeigen: hier darf nicht jeder einfach rein und sich breitmachen. Aber es gibt ein Tor, durch das ich andere reinlassen und selber rausgehen kann. Ich entscheide, wer oder was da rein kommt. Jeder arbeitet in seinem Gartengrundstück. Aber natürlich können wir uns gegenseitig besuchen, uns helfen, uns unterstützen, zusammen feiern, lachen, miteinander reden und so weiter. Und zugleich bleibt es dabei: jeder trägt die Verantwortung für sein Gartengrundstück, für sein Leben. So hat Gott sich das gedacht. Das bedeutet: ich darf nicht einfach in ein anderes Gartengrundstück marschieren und sagen: „Du machst das nicht richtig. Ich kann das besser." Und dann bearbeite ich den Garten des anderen. Eltern sind leicht in der Gefahr, so mit ihren Kindern umzugehen. Dabei müssen die ja gerade lernen, ihr Gartenstück selbst zu bearbeiten. Auf der anderen Seite ist es auch eine Grenzüberschreitung, wenn einer kommt und sagt: „Du bist doch Christ! Du bist doch immer im Dienst! Also mach doch bitte meinen Garten noch und den dahinten auch!" – „Ein Christ ist immer im Dienst" – das ist ein ganz gefährlicher Satz. Weil er keine Grenzen kennt.

Natürlich gibt es Situationen, in denen jeder von uns Hilfe braucht. Wenn ein Unwetter unseren Garten verwüstet. Wenn in der Erntezeit sich die Arbeit so verdichtet, dass wir es nicht allein schaffen. Es kann Probleme und Lasten in unserem Lebensgarten geben, die sind für uns allein zu groß sind: das können Krankheiten sein, das können tiefe persönliche Krisen sein wie eine Trennung, oder wie der Verlust der Arbeit, ein schwerer Konflikt in der Familie, ein Unfall. Solche Lasten überschreiten unsere Grenzen. Da gilt ohne Wenn und Aber: *„Einer trage des anderen Last, so werdet Ihr das Gesetz Christi erfüllen."* Aber für vieles in unserem Lebensgarten gilt: *„Ein jeder wird seine Last selbst tragen."* Das steht auch im Galaterbrief, im gleichen Kapitel, nur ein paar Verse später. Habt Ihr das gewusst? Es ist bezeichnend, dass wir diesen Satz meistens nicht kennen.

Wenn Grenzen doch so wichtig und grundlegend für unser Leben sind: warum fällt es uns so schwer, sie bei uns und anderen zu achten? Ja und Nein zur richtigen Zeit zu sagen? Es liegt wohl daran, dass Grenzen eben nicht in unseren Genen liegen. Sondern dass sie sich entwickeln müssen im Kontakt mit anderen. Sie entwickeln sich in sehr jungen Jahren. Und diese Entwicklung kann leicht gestört werden. Stellt Euch einen kleinen Jungen vor, Felix, zweieinhalb Jahre. Oma und Tante sind zu Besuch. Die Oma sagt: „Komm, Felix, gib der Oma mal ein Küsschen!" Felix spürt, dass er in diesem Moment überhaupt keine Lust hat, der Oma ein Küsschen zu geben. Und er tut genau das Richtige: er schüttelt den Kopf und signalisiert: „Nein!" Das Gesicht der Oma verfinstert sich. Sie sagt: „Da ist die Oma aber jetzt traurig, Felix." Felix schaut seine Eltern an. Die fühlen sich offensichtlich nicht wohl in dieser Situation. Die Tante dagegen lacht und steht auf und sagt: „Ach Quatsch, Felix, komm her!" Sie drückt ihn und küsst ihn auf die Wange. Was ihm in diesem Moment sehr unangenehm ist. Was lernt Felix in dieser Situation – unbewusst natürlich? Er lernt: „Wenn ich Nein sage, wird die Oma traurig. Und meine Eltern sind nicht zufrieden mit mir. Vielleicht haben sie mich nicht mehr lieb." Für einen Zweieinhalbjährigen ist das lebensgefährlich. Und im Blick auf die Tante lernt er: „Wenn ich Nein sage, wird das nicht ernst genommen." Wenn er das öfter erlebt, wird er noch als Erwachsener mit dem inneren Programm leben: Nein sagen ist gefährlich – und wird sowieso nicht ernst genommen.

Und auch umgekehrt muss Felix erst mal Grenzen entwickeln. Er weiß nicht von vornherein, dass die Schlafzimmerwand keine Leinwand für seine genialen Malkünste ist. Das muss ihm gesagt werden. Und zwar mehrmals und liebevoll. Und wenn er die Wand beim dritten Mal wieder bemalt, dann bringt es nichts, wenn die Mama ihn anschreit. Sondern dann muss er erleben, dass die Stifte weg sind. Solange, bis er einverstanden ist, auf Papier zu malen.

Ihr Lieben, vermutlich ist bei vielen von uns eine gute Entwicklung von Grenzen „gestört" worden. Was kann da helfen? Wie können wir gute, gesunde, hilfreiche Grenzen entwickeln, wenn wir sie noch nicht haben? Wichtig ist, bei den Wurzeln anzufangen: unserer Angst, nicht mehr lieb gehabt zu werden. Es hilft vielleicht schon, wenn ich meine Angst spüre und mir klarmache: als ich zweieinhalb war, war es lebensgefährlich, Liebe zu verlieren. Heute bin ich groß. Ich überlebe es, wenn jemand mich nicht mag. Und was Gott betrifft: seine Liebe ist nie ein für allemal verloren. Nehmt die Geschichte vom verlorenen Sohn: Der Vater akzeptiert die Entscheidung seines Sohnes. Er gibt ihm das Geld. Er lässt ihn ziehen. Er lässt ihn sein Leben ohne den Vater leben. Er sagt nicht: „Jetzt bist Du nicht mehr mein Kind!" Nichts dergleichen. Zugleich ist der Vater konsequent: er schwebt nicht wie ein Helikoptervater über seinem Sohn und räumt ihm seine Probleme aus dem Weg. Er lässt den Sohn die Folgen seiner Entscheidung tragen. Er bringt ihm nicht sein Gartenstück in Ordnung. Und wenn der Sohn käme, um mehr Geld zu erbitten, würde er wahrscheinlich freundlich sagen: Mein Sohn, Du hattest Dein Geld! Aber in dem Moment, in dem der Sohn zurückkehrt, um sein Leben zu ändern, um Verantwortung dafür zu übernehmen, da wird mit einer einzigen Umarmung klar: die Liebe des Vaters war nie verloren! In solche Bilder müssen wir eintauchen, wenn wir gute Grenzen entwickeln sollen.

Und wir können bei Jesus einiges lernen. Jesus hat sich auf viele Bitten von Menschen eingelassen. Er hat sich aber auch immer wieder räumlich zurückgezogen und sich eine Auszeit mit Gott genommen. Beides war in Balance bei ihm. Und: er wusste ziemlich gut, was sein Gartenstück war und was nicht. Einmal kommt einer zu ihm und bittet ihn: „Meister, sag meinem Bruder, dass er das Erbe mit mir teilen soll." Da sagt Jesus sehr deutlich: *„Mensch, wer hat mich zum Richter oder Erbschlichter über euch gesetzt?* Das ist nicht meine Baustelle!" Jesus hat im Gespräch mit Gott immer wieder neu Klarheit gewonnen, was seine Berufung ist und was nicht. Wenn Euch jemand eine neue Aufgabe übertragen möchte, dann sagt: „Da muss ich erst mit Gott und mit meinen Lieben drüber reden." Und manchmal gilt es dann, zu sagen: „Das ist nicht meine Berufung! Gott hat etwas anderes mit mir vor."

Das bekannte Gleichnis vom Barmherzigen Samariter ist eine Schule für gute Grenzen. Da liegt dieser überfallene Mann halbtot auf der Erde. Das ist eine Situation, da gilt wirklich: ein Christ oder ein Samariter ist immer im Dienst. Da muss sofort geholfen werden. Der Samariter leistet erste Hilfe und transportiert den Mann in ein Gasthaus. Zahlt für die Versorgung. Bis dahin ist er zuständig. Und dann gibt er den Verletzten in andere Hände und kümmert sich wieder um sein eigenes Gartengrundstück. Stellt Euch vor, der Verletzte würde sagen: „Bleib bei mir! Ich brauche Dich weiter. Ich kenne doch nur Dich! Keiner kann mir so gut helfen wie Du!" Dann darf man sagen: „Mein Freund, ich habe Dich bis hierhin begleitet. Jetzt endet mein Auftrag für Dich. Du bist nicht allein. Andere werden sich gut um Dich kümmern." Das ist nicht leicht, aber das dürfen wir lernen. Unsere Zuständigkeit für andere ist begrenzt.

Henry Cloud hat ein paar Dinge beschrieben, die beim Entwickeln guter Grenzen helfen können:

Als Erstes ist es wichtig, auf unsere Gefühle zu achten und unseren Ärger zu spüren. Ärger ist unser inneres „Frühwarnsystem". Er signalisiert uns: Achtung, hier ist jemand dabei, mit seinen Erwartungen oder seinem Verhalten Deine Grenzen zu überschreiten. Nimm das ernst. Dein Ärger ist kein unchristliches Gefühl, sondern eine Hilfe.

Das Zweite: Wenn ich selbst Probleme mit Grenzen habe, ist es gut, die Nähe von Menschen mit guten Grenzen zu suchen. Ich kann bei ihnen lernen.
Drittens: wenn ich Grenzen neu entwickeln will, kann es helfen, einen Unterstützerkreis zu haben. Menschen, die ich anrufen kann, wenn ich wieder mal ein schlechtes Gewissen habe. Oder über eine Anfrage nachdenke. Der Rat von anderen kann viel bewirken.
Viertens: Wenn Ihr wieder mal ein schlechtes Gewissen habt, Nein zu sagen, dann macht Euch neu klar: für sich selbst Sorge zu tragen hat nichts mit Egoismus zu tun. Es ist Teil des Gartenstücks, das Gott in unsere Verantwortung legt. Sagt Euch das immer wieder neu: Gott beauftragt Euch, für Eure Pausen und Auszeiten zu sorgen.
Fünftens: fangt klein an! Übt die ersten „Neins“ im Kleinen – mit liebevollen Menschen, mit Freunden. Wenn sie Freunde sind, halten sie das aus. Und dann wagt Euch an die harten Brocken.
Sechstens: Wenn Ihr Nein sagt und dann Schuldgefühle bekommt, dann sagt nicht: ach, siehst Du, jetzt habe ich schon wieder Schuldgefühle! Alles ist beim Alten! Seht Eure Schuldgefühle als Zeichen der Veränderung! Euer alter Adam wehrt sich darin mit aller Kraft gegen Eure Veränderung. Das zeigt: Ihr seid auf dem richtigen Weg.
Und wichtig ist überhaupt: lasst uns weniger auf unseren inneren Richter hören! Lasst uns mehr auf Gott hören! Die beiden sind nämlich nicht identisch. Und: lasst uns dann genauso die Grenzen anderer achten. Und ihnen signalisieren: „Ich akzeptiere es voll und ganz, dass Du Nein zu mir sagst!“
Ihr Lieben, lasst uns das neu lernen: gute, hilfreiche Grenzen zu setzen. Überlassen wir das Unbegrenztsein der Liebe Gottes. Und arbeiten wir fröhlich und ohne schlechtes Gewissen an unserem begrenzten Gartenstück – unter seinem Segen und mit seiner Hilfe.

Kapitel 3: Dem Unbegreiflichen nach-denken
Predigten zu Karfreitag, Ostern und Pfingsten

Gottes Liebe und das Kreuz

„Dass Gott uns Menschen liebt, dass er sogar mich liebt, das glaube ich ja. Aber mit dem Kreuz habe ich mächtige Probleme.“ Das sagte neulich ein Bekannter im Gespräch. Und er ging noch weiter und meinte: „Dass ein so grausames Symbol in unseren Kirchen hängt, kann ich nicht begreifen. Wäre es nicht das Beste, wir würden das Kreuz aus den Kirchen nehmen und gegen was anderes austauschen?“ So ähnlich hat sich ja auch der bekannte Fernsehpfarrer Jürgen Fliege geäußert. In seinem Buch „Kirchenbeben“ schlägt er folgendes vor: „Vielleicht ein Christussymbol wie der Delphin? Ein Schmetterling? Oder ein Esel? Weniger Blut und mehr Leben wäre hilfreich. Damit kann sich die Gemeinde sehen lassen und sich bei Festen schmücken.“
Jetzt kann man sich über solche Äußerungen ärgern oder lustig machen. Aber dahinter steht ja eine Not, die viele empfinden, die über das Kreuz nachdenken. Eine Not, die ich gut verstehen kann. Und diese Not haben Menschen von Anfang an empfunden. Paulus schreibt, wie sehr das Kreuz vielen seiner Mitmenschen „eine Dummheit oder ein Ärgernis“ war. Ein Kritiker hat einmal gesagt: „Eine Religion, die ein Folterinstrument zu ihrem zentralen Zeichen macht, die muss doch pervers sein.“ Ist da nicht etwas dran? Ich habe mir noch mal klargemacht, wie grausam das Kreuz funktioniert hat: Das

Festnageln der Füße sollte den Gekreuzigten daran hindern, zumindest eine Art Schonhaltung einzunehmen, wenn er keine Luft mehr bekam. Ist das nicht krank? Wie viel Intelligenz und Einfallsreichtum hat da jemand aufgebracht, um anderen das Leben zur Hölle zu machen! Der US-Präsidentschaftskandidat Donald Trump hat letztens vor den Vorwahlen in New Hampshire gesagt: "Ich würde Waterboarding zurückbringen, und ich würde höllisch Schlimmeres als Waterboarding zurückbringen." Sie erinnern sich: Das ist eine Foltermethode, bei der das Opfer ständig das Gefühl hat, zu ertrinken. Ich weiß nicht, was mich mehr erschüttern soll: dass ein Präsidentschaftskandidat eines demokratischen Landes so etwas sagt, ohne mit der Wimper zu zucken. Oder dass er mit solchen Aussagen so viel Zuspruch findet. Folter ist Ausdruck eines kranken Geistes. Und ich sehe das Kreuz zu allererst als Ausdruck einer kranken Welt! Zu der wir alle irgendwie dazugehören, ob es uns gefällt oder nicht. Es ist Zeichen für eine Welt, in der es viel zu viel Leid, Gewalt und Unrecht gibt.
Und die Frage ist doch dann: Was ist das für ein Gott, bei dem wir hier unter dem Kreuz zusammenkommen? Oder was ist das für ein Gottesbild, das viele damit verbinden? Ist das vielleicht auch krank? Ein Gott etwa, der mit einem Menschenopfer zufrieden gestellt werden muss, ein Gott, der Gewalt und Blut sehen muss, damit er einen neuen Anfang machen kann? Wenn es so wäre, wenn das Kreuz ein Symbol wäre, das Gewalt rechtfertigt oder sogar heilig spricht, dann sollten wir es schnellstens aus unseren Kirchen schaffen und durch ein anderes Zeichen ersetzen, oder?
Und zugleich kann uns das Kreuz so viel anderes zeigen. Am Rand einer Landstraße erinnert es an einen jungen Mann, der bei einem Autounfall ums Leben gekommen ist. Vielleicht stehen frische Blumen davor. Als Zeichen einer Hoffnung, die über den Tod hinaus trägt. Oder es zeigt, dass Menschen sich verbunden fühlen mit den Angehörigen und Freunden. Dann ist es ein Zeichen der Solidarität. Oder: Viele tragen ein kleines Kreuz als Schmuck um den Hals. In vielen Ländern Südamerikas wird man dann oft von Straßenkindern angesprochen, die etwas zu essen brauchen. Sie sehen: Das ist ein Christ – und Christen helfen. Da wird das Kreuz zum Zeichen der Nächstenliebe.

Das Kreuz am Straßenrand, an einer Halskette, in der Kirche: Da bringt es uns doch einen Gott nahe, der solidarisch ist mit allen, die leiden. Und lädt uns ein, alte Vorstellungen zu hinterfragen. Nehmen wir zum Beispiel diesen wunderbaren Satz aus dem Johannesevangelium, den wir vorhin gehört haben: *„Also hat Gott diese Welt geliebt, dass er seinen einzigen Sohn gab …“.* Gott *gab* seinen eigenen Sohn. So heißt es an vielen Stellen. Manche denken dabei gleich an den *Tod* Jesu. Gott hat Jesus *dahingegeben,* er hat ihn sozusagen den Henkern in die Hand gegeben. So verstehen viele diesen Satz. Wenn man genauer hinschaut, heißt „geben“ hier etwas anderes. „Geben“ bedeutet nicht: Gott hat seinen Sohn ans Messer geliefert, er hat immer schon geplant, ihn auf diese grausame Weise ums Leben kommen zu lassen. Nein, „Geben“ oder „Übergeben“ meint an diesen Stellen erst mal schlicht und einfach: Gott hat uns seinen Sohn *geschenkt!* Dieser Mensch ist buchstäblich ein *Geschenk* Gottes, er selbst und sein *ganzes Leben – nicht* nur sein Tod. Seine Nähe, seine atemberaubende Freiheit, seine offene Art, mit Menschen umzugehen, das heilsame Feld, das ihn umgibt, die Klarheit seiner Worte, – all das ist ein gewaltiges Geschenk. Eine Liebeserklärung Gottes an uns Menschen. Und wenn es im Blick auf das Kreuz heißt: „Gott gibt seinen Sohn“, dann bedeutet das nicht: Gott hat Jesus seinen Henkern in die Hände gespielt. Sondern es heißt: *Gott nimmt dieses Geschenk selbst angesichts des Kreuzes nicht zurück.* Gott zieht seine Liebeserklärung nicht zurück, nicht einmal in dem Moment, in dem Menschen darauf herumtrampeln. Das ist etwas ganz anderes. In den Tod geben, ans Messer liefern - oder das Geschenk nicht zurücknehmen, sondern dazu stehen, bis zuletzt – das sind zwei völlig verschiedene Dinge. Das Kreuz zeigt: Gottes Liebe bleibt, obwohl sie verletzt wird.

Wenn mich heute jemand fragt: Die Liebe Gottes und das Kreuz – wie passt das zusammen? Dann kann ich nur sagen: *Das Kreuz zeigt uns, wie weit Gottes Liebe bereit ist zu gehen. Nämlich buchstäblich bis zum Äußersten.* Eine Liebe, die bleibt, obwohl sie verletzt wird. Und manchmal ist es zum Verstehen ja gut, sich zu fragen: Wie hätte es denn anders sein können? Was wäre die Alternative gewesen zu diesem Weg? Spielen wir das doch mal durch: Was für andere Möglichkeiten hätte Jesus gehabt?
Eine Möglichkeit wäre gewesen: Jesus hätte sich mit Gewalt zur Wehr setzen können. So wie Petrus es ja versucht hat im Garten Gethsemane. So wie es Judas vielleicht im Sinn hatte, als er Jesus verraten hat. Nach dem Motto: Wenn Soldaten kommen und ihn festnehmen wollen, dann *muss* er doch endlich mal zurückschlagen und sich wehren. Das hätte er tun können. Und das hätte ihm vielleicht das Leben gerettet. Nur: dann wäre er auf einem anderen Weg gewesen. Dann wäre er mitten im System von Gewalt und Gegengewalt gewesen, im System von Angst und dem Drang, sich gegen alles und jedes zu verteidigen und zu behaupten. In genau dem System, das diese Welt umspannt wie ein gewaltiges Netzwerk, und in das wir alle irgendwie eingesponnen sind. Die Bibel nennt dieses System *Sünde*. Und wenn sie von Jesus sagt, er sei *ohne* Sünde gewesen, dann meint sie, dass Jesus sich eben *nicht* in dieses System hat hineinziehen lassen. Er hat sich ihm *ausgesetzt, ohne sich hineinziehen zu lassen!* Ein bewaffneter Aufstand hätte ihm vielleicht das Leben gerettet. Aber dann hätten wir zu ihm sagen können: Willkommen im Club! Soweit waren wir auch schon.
Die andere Möglichkeit: Jesus hätte einfach sagen können „Ich gehe! Ich mache mich doch nicht kaputt für Euch. Bei aller Liebe, aber das tue ich mir nicht an!" Diese Möglichkeit wird in einem kleinen Vers im Hebräerbrief angedeutet. Da heißt es im 12. Kapitel: *„Lasst uns aufsehen zu Jesus, dem Anfänger und Vollender des Glaubens. Obwohl er hätte Freude haben können, hat er das Kreuz erduldet* **...**". *„Obwohl er hätte Freude haben können"* – das ist die zweite Möglichkeit. Ein Rückzug, ein „ohne mich". Dazu hätte Jesus nur nach Galiläa zurückgehen müssen. Er hätte ganz friedlich als Zimmermann arbeiten können. Niemand hätte ihn mehr verfolgt. Oder er hätte ins Ausland gehen können, sich da ein schönes Leben machen, als Rabbi in einer wohlhabenden Gemeinde. Ein Mann mit seinen Gaben und seiner Ausstrahlung – der wäre in vielen Bereichen erfolgreich gewesen. Ohne Zweifel – Jesus hätte ein ruhiges Leben haben können. Ohne uns. Und damit hätte auch Gott gesagt: „Mir reicht´s! Ich habe die Nase gestrichen voll von dem, was Ihr in dieser Welt anrichtet! Macht Euren Mist allein! Ihr benehmt Euch, als wärt Ihr die Herren der Welt – bitte, dann seid es auch! Ihr meint doch sowieso, Ihr kämt ohne mich am besten klar – okay, dann lebt ohne mich! Spielt weiter selber Gott – und tragt die Konsequenzen!" Was, wenn Gott so reden würde! Wir könnten´s ihm nicht verübeln, oder? Was, wenn er endgültig genug hätte und diese Welt sich selber überlassen würde? Das wäre die *Hölle!* Im wahrsten Sinne des Wortes. Die Hölle, das ist diese Welt – *ohne Gott!* Die Bibel erzählt ja an einer Stelle sehr anschaulich, was passiert, wenn Gott wirklich die Nase voll hat von uns: die Sintflutgeschichte beschreibt genau das. Gott schickt eine große Flut und spült das Projekt Menschheit quasi weg. Nur Noah und die Seinen überleben in der Arche. Aber schon diese Geschichte wird um ihres *Endes* willen erzählt. Es ist eine Rettungsgeschichte. Da heißt es zum Schluss: *„Ich will hinfort nicht mehr die Erde verfluchen um der Menschen willen;* ***denn*** *das Dichten und Trachten des menschlichen Herzens ist böse von Jugend auf..."* Was ist das für eine Logik? Das ist *Gottes Logik! Das ist die Logik seiner Liebe! Und diese verrückte Logik der Liebe Gottes begegnet uns*

nirgendwo so deutlich wie am Kreuz. Da wird klar: Gott will nicht ohne uns Gott sein! Um keinen Preis!

Was zeigt das Kreuz? Es zeigt, wie weit Gottes Liebe zu uns geht. Gott will nicht ohne uns Gott sein. Lieber liefert er sich selbst der geballten Gewalt und Menschenfeindlichkeit aus, als dass er diese Menschheit fallen lässt. Das ist die Botschaft des Kreuzes: Gott hält seine Liebe durch, allem zum Trotz! Er hält diese Welt aus! Er hält – uns aus! Weil er nicht ohne uns Gott sein will!
Bei allem Respekt: Das kann mir ein Delphin nicht sagen! Und auch kein Schmetterling am Straßenrand, an dem der junge Mann seinen tödlichen Unfall hatte. Oder in der Kirche die Sonne oder die sprudelnde Quelle oder was immer wir hier installieren würden. Wie weit Gott geht aus Liebe zu uns, das sagt mir in dieser Tiefe nur das Kreuz. Ich versuche mal, mir das bildlich vorzustellen: Ich käme hier eines Tages in die Kirche, mit einem belasteten Gewissen, weil ich irgendeinen richtig großen Mist gebaut habe. Und dann sehe ich da eine große helle Sonne hängen. Ich glaube nicht, dass mich dieses Zeichen trösten würde. Im Gegenteil, mir würde der gewaltige Abstand noch größer vorkommen zwischen dem Licht hier oben an der Wand und der Dunkelheit in mir. Oder: Ich stelle mir vor, eine Frau betritt diesen Raum, die gerade an schweren Depressionen oder tiefer Trauer leidet. Und sie sieht hier das Bild einer sprudelnden Quelle. Aber in ihrer eigenen Seele sprudelt gar nichts im Moment. Wird sie sich getröstet fühlen? Oder wird sie eher das Gefühl haben: In diese sprudelnde Lebendigkeit passe ich überhaupt nicht rein, so leblos wie ich mich fühle? Wenn wir dagegen jetzt eine Kirche betreten, dann blicken wir mitten auf das Kreuz. Und das bedeutet: Wir blicken auf den Gott, der in unsere tiefsten Tiefen hineingekommen ist, um uns nahe zu sein. Und wenn ich mir das bewusst mache, dann sagt mir das Kreuz: Komm rein! Komm mit all Deiner Last, egal wie Sie aussieht: mit Deiner Schuld, mit Deiner Trauer, mit Deinen Verletzungen. Egal, was Du mitbringst, hier bist Du richtig! Egal, was Dich drückt, ich weiß es längst. Ich weiß, wie Dir zumute ist! Denn ich kenne diese Dunkelheit in Dir und habe sie selbst erlebt. Komm mit Deiner Last hierhin – und leg sie bei mir ab! "
Deswegen lasst uns das Kreuz um Himmels willen nicht entfernen! Lasst es uns stattdessen immer neu meditieren! Und wenn der frühere Fernsehpfarrer Jürgen Fliege von traurigen Kindergesichtern im Blick auf das Kreuz in der Kirche erzählt: ja, die sehe ich auch immer wieder, wenn wir im Kindergarten über diese Geschichte sprechen. Aber hat das nicht einfach damit zu tun, dass Kinder ein Herz haben, das mit diesem Mann am Kreuz fühlt? Und bringt es irgendetwas, davon nicht mehr zu reden? Kommt es nicht eher darauf an, *wie* wir davon reden – mit unseren Kindern, aber auch miteinander? Und was für Konsequenzen wir daraus ziehen? Deswegen: Lassen wir das Kreuz hängen! Als den Ort, an den wir mit allem kommen können, was uns belastet. Als den Ort, der uns davon erzählt, wie weit Gott bereit ist zu gehen – für uns! Und der uns ermutigt, von diesem Gott und seiner Liebe mit unserem eigenen Leben zu erzählen.

Geopfert – gestorben - hingegeben
Gedanken zu Versen aus Hebräer 9

Ich kann förmlich hören, wie einige von Euch tief durchatmen bei diesen Worten: *„Christus hat sein eigenes Blut vergossen ... Er hat sich Gott als makelloses Opfer dargebracht ... Ohne Ausgießen von Blut gibt es keine Erlösung ..."* Da sind wir mittendrin in der Diskussion, die seit längerem in unserer Kirche geführt wird: Wie sollen wir das verstehen, was da Karfreitag geschehen ist? „Steht Gott auf Blut?" wie die „Zeit"

vor einigen Jahren geschrieben hat. Hat Gott ein blutiges Opfer gefordert, um seinen Zorn auf die sündige Menschheit zu besänftigen? Sind das nicht alles einfach nur furchtbare, archaische Ansichten, von denen wir dringend „Abschied nehmen“ müssen, wie der Theologe Klaus-Peter Jörns es fordert?
Ihr wisst ja, ich habe nichts gegen das Abschiednehmen, wenn es um überholte und gefährliche Ansichten geht. Ich meine aber: Bevor man sich von bestimmten Bildern und Ideen verabschiedet, sollte man noch einmal genau hinschauen, ob man sie auch wirklich verstanden hat. Und dann schauen: Was sollten wir getrost loslassen – und was bringt vielleicht eine tiefe Wahrheit zum Ausdruck, von der wir uns eben nicht so einfach verabschieden sollten?
Ich finde bei biblischen Texten eine Frage immer ganz wichtig: Welche *Erfahrung* steht hinter dem, was da gesagt wird? Was hat die biblischen Autoren dazu gebracht, so zu reden? Man muss unterscheiden zwischen einer *Erfahrung*, die Menschen machen, und der *Deutung*, die sie dafür finden. Und deswegen lasst uns noch einmal schauen: Was war die Grunderfahrung von Karfreitag und Ostern, die unser Text hier deuten will?
Wir müssen uns immer wieder klarmachen: Die grausame Hinrichtung Jesu war für die Jünger Jesu zunächst nichts anderes als eine absolute Katastrophe. Und zwar aus drei Gründen: Erstens war mit Jesus ein zutiefst wichtiger und geliebter Mensch auf brutale Weise ums Leben gekommen. Das allein reicht, um einem den Boden unter den Füßen wegzuziehen – mancher von Euch weiß das aus eigener Erfahrung. Aber das war es noch nicht allein: Mit diesem geliebten Menschen wurden auch alle Hoffnungen zerstört, die sie mit ihm verbunden hatten. *„Wir aber hofften, er sei der, der Israel erlösen würde“,* sagen die Emmausjünger. Das war vorbei. Alles, was er gesagt und getan hatte – durchgestrichen, zerstört.
Und das Dritte: Karfreitag wird die Jünger auch deshalb zutiefst erschüttert haben, weil sie selber da eine so traurige Rolle spielen. Petrus, der vorher laut tönt: Ich geh mit dir bis in den Tod. Und wenn es drauf ankommt, wird er so klein und sagt: „Ich kenne diesen Mann nicht!“ Und all die anderen, die gerne mit dabei waren, wenn er umringt war von bewundernden Zuhörern, die sich gefragt haben, wer von ihnen der Größte sei, die rechts und links von ihm sitzen wollten – am Ende sind sie alle weg, nur ein paar Frauen halten bei ihm durch, bezeichnenderweise. Auch das hat diesen Tod für sie so schrecklich gemacht: Das tiefe Bewusstsein: Wir haben versagt! Wir haben ihn hängen lassen! Karfreitag ist eine dreifache Katastrophe. Punkt. An dieser Gewalt, an diesem Blutvergießen ist nichts, aber auch gar nichts Gutes für sie alle. Und das dürfen wir nie vergessen oder fromm zudecken.
Und das wär's. Wenn da nicht kurze Zeit später noch eine völlig andere Erfahrung gewesen wäre. Eine, für die wir eigentlich keine Worte haben – und die Jünger damals auch nicht. Wir können nicht wirklich sagen, was genau die Jünger da erlebt haben. Aber eins ist klar: Sie haben zu Ostern eine *Begegnung*, die ihnen die absolut klare Gewissheit gibt: Er lebt! Er ist nicht im Tod. Er lebt und kommt uns neu entgegen!
Und wie! Lest mal die Worte des Auferstandenen an seine Jünger in den Ostergeschichten. *„Fürchtet Euch nicht!“* heißt es da. *„Friede sei mit Euch!“* Und etwas später: *„Ich bin bei Euch alle Tage bis ans Ende der Welt!“* Das ist der Ton, das ist die Botschaft dieser Begegnung. Und das ist doch alles andere als selbstverständlich. Das hätte sich völlig anders anhören können. Der Auferstandene hätte sagen können: „Hört mal, Ihr Feiglinge, Ihr habt mich alle im Stich lassen! Ihr ward alle nicht da, wo ich Euch brauchte! Jetzt könnt Ihr selber sehen, wo Ihr bleibt! Wer mich verleugnet, von dem will ich auch nichts mehr wissen!“ Wäre doch verständlich, oder? Oder es hätte so laufen können wie in der Geschichte des Grafen von Monte Christo, wo der tot geglaubte Adlige wieder auftaucht, um sich zu rächen und es seinen Widersachern und Verrätern heimzuzahlen. Nichts dergleichen passiert zu Ostern! Im Gegenteil! Die Begegnung des

Auferstandenen mit seinen Jüngern ist *voller Frieden!* Kein Vorwurf, kein Wort der Enttäuschung, schon gar keine Rache, stattdessen ausgestreckte Hände, stattdessen ein ganz eindeutiges *„Friede sei mit Euch!“* Und ein neuer Auftrag, im Sinne Jesu weiterzuarbeiten.
So ähnlich muss die Erfahrung der Jünger ausgesehen haben. Alle Geschichten, alle Worte, alle Bilder, in denen sie davon erzählen, sind Deutungen dieser umwerfenden Erfahrung. Ihre Antwort auf die Frage: Wie ist das möglich? Eine solche Begegnung – nach einem so grauenhaften Ereignis? Wie kann das sein, nach all der Gewalt, nach all dem Versagen, dass Gott erneut mit ausgestreckten Händen auf Menschen zugeht und ihnen Frieden anbietet – ohne Wenn und Aber? Das kann doch nur bedeuten: Gott war selbst in diesem schrecklichen Ereignis von Karfreitag – und er hat es verwandelt! Gott hat die Spuren, die eine solche Gewalttat immer hinterlässt, selbst getragen. Er hat den Ort des Grauens zum Ort der Versöhnung gemacht.
Ihr Lieben, wie soll man das begreifen und in Worte fassen? Die biblischen Verfasser haben das getan, was wir Menschen in solchen Fällen immer versuchen: Sie haben auf das zurückgegriffen, was sie kannten. Sie haben in ihren heiligen Schriften Texte gefunden, die ihnen geholfen haben, ihre Erfahrung auszudrücken: da war von Menschen die Rede, deren Leid anderen zugute kam – so ähnlich musste es bei Jesus gewesen sein. Da war vom Lösegeld die Rede, mit dem man Sklaven freikaufen konnte – so etwas Ähnliches musste hier passiert sein. Und da waren natürlich die vielen kultischen Opfervorschriften, die alle den einen Sinn hatten: das Verhältnis zu Gott wieder in Ordnung zu bringen. Und so etwas war doch hier passiert: da war eine völlig verloren geglaubte Beziehung unbegreiflicherweise wieder in Ordnung gekommen.
Genau hier setzt der Verfasser des Hebräerbriefes an. Er schreibt für Menschen, für die der Opferkult etwas sehr Vertrautes und Normales ist. Die wissen, wovon er redet. Das, was den damaligen Lesern ganz vertraut war, ist uns heute sehr fremd und unverständlich. Wer von uns heute könnte nachempfinden, was ein Mensch in Israel damals empfunden hat, wenn er Gott ein Opfer dargebracht hat? Wer weiß heute noch genau, wie das in diesen Zeiten verstanden wurde? Wir haben heute keinen wirklichen Zugang mehr dazu. Wir stehen davor und fragen uns: Wie soll ein Mensch seine Schuld loswerden dadurch, dass man ihn mit dem Blut eines Opfertieres besprengt? Wieso soll Schuld aus der Welt geschafft werden können, indem man ein Tier tötet? Und dieser schreckliche Satz: *„Ohne Ausgießen von Blut gibt es keine Erlösung“* – was um Gottes Willen soll das heißen?
Nein, das will nicht in meinen Kopf und in Eure wahrscheinlich auch nicht. Ich bin heilfroh, dass es diese alten Opferrituale nicht mehr gibt. Und frage mich, ob Gott jemals so etwas gewollt hat. Es gibt schon unter Israels Propheten viele kritische Töne dagegen, zum Beispiel, wenn Gott Hosea sagen lässt: *„Barmherzigkeit will ich, nicht Opfer!“* Ein Wort, das Jesus später aufgreift. Und trotzdem möchte ich mich davor hüten, über all das nur die Nase zu rümpfen und mich selber ach so aufgeklärt und schlau über das zu stellen, was Menschen damals gedacht und praktiziert haben. Und zwar aus folgendem Grund:
In der ganzen Auseinandersetzung um das Kreuz hört man immer wieder die Frage: Warum dieser schreckliche Tod? Hätte Gott nicht *einfach so* vergeben können? Ich bin überzeugt davon, dass Gott immer und immer wieder vergibt und dass die Ostererfahrung der Jünger nichts anderes als das bezeugt: seine unglaubliche Bereitschaft, zu vergeben. Was mich aber stört, sind die Worte *„einfach so“*. Ja, Gott vergibt. Aber er vergibt nicht „einfach so“. Vergebung geht nie „einfach so“. Vergebung *kostet etwas.* Und das haben die Alten mit ihrem Opferkult vielleicht tiefer begriffen als viele von uns heute.

Stellt Euch folgende Situation vor: Jemand hantiert ungeschickt und unsachgemäß mit irgendwelchen giftigen Substanzen auf seiner Terrasse und das Zeug läuft aus und versickert im Garten seines Nachbarn. Es reicht nicht, wenn die beiden sagen: Komm, Schwamm drüber vergessen wir´s einfach! Das geht nicht *einfach so.* Nein, der Boden *ist* verseucht und muss abgetragen werden. Das Gift muss entsorgt werden. Und das ist harte Arbeit! Da können wir ja mal die Mitarbeiter der Entsorgungsbetriebe fragen: wie viel Arbeit sie mit Giftmüll haben. Und dasselbe gilt für all die Dinge, mit denen wir einander verletzen oder verraten oder einfach hängen lassen: sie vergiften die Ökosysteme unserer Beziehungen. Und dieses Gift zu entsorgen, das geht nicht „einfach so". Das ist harte Arbeit. Fragt mal erfahrene Psychotherapeuten: wie lange es braucht, bis ein Mensch wieder aufrecht gehen kann, der zutiefst gedemütigt worden ist. Wie lange es braucht, bis die Wunden eines Menschen halbwegs heilen können, der in seiner Kindheit ständig geschlagen wurde. Wie viel innere Arbeit es bedeutet, bis eine Frau ihrem Partner verzeihen kann, der sie betrogen hat. Wer sagt, man könne doch „einfach so" vergeben, der hat nicht begriffen, wie tief wir Menschen die Ökosysteme unserer Beziehungen vergiften können. Nichts davon geht „einfach so". All das kostet etwas, all das bedeutet harte innere Arbeit. Wenn jemand zu einem anderen sagt: Ich vergebe Dir, dann ist da ganz viel vorausgegangen an inneren Kämpfen, an harter Auseinandersetzung, vielleicht auch an Ringen mit Gott.

Ich vermute, das haben die Alten besser verstanden als viele von uns heute, wenn sie ihre Opfer brachten. Für sie war das Blut der Opfertiere wie ein Bindemittel für das Gift in den Böden ihrer Beziehungen. Weil Blut in ihren Augen der Träger des Lebens und Eigentum Gottes war. Und weil sie der Überzeugung waren: um das Zerstörerische aus der Welt zu bringen, braucht es den Einsatz von Leben. Das ist gemeint, wenn der Verfasser des Hebräerbriefs sagt: *„Ohne Ausgießen von Blut gibt es keine Erlösung."* Anders gesagt: ohne den Einsatz von Leben gibt es keine Entsorgung dessen, was unsere Beziehungen vergiftet.

Wir müssen heute sagen: Nein. Man schafft kein Unrecht aus dieser Welt, indem man Blut vergießt. Denn jedes Blutvergießen ist neues Unrecht, bringt neues Gift in diese Welt. Was aber zutiefst wahr ist an den Gedanken der Alten: Es gibt keine Entgiftung in dieser Welt ohne den Einsatz von Leben. Ein Beispiel: Nach dem zweiten Weltkrieg und der Katastrophe des Holocaust war das Verhältnis zwischen Juden und Deutschen auf unvorstellbare Weise vergiftet. Was das Dritte Reich an Gift in dieser Welt hinterlassen hat, ist gigantisch. Und gerade deshalb sind Menschen hingegangen und haben eine Organisation gegründet, die sie ganz bewusst „Aktion Sühnezeichen" nannten. „Aktion Sühnezeichen" schickte junge Leute nach Israel, nach Polen, zu all den Menschen, die besonders unter der Nazizeit gelitten haben. Diese jungen Leute arbeiteten dort, sie lebten dort, sie begegneten den Menschen dort – mit großem Einsatz. Und dieser Einsatz – von Lebenszeit, von Lebenskraft, von Herzblut, von echtem Interesse, dieser Einsatz war es, der nach und nach Gift aus den Böden der Beziehungen gezogen hat. Und so ist es immer: Entgiftung, Versöhnung gibt es nur unter Einsatz von Leben. Nur mit Hingabe. Nur mit Herzblut.

War Jesu Tod ein Sühnopfer? Nicht in dem Sinne, wie wir heute Sühne verstehen. Gott will keine blutigen Opfer. Und selbst der Hebräerbrief sagt später ganz deutlich: die Zeit der Opfer muss vorbei sein. Gott will kein Blutvergießen. Sondern er will unsere Hingabe. Und so kann man den ganzen Weg Jesu verstehen: als einen Weg der Hingabe. Nicht nur seinen Tod, sondern gerade und auch sein Leben. Das Ganze ist ein großer Zusammenhang. Jesus ist gekommen, um mit seinem ganzen Leben, mit aller Hingabe vergiftete Beziehungen zu heilen. Sein Weg ist eine einzige große Entgiftungs- und Heilungsaktion. Die ihn alles gekostet hat. Und Gott genauso. Und wir dürfen von Karfreitag und Ostern her wissen: Es gibt keinen verseuchten Boden mehr zwischen

Gott und uns. Der Weg ist frei. Die Luft ist rein. Nicht einfach so. Sondern durch vollen Einsatz Gottes selbst. Und wir, wir dürfen das „einfach" annehmen – ja in der Tat: einfach! Von Herzen dafür danken. Den neuen Boden betreten und ihm folgen, indem wir selber an der Entgiftung unserer Beziehungen arbeiten – mit Herzblut und Hingabe.

Das Ende des Schweigens

Wenn man die Ostererzählungen in den Evangelien liest, dann hat man irgendwann den Eindruck: Der Ostermorgen ist voller Missverständnisse. Da ist zum Beispiel Maria aus Magdala, die am Morgen voller Trauer den Leichnam ihres Freundes und Meisters sucht. Und da wird sie zwischen den Gräbern von jemandem angesprochen, und sie denkt, dass ihr da der Friedhofsgärtner begegnet (das kommt ja auf Friedhöfen schon mal vor) – und erst später wird ihr plötzlich klar, wen sie da vor sich hat, wer da wirklich mit ihr spricht, nämlich der Gesuchte persönlich und zwar höchst lebendig! Und dann sind da die zwei Jünger auf dem Weg in das kleine Städtchen Emmaus. Die unterhalten sich unterwegs voller Traurigkeit über die Ereignisse zwei Tage zuvor, über Jesu Tod, und plötzlich kommt einer dazu, ein Fremder, der zufällig ihren Weg teilt, wie es scheint, ein bisschen neugierig vielleicht, aber sonst ganz nett. Und sie gehen mit ihm und erzählen, und erst später, viel später, erkennen sie, wer dieser Begleiter wirklich ist: Er selbst, und zwar auch hier: höchst lebendig! Und dann sind da die Jünger am See von Tiberias, die ganz einfach nur das tun wollen, was sie vor Jesus auch schon getan haben: fischen halt, arbeiten. Und plötzlich ist da im Anbruch des Morgens eine Gestalt am Ufer, jemand, den sie erst überhaupt nicht erkennen, bis irgendwann einer von ihnen kapiert: Er ist es selbst! „Es ist der Herr!" Wenn man diese Geschichten liest, hat man das Gefühl: da ist so viel Undeutliches, so viel Nicht-Begreifen, so viel Nicht-Verstehen. Was immer die Jünger da zu Ostern wirklich erlebt haben: es scheint alles andere als eindeutig gewesen zu sein. Das war nicht so, dass alle sofort gesagt hätten: „Hey, völlig klar, Auferstehung, was denn sonst!" Da musste sich offenbar erst eine Menge Nebel lichten, bevor irgendwer dieser ersten Zeugen begriffen und ausgesprochen hat: „Er ist *wahrhaftig* auferstanden!"
So. Und jetzt könnte ja jemand ein bisschen böse fragen: „Was denn? Das sollen die Erfahrungen sein, auf die sich Euer Glaube gründet und beruft? Ist das nicht ein bisschen arg unklar? Was soll man von Erscheinungen halten, die schon die Beteiligten nicht sofort kapieren? Wenn diese Geschichten schon voller Missverständnisse sind: kann es dann nicht auch sein, dass Ostern selber ein großes Missverständnis ist, eine große Illusion, irgendwelche Bilder und Geräusche, die man schön, aber leider völlig falsch gedeutet hat. Weil man sich tief drinnen eben danach gesehnt hat, dass er doch lebendig sein möge, dass die Geschichte nicht einfach vorbei sein möge? Kann das nicht sein: Ostern als Einbildung von Menschen, die mit seinem Tod nicht fertig werden? Und jetzt nach irgendwelchen Signalen suchen, die den Eindruck erwecken, Jesus wäre wirklich – *lebendig?* Das ist ja gar nicht so weit hergeholt. Die Ausstattung zu so was haben wir ja. „Das Gehirn verfügt über eine erstklassige Simulationssoftware, die besonders gut darin ist, Stimmen und Gesichter zu imitieren", schreibt Richard Dawkins in seinem „Gotteswahn". Und könnte Ostern nicht genau das sein – eine Wahnvorstellung? Eine Wunschvorstellung?
Seien wir ehrlich: ausschließen können wir das nicht. Was bilden wir Menschen uns nicht alles ein, wenn der Tag oder die Nacht lang ist! Und dass es gerade zu Ostern keine felsenfesten Sicherheiten gibt, das zeigen schon die Ostererzählungen selbst.

Gerade zu Ostern ist kein Felsen wirklich fest. Und trotzdem ist gerade in diesen Geschichten etwas, was mich davon überzeugt, dass sie nicht nur erträumt oder erfunden sind. Und das sind eben diese Missverständnisse selbst. Die Ostergeschichten zeigen uns Menschen, die *eben nicht* nach Signalen der Auferstehung suchen! Sie zeigen uns Menschen, die sehr klar, furchtbar klar begriffen haben: dieser Jesus ist tot! Die Geschichte ist aus! Das Grab ist verschlossen! Punkt. Ende. Da macht sich keiner Illusionen. Die Menschen dieser Zeit mögen ja alles Mögliche geglaubt haben. Aber dass ein Toter tot ist und nicht einfach wieder aufsteht, das haben auch sie gewusst. Keiner hofft hier einen lebendigen Jesus zu finden und träumt sich die Wirklichkeit zurecht. Sondern im Gegenteil: Sie alle suchen den *toten Jesus* – und erleben plötzlich etwas, das ganz und gar nicht zu ihren Erwartungen passt. Und das sie gerade deshalb erst überhaupt nicht einordnen und deuten können. Gerade diese Missverständnisse zeigen doch: hier sind Menschen buchstäblich *überrascht* worden von etwas völlig Unerwartetem. Von einer anderen, eben nicht alltäglichen und vertrauten Wirklichkeit.

Und ich frage mich dabei: Wie oft mag uns selber das so gehen wie diesen ersten Zeugen: dass er selbst vor uns steht, und wir merken es gar nicht, verwechseln ihn mit irgendwem, dass er uns anspricht, und wir kriegen seine Fragen und Worte gar nicht mit oder verstehen sie völlig anders. Weil wir gerade mit ganz was anderem rechnen.

Nein, ich bin überzeugt: Wenn Ostern eine Erfindung wäre, dann hätte man es anders erfunden. Größer. Klarer. Beeindruckender. Monumentaler. Und trotzdem kann man jetzt natürlich weiterfragen, wie es letztens jemand in einer Diskussion getan hat: Wenn es Deinen Gott wirklich gibt und wenn er uns Menschen wirklich anspricht, warum redet er nicht ein bisschen deutlicher? Ein bisschen lauter? So, dass es wirklich jeder gleich kapiert?" Gute Frage. Aber da stellt sich die nächste gleich hinterher: Wie sähe das denn aus, wenn Gott lauter und deutlicher reden würde? Wie sähe eine Ostererscheinung aus, die allen ohne den geringsten Zweifel klarmachen würde: Jesus ist auferstanden? Eine Stimme, die buchstäblich alle hören würden und die akustisch messbar wäre? Eine sichtbare Erscheinung am Himmel, die auch Filme belichten könnte? Eine DNA - Probe des Auferstandenen? Wie müsste das deutliche Wort Gottes aussehen, das keine Frage mehr offen ließe? Und hätte das noch etwas mit dem Geheimnis zu tun, das die Bibel Auferstehung nennt – und das eben etwas so ganz anderes ist als die Reanimation eines Toten, eben nicht so locker einsichtig und nachvollziehbar, wie wir es gerne hätten?

Denn auch das zeigen die Ostergeschichten ja deutlich: die Begegnung mit dem Auferstandenen ist kein öffentliches Ereignis, das man von außen betrachten und beurteilen kann. Sondern es ist ein höchst persönliches Angesprochenwerden. Maria erkennt den lebendigen Jesus, als er sie beim *Namen* nennt. Sie ganz persönlich! Die Emmausjünger erkennen ihn an der vertrauten Geste, mit der er das Brot bricht. Die Jünger am See Tiberius erkennen ihn, als er sie ganz vertraut mit „Kinder" anredet und nach ihrem Hunger fragt. Und selbst Paulus später wird in seiner Erscheinung bei seinem Namen gerufen und auf das angesprochen, was er gerade tut: „Saul, warum verfolgst Du mich?"

Ihr Lieben, Ostern ist zunächst alles andere als ein öffentliches Ereignis. Ostern ist zunächst eine leise und höchst persönliche Erfahrung in den Herzen einiger Menschen, die genau da abgeholt werden, wo sie mit Jesus auf dem Weg waren – oder auch gegen Jesus. Und die dann den Auftrag bekommen, diese persönlichen Erfahrungen weiterzugeben, damit andere in ihren Herzen davon angesprochen werden. Und das bedeutet: Die Wahrheit dieser Erfahrungen können wir niemals

beweisen. Die Frage ist, ob wir ihnen vertrauen können. Ob sie unser Herz berühren. Ob wir spüren, dass wir durch sie angesprochen und abgeholt und beim Namen genannt werden. Dass *unser persönliches Leben berührt und verändert wird,* wenn es heißt: Christus ist auferstanden!
Was genau die Freundinnen und Freunde an diesem Morgen gehört und gesehen haben, können wir nicht mehr genau wissen, wenn wir diese Geschichten lesen. Aber eins ist ziemlich klar. Nämlich dass es nach all den Irritationen und Missverständnissen irgendwann für sie keinen Zweifel mehr gab: Hier hat Gott gesprochen! Leise, aber gewaltig! Er hat den Gekreuzigten ganz neu ins Leben gerufen. Das letzte Wort in dieser Geschichte war nicht der verzweifelte Schrei am Kreuz: „Mein Gott, warum hast Du mich verlassen?" Das letzte Wort lautete: „Steh auf ins Leben!" Und dieses Wort widerspricht so vielem, was wir hier erleben und sehen: Es scheint doch so oft so, dass diese Welt buchstäblich von allen guten Geistern verlassen ist, es scheint doch so oft so, dass da nirgendwo eine Stimme ist, die uns anredet, die uns meint, ganz egal, ob wir uns an den vielen Leidensorten dieser Erde umschauen oder ob wir einfach nur einen Blick in dieses Universum werfen, dass zu 99,9 % einfach nur lebensfeindlich und stumm und gleichgültig ist. Und Jesu Tod auf Golgatha scheint das doch nur furchtbar zu bestätigen, dass es auf unsere verzweifelten Fragen keine Antworten gibt und am Ende nur Schweigen ist. Bis dann an diesem Morgen ein paar kleinen Leuten deutlich wird: die Totenstille ist nicht das Letzte! Es gibt im Hintergrund dieser Wirklichkeit eine Stimme, die uns leise, aber unendlich liebevoll anredet. Die Liebe, die der Mann aus Nazareth verkörpert hat mit jeder Faser seines irdischen Seins, diese Liebe hat sich bewahrheitet und ihn herausgerufen aus dem Tod.
Diese Erfahrung ändert für die Freundinnen und Freunde Jesu alles. Aus einem verängstigten Haufen wird eine Gemeinschaft von Menschen, die aufrecht gehen, die ihre Ängste hinter sich lassen, die den Mund aufmachen in gefährlicher Umgebung. Die ihr Leben aufs Spiel setzen für seine Sache, die jetzt zutiefst ihre geworden ist. Und zwar nicht *gegen* andere – das kann religiöser Wahn ja durchaus auch. Sondern *für* andere – sogar für die eigenen Feinde! Genau an dieser Stelle hört die Kraft bloßer Phantasien auf. Da ist etwas anderes am Werk: das, was wir den Geist des Gekreuzigten und Auferstandenen nennen.
Das ist das Zweite, was mir die Ereignisse um Ostern so glaubhaft macht. Und die spannende Frage ist jetzt: Was macht diese Botschaft mit uns? Ist sie einfach die vertraute Zutat sonniger Feiertage? Oder bewegt sie Steine in unserem Leben? Richtet sie uns auf? Lässt sie uns freier atmen? Hilft sie uns, zu vertrauen auf einen Grund, der unser Leben trägt? Macht sie uns Mut, für etwas einzustehen mit unserer eigenen Person? Das genau will sie! Lasst uns Gott darum bitten, dass genau das bei uns geschieht! 2000 Jahre nach diesem verwirrenden, wundervollen Morgen am Rande Jerusalems.

Es ist noch keiner wiedergekommen

Ein Gespräch mit einem Bekannten. Er sagt zu mir: „Weißt Du, ich finde Euren Jesus großartig. Alles, was ich von ihm gehört habe, fasziniert mich. Seine Gleichnisse sind einfach stark und anschaulich. Die Art, wie er mit Menschen am Rande der Gesellschaft umgeht, kann ich nur bewundern. Sein Gottvertrauen beeindruckt mich. Sein Mut. Die Art, wie er sich mit den religiösen Autoritäten anlegt und sich über Traditionen hinwegsetzt. All das finde ich total überzeugend. Wo ich aber gar nicht mit klar komme, ist die Behauptung, dass er auferstanden wäre. Entschuldige, aber da komme ich allein

aus naturwissenschaftlichen Gründen nicht mit. Wir wissen doch beide, was passiert, wenn ein Mensch stirbt: alles zerfällt, sein Körper, sein Gehirn, einfach alles. Und aus allem macht die Natur etwas Neues. Wir haben keinen Hinweis darauf, dass es irgendwie anders sein könnte. Es ist eben noch keiner aus dem Grab gestiegen und zurückgekommen. Kann man Jesus nicht auch ohne Auferstehung toll finden?"
Soweit mein Bekannter. Ich habe großen Respekt vor seiner Haltung. Er lehnt nicht einfach alles ab, was mit dem Glauben zu tun hat. Er setzt sich damit auseinander. Er schaut sehr ernsthaft, was er bejahen kann und was nicht. Er macht es sich da nicht leicht. Und er sagt ganz ehrlich, dass er da an eine Grenze stößt: Auferstehung Jesu, Auferstehung der Toten, was immer damit gemeint ist, da kann er nicht mit. Und da will er sich selbst und anderen gegenüber konsequent sein und fragt: „Kann man nicht Jesus auch ohne Auferstehung toll finden?"
Kann man? Ja – und nein. Ja, man kann ganz vieles an Jesus bewundernswert, stark, inspirierend, bewegend, heilsam und bedenkenswert finden, ohne daran zu glauben, dass er auferstanden ist. Genau wie mein Bekannter es tut. Ich habe nur den Verdacht: Ohne die Auferstehung hätten wir gar nicht die Gelegenheit dazu, Jesus toll zu finden. Weil wir gar nichts von ihm wüssten. Weil seine Geschichte mit ihm im Grab vergangen wäre. Weil seine Jünger niedergeschlagen, am Boden zerstört und sehr schweigsam in ihr altes Leben zurückgegangen wären – zum Fischen am See Genezareth oder was immer sie gemacht haben. Es ist wahr: alles, was Jesus gesagt und getan hat, hat seinen Wert in sich. Jedes Wort aus seinem Mund, jede Geschichte, die anderen den Himmel geöffnet hat, jedes abendliche Gastmahl, jede Heilung eines kranken, besessenen und verletzten Menschen ist und bleibt in sich wertvoll und großartig. Aber wüssten wir irgendwas darüber? Wenn da nach Karfreitag nichts mehr gekommen wäre, hätten dann nicht auch die glühendsten Anhängerinnen und Anhänger Jesu denken müssen: es ist alles vorbei? Oder noch schlimmer: hätten sie nicht zu dem Schluss kommen müssen, dass dieser Jesus nicht ein von Gott Gesegneter war, ein von Gott Erfüllter, sondern eher ein Verfluchter? So wie man doch in Israel seit Jahrhunderten wusste: *„Verflucht ist, wer am Holz hängt"*? Ja, vielleicht hätten einige von ihnen noch eine Weile weiter von ihm erzählt, so, wie man von einem zerbrochenen Traum erzählt, von einem viel zu frühen Tod und Verlust, von einem untergegangenen Stern. Aber wäre dann nicht spätestens in der nächsten Generation die Erinnerung komplett verblasst?
Ich glaube: wir können nur über Jesus nachdenken, weil es Ostern wirklich gegeben hat. Weil da etwas geschehen ist, was in den Jüngern die lebenslange Überzeugung geweckt hat: Er ist nicht im Tod geblieben. Gott hat an ihm gehandelt und seinen Tod überwunden. Und damit alles unterstrichen und bestätigt, was Jesus gesagt und getan hat. Es stimmt, von denen, die wir geliebt haben, ist keiner wiedergekommen. Auch wenn wir uns das von Herzen gewünscht hätten. Auch wenn wir es so dringend gebraucht hätten. Keiner ist wiedergekommen. Aber *einer, dieser Eine, eben doch!* Oder nein, einfach „wiedergekommen" ist er auch nicht. Das Wort passt nicht. Er war ja nicht einfach „wieder da" wie wir, wenn wir von einer Reise zurückkehren. Und er war Gott sei Dank nicht „wieder da" wie die sogenannten „Wiedergänger", die weißen Wanderer in Game of Thrones oder die Untoten in The Walking Dead. Diese Art Wiederkehr wäre der blanke Horror. Nein, Jesus ist nicht „wieder" da! Er ist *neu da,* er ist *anders da*, er ist auf unaussprechliche, unbegreifliche Weise „da", er ist auf eine Weise da, die in keiner Weise „normal" oder „natürlich" ist, da hat mein Bekannter ja völlig recht. Er ist auf eine Weise „da", wie sie einzig und allein Gott verwirklichen kann. Wir haben keine Worte dafür. Wir haben keine Messgeräte dafür. Keine wissenschaftliche Theorie. Keine noch so auflösungsstarke Kamera könnte irgendwas aufnehmen von dem, was da gesehen ist. Das Einzige, was wir haben, sind die Spuren, die dieses geheimnisvolle Ereignis im Leben der Jüngerinnen und Jünger hinterlassen hat. Spuren, mehr nicht. Aber was für

Spuren: lebensverändernde Spuren. Spuren, die aus Feiglingen und Angsthasen Menschen machen, die für die Wahrheit dieser Erfahrung nach Jahre und Jahrzehnte später in den Tod gehen werden. Und wir haben uns. Die Tatsache, dass wir jetzt hier sind, hat mit diesem Ereignis zu tun. Es ist quasi eine Art Spätfolge.
Deshalb: Ja, man kann Jesus ohne Ostern toll finden. Und nein, ich selbst kann es nicht. Für mich hängt das Leben, Sterben und Auferstehen dieses Mannes untrennbar zusammen. Jesus zeigt mir, wie sehr Gott uns alle liebt. Dass Gott die Liebe *ist,* wie es im Ersten Johannesbrief steht. Und wenn das so ist: sollte diese göttliche Liebe dann an der Todesgrenze zu Ende sein? Sollte sie ein Verfallsdatum haben, das mit unserer Lebenszeit hier auf Erden zusammenfällt? Menschliche Liebe ist begrenzt. Aber *göttliche Liebe?* Ist das nicht gerade das Markenzeichen göttlicher Liebe, dass sie unsere Grenzen nicht kennt? Sich von ihnen nicht aufhalten lässt? Hat Jesus nicht genau das zu Lebzeiten gezeigt – und zu Ostern von Gott bestätigt bekommen?
Ja, Jesus ist auch ohne Auferstehung toll. Aber Ostern zeigt mir: alles, was ihn ausgemacht hat, ist nicht einfach vorbei, begraben und vergessen. Keiner ist einfach vorbei, begraben und vergessen. Nein, unsere Lieben kommen nicht „wieder“. Und wir selbst auch nicht. Aber Ostern schenkt mir die Hoffnung: wir alle werden neu beginnen – mit ihm und durch ihn. Deswegen will ich Jesus nicht ohne Ostern toll finden. Denn weniger als das, was wir heute feiern, will ich nicht hoffen.

Der Geist Gottes und der Geist der Welt
Gedanken zu 1. Korinther 2,12-16

Ich weiß nicht, wo Ihr bei diesem Text gedanklich hängen bleibt. Ich bleibe sofort bei Vers 15 hängen: *„Der geistliche Mensch aber beurteilt alles und wird doch selber von niemandem beurteilt.“* Da muss ich erstmal schlucken. Das klingt doch so, als würde Paulus sagen: „Leute, *ich* hab den Heiligen Geist! Ich weiß, wo es lang geht! Ich sehe die Welt quasi mit Gottes Augen und meine Sicht ist die einzig richtige. Und weil ich den Geist habe und Ihr nicht, lasse ich auch keine Kritik zu. Keiner von Euch kann mich auch nur annähernd beurteilen!“ So reden religiöse Fundamentalisten auf der ganzen Welt – bis heute. Und genau das ist ihr Markenzeichen: dass sie keinerlei Kritik zulassen an dem, was sie für richtig halten. Ich finde, da muss man aufhorchen. Und fragen: Meint Paulus das etwa so?
Schon mal vorweg: Ich glaube das nicht. Und wir sind da wieder mal an dem Punkt, an dem wir immer wieder landen. Biblische Texte sind immer in einer ganz bestimmten Situation an ganz bestimmte Leute mit einer ganz bestimmten Absicht geschrieben worden. Das gilt für die Briefe noch mal ganz besonders. Und da sollten wir noch mal genau hinschauen, was Paulus meint in diesem Vers. Und wenn er vom „Geist dieser Welt“ spricht und vom „Geist aus Gott“, vom „natürlichen Menschen“ und vom „geistlichen Menschen“. Das sind ja so die Pole, um die sich hier alles dreht.
Also: Paulus schreibt an die Gemeinde von Korinth. Eine große, lebendige Gemeinde. Paulus selber sagt von dieser Gemeinde, dass sie „in allen Stücken reich gemacht ist“ und „keinen Mangel hat an irgendeiner Gabe“. Da muss echt Leben sein und Wachstum und viel Positives. Allerdings gibt es zwei Entwicklungen, die Paulus ziemliche Sorgen machen.
Die eine Entwicklung ist die: in der Gemeinde haben sich verschiedene Gruppen gebildet. Das ist erstmal sehr normal. Überall, wo mehr als 40, 50 Menschen zusammenkommen, bilden sich kleinere Gruppen. Wir können mit 200 Leuten im Gottesdienst ein Gemeinschaftserlebnis haben, aber echte Lebensgemeinschaft im Alltag, das geht nur in kleineren Gruppen. Und es ist wunderbar, wenn jemand in einer

Gemeinde oder sonst wo eine Gruppe findet, wo er das Gefühl hat: Hier bin ich zu Hause, hier werde ich geachtet, hier kann ich sagen, was ich denke, und hier merken die anderen, wenn ich mal nicht da bin. Jetzt gibt es aber in solchen Gruppen manchmal Tendenzen, die auch sehr menschlich sind, aber leider nicht mehr so schön: Einmal die Tendenz, sich abzuschließen. Also zu sagen: Wir verstehen uns so gut, wir bleiben am liebsten unter uns, am besten kommt hier kein Neuer mehr rein, das gibt nur Unruhe und bringt alles durcheinander! Vielleicht kennt Ihr das, durchaus auch in christlichen Kreisen. Und dann haben Gruppen manchmal die Tendenz, das Gefühl zu entwickeln: Wir sind die Größten! Und die Wichtigsten! Uns braucht die Gemeinde, uns braucht der Betrieb oder wer auch immer. Und plötzlich besteht ein wesentlicher Inhalt der Gruppe darin, sich toll zu finden und über die anderen schlecht zu reden. Dann steht man selber ja auch viel besser da und kann sich wertvoller fühlen. Und so was Ähnliches scheint in Korinth passiert zu sein. Da haben sich diese Gruppen gebildet und sich um große Persönlichkeiten herum geschart. Die einen sind Paulus-Fans, die anderen sagen: „Petrus ist für uns der Größte!" Die Dritten sind die Fangemeinde von Apollos – das muss ein sehr charismatischer und anziehender Typ gewesen sein in Korinth. Und dann gibt's da noch eine Gruppe, die sagt: „Wir gehören zu Christus!" Das ist jetzt ganz verrückt, denn zu Christus gehören ja wohl alle irgendwie. Und ich stelle mir vor, wie die Leute in all diesen Gruppen immer mehr das Gefühl haben: „Wir haben den Geist! Uns hat Gott mit seinem Geist erfüllt. Und zwar viel mehr als die anderen da!" Und da sagt Paulus: „Leute, solange Ihr so redet und Euch so verhaltet, habt Ihr den Geist Gottes *gerade nicht*! Das, was da aus Euch spricht, das ist der Geist der *Welt*. *So* läuft es doch überall. Und jetzt denkt doch mal nach: wir haben den *Geist aus Gott* bekommen und *nicht* den Geist der Welt! Es geht doch nicht darum, wer hier wie toll ist, sondern es geht um die *Sache*, um das *Evangelium*! Jetzt hört auf mit diesem Gruppen- und Fraktions- und Spaltungsblödsinn!" Wir würden es heute vielleicht so ausdrücken: Der Geist der Welt, das ist das Programm, dass wir alle irgendwo in unserer Seele tragen: Die eigene Gruppe für das Größte zu halten, auf andere Gruppen herabzuschauen, um selber besser da zu stehen. Nichts fördert die Stabilität und den Zusammenhalt in einer Gruppe so sehr wie ein äußerer Gegner! Über den man herziehen und von dem man sich abgrenzen kann! Das gilt für Nationen, für Fußballclubs, für religiöse Konfessionen, überall. Das sind die Mechanismen, die uns im Laufe der Evolution zugewachsen sind und die die Basis der schrecklichsten Kriege und Bürgerkriege werden. Das ist der „natürliche Mensch", wie Paulus das nennt. Und der Geist *Gottes* macht genau davon *frei:* Sich groß machen zu müssen auf Kosten anderer. Weil er uns spüren lässt: Du *bist* doch längst wertvoll und kostbar in Gottes Augen! Ein „geistlicher Mensch", wie Paulus das hier nennt, der wird auch seine Gruppe suchen und finden, und er wird vielleicht auch manches anders und kritisch sehen, was woanders läuft. Aber er wird offen bleiben für die Begegnung mit anderen, wird versuchen, zu verstehen, wird bereit sein, auch sein eigenes Denken zu ändern. Natürlich kann man durch den Geist Gottes in manchen Momenten eine tiefe Klarheit gewinnen. Aber wir können niemals sagen: „Ich habe die Wahrheit!" Wir sind nicht Gott. Und wir bleiben auch mit Gottes Geist Menschen. Wer sagt, er habe die einzige und ganze Wahrheit, vergötzt sich selber! Gott ist die Wahrheit! Keiner und nichts sonst! Das zu wissen, das macht einen „geistlichen Menschen" aus.
Die Pfingstgeschichte zeigt ganz schön den Unterschied: Da sind die Jünger, die sich endlich *nicht* mehr abschotten, sondern rausgehen, sich öffnen. Denen ist auch etwas als Wahrheit aufgegangen, und die teilen das anderen auch mit. Aber so, dass die anderen sich nicht überwältigt, sondern ernst genommen und *verstanden* fühlen. Daran kann man Gottes Geist erkennen: dass er öffnet und nicht abschottet. Dass er Verstehen fördert und Menschen zusammenbringt – und nicht trennt. Und da kann ja jeder von uns mal bei sich selber schauen: Welcher Geist ist da in mir gerade am Werk – in den

Gruppen, in denen ich lebe, in meinem Umfeld, hier bei uns in der Gemeinde – wo auch immer?
Und ich muss sagen: was ich da im Moment in unserem Land sehe, in Europa, im Nahen Osten, weltweit – das macht mir Sorgen. Wie wichtig wäre der Geist Gottes gerade jetzt im Moment! Wie wichtig wäre es angesichts des Leids so vieler Menschen im Krieg, in Armut, auf der Flucht, wenn wir in unseren Ländern ein Stück der eigenen Gruppeninteressen zurücknehmen könnten um einer wichtigeren Sache willen. Nämlich Frieden zu schaffen und Menschen zu schützen. Was gerade jetzt weltweit passiert, ist das genaue Gegenteil. Wie viele Staaten pochen auf ihre Eigeninteressen und schotten sich ab, anstatt gemeinsam nach Lösungen zu suchen. Wie oft heißt es plötzlich: „Wir zuerst", „America first" oder wer auch immer – anstatt zu sagen: „die Menschenwürde zuerst!" Und wie stark wird plötzlich bei uns das „christliche Abendland" beschworen, das angeblich geschützt werden muss vor Menschen anderen Glaubens. Von den Kriegsparteien in Syrien ganz zu schweigen, wo es offenbar jedem nur um die eigenen Interessen geht und nicht um den Schutz von Menschen und das Ende eines grausamen Krieges. Ich sage nicht, dass es leicht ist, Lösungen zu finden. Ich sehe auch, dass es berechtigte Eigeninteressen gibt. Aber ich wünschte mir, wir würden uns gerade in dieser Zeit nicht von Angst und Egoismus und Nationalbewusstsein leiten lassen, sondern vom göttlichen Geist der Menschlichkeit.

Und dann ist da eine zweite Entwicklung, die Paulus Sorgen macht. Da ist wie gesagt dieser Apollos. Der hat offenbar eine starke Ausstrahlung, kann toll reden, sieht vielleicht auch noch gut aus, wer weiß. Ein Mann mit starker Wirkung. Und das ist bei Paulus anders. Und manche Korinther zeigen ihm das auch. Die sagen: „Deine Briefe sind ja stark, aber dein Auftreten ist eher kümmerlich. Es ist nicht gerade spannend, dich zu sehen, und reden kannst du bestenfalls mittelmäßig." So reden die Leute. Und ich stelle mir vor, wie sie sagen oder wenigstens denken: „Der Geist Gottes, der ist wohl eher bei Apollos – und nicht so sehr bei dir!" Kennt Ihr das? Wir erleben jemanden, der uns anspricht, der uns begeistert, der uns packt. Ist da nicht ganz schnell die große Versuchung, zu sagen: *Da* ist der Geist? Durch *den* wirkt Gott? Das *spürt* man doch? Es ist so menschlich, so zu denken – und gleichzeitig so gefährlich, weil eben nicht jede starke Ausstrahlung von Gottes Geist kommt. Wir wissen das nur zu gut aus der eigenen Geschichte. Und in diesem Zusammenhang ist es zu verstehen, wenn Paulus hier trotzig und zugespitzt sagt: *„Der geistliche Mensch wird von niemandem beurteilt!"* Er sagt damit seinen Kritikern: „Ihr könnt das doch gar nicht beurteilen, ob meine Worte vom Geist Gottes erfüllt sind oder nicht! Solange Ihr nur auf die Wirkung starrt und auf das Äußere, auf das, was Euch unmittelbar anspricht, solange Ihr mich nur nach meinem Auftreten usw. beurteilt, werdet Ihr nichts davon mitkriegen, ob durch mich Gottes Geist spricht oder nicht! Gott allein kann das sagen!"
Ob eine Kraft in einem Menschen von Gott kommt, kann man nur daran erkennen, was sie mit seinem Herzen macht. Nur wenn da etwas wie Vertrauen wächst, Verstehen, Klarheit, Liebe, Hoffnung - nur dann ist Gottes Geist im Spiel. Der Geist kann in uns Empörung und Zorn wecken gegenüber einem bestimmten Verhalten oder einer bestimmten Einstellung, aber niemals vernichtenden Hass gegen eine Person. Wenn der entsteht, ist eine andere Kraft im Spiel als Gottes Geist.
Jetzt werdet Ihr vielleicht fragen: Wie bekommt man denn diesen göttlichen Geist? Ich würde Euch das gerne sagen! Ich würde Euch gerne einen Ratgeber in die Hand drücken, in dem das klar und systematisch steht: „So bekomme ich den Geist Gottes" oder „In dreißig Tagen zum geistlichen Menschen". Aber genau das geht nicht. Den Geist Gottes kann man nicht „haben". Es gibt kein Programm, um ihn zu „bekommen". Das einzige, was wir „tun" können ist, ihn einzuladen, zu kommen. Uns für ihn zu öffnen.

So wie es die Alten in ihren Gebeten immer schon getan haben: „Komm, heiliger Geist, komm in mein Herz und verwandle es! Bring meine Vorurteile und meine alten Mechanismen durcheinander! Schenke mir eine neue Sicht! Nimm mir die Angst, auf andere zuzugehen und sie verstehen zu lernen! Lass mich erkennen, wie geliebt ich bin! Und füll mein Herz mit Klarheit und Liebe!“ Lasst uns schlicht und einfach so beten: „Oh komm, du Geist der Wahrheit, und kehre bei uns ein.“ Nicht nur zu Pfingsten.

Kapitel 4: Voll das Leben – Gott wird Mensch
Predigten und Geschichten zu Weihnachten

Sie hatten keinen Raum

„... denn sie hatten keinen Raum in der Herberge.“ So haben wir es gerade in der Weihnachtsgeschichte gehört. Und in allen Krippenspielen könnt Ihr sehen, wie Josef und Maria von Tür zu Tür gehen. Und überall abgewiesen werden. Nirgendwo Platz. Am Ende nur der Stall. Und man kann sich schon fragen: Wie kann das sein? In diesem Kind kommt doch kein Geringerer als Gott selber zur Welt. Der Schöpfer dieser Erde! Warum wählt er diesen Weg? Warum lässt er sich so zurückweisen und am Ende an einen Ort abschieben, an dem doch wirklich *keiner* im Ernst sein Kind zur Welt bringen möchte? Könnte er es nicht viel leichter, viel bequemer, viel *angemessener* haben?
Könnte er. Bestimmt! Aber was, wenn er genau das nicht will? Wenn er genau da sein will, wo es uns besonders weh tut? Es gehört zu unseren tiefsten Bedürfnissen, irgendwo dazuzugehören, willkommen zu sein, einen Ort zu haben, an den wir selbstverständlich gehören und an dem wir nicht erklären oder begründen müssen, warum wir da sind. Wir sehnen uns zutiefst nach Annahme und Anerkennung. Wir brauchen das wie die Luft zum Atmen. Und es gehört zu den schmerzhaftesten Erfahrungen, diese Anerkennung nicht zu bekommen, abgelehnt zu werden, unerwünscht zu sein.
Das kann schon im Kleinen wehtun. Zum Beispiel beim Sport in der Schule. Zwei Mannschaften werden gewählt zum Fußballspielen. Und Du erlebst jedes Mal: einer nach dem anderen wird gewählt, selbst die beiden, die ähnlich schlecht im Fußball sind wie Du. Und am Ende bleibst Du als Letzter übrig. Und die beiden Mannschaften streiten sich darum, wer Dich nehmen muss. Offenbar ist es besser, ein Mann weniger zu sein, als Dich in der Mannschaft zu haben. Oder: Du kommst neu in eine Gruppe. Zum Beispiel einen Gemeindekreis. Es hat Dich schon Überwindung gekostet, da überhaupt hinzugehen. Und jetzt kommst Du da rein und grüßt zaghaft. Andere grüßen zurück, wenden sich aber sofort wieder ihren Bekannten zu. Du steuerst einen leeren Platz an und fragst, ob Du Dich da hinsetzen kannst. Nein, wird Dir energisch gesagt, das geht gar nicht, da sitzt Frau Müller seit 1968. Dasselbe passiert Dir drei Mal. Dann hast Du den Kaffee auf und möchtest am liebsten sofort wieder gehen. Oder: Du hast Bewerbungen geschrieben. Viele Bewerbungen. Du hast Dir viel Mühe gegeben damit. Und es hängt ja einiges dran, dass irgendwer sagt: „Komm rein, ich möchte Dich kennenlernen!“ Stattdessen kommt eine Absage nach der anderen zurück. Und viele Deiner Bewerbungsmappen kommen überhaupt nicht zurück, weil die angeschriebenen Firmen es nicht einmal für nötig halten, Dir einen Ablehnungsbrief zu schicken. Wie weh tut es, das zu erleben! Nicht gewollt zu sein. Keinen Raum zu haben – in der Herberge, in der Klasse, in der Gemeinde, in der Firma, im Verein ...

Wie mag es sich dann erst anfühlen, wenn Du auf der Flucht bist vor Terror und Krieg. Und Du kommst in ein fremdes Land mit einer Plastiktüte voller Sachen, voller Angst und voller Hoffnung zugleich, und Du sehnst nach nichts mehr als irgendwo anzukommen, zur Ruhe zu kommen. Und dann fährt Dich ein Bus in eine kleine Stadt zu Deiner neuen Unterkunft. Und vor der Unterkunft stehen über hundert Leute und schreien und schwingen die Fäuste. Und Du verstehst ihre Sprache nicht, aber Du spürst genau, dass sie Dich und die anderen meinen, dass sie Dich hier nicht wollen, dass sie Dich hassen, warum auch immer. So geschehen in Clausnitz im Februar diesen Jahres. Wie muss sich das anfühlen?
Habt Ihr das auch gelesen? In den USA sind in den letzten Wochen mehr als 500 Mal amerikanische Bürger mexikanischer oder anderer Herkunft in Supermärkten oder an Tankstellen oder sonst wo angepöbelt oder angegriffen worden, mit Sprüchen wie: „Das ist unser Land! Das holen wir uns jetzt zurück! Dich wollen wir hier nicht!" Alles nach der Wahl Donalds Trump zum neuen Präsidenten der USA. Wie mag sich das anfühlen, wenn Du jahrelang ein fleißiger, guter Bürger dieser Stadt warst, ein freundlicher Nachbar, ein Teil des Gemeinwesens, und plötzlich kommen da irgendwelche Typen und sagen: Du hast hier nichts zu suchen?
„Sie hatten keinen Raum". Ihr Lieben, das ist harte und schmerzhafte Realität. An so vielen Orten. Und auf so vielen Ebenen unseres Lebens. Und all das passiert ja nicht nur da draußen in der Außenwelt. Sondern auch hier drin, in unserer eigenen Seele. Stell Dir vor, Du hast Dich als kleines Kind oft einfach nur hilflos und ohnmächtig gefühlt. Und das war schrecklich. Du hast Dich selber dafür gehasst, nicht stärker und mächtiger gewesen zu sein, obwohl das Quatsch ist: Du warst ein Kind! Und Du warst wie Du warst! Und jetzt bist Du groß und hast Dir geschworen: nie wieder ohnmächtig sein! Du hast Dir im Beruf eine Position gesucht, in der *Du* die Macht hast über andere. Und das zeigst Du auch deutlich. Damit bloß keiner auf die Idee kommt, Dich für schwach zu halten. Und auch sonst in Deinem Leben siehst Du zu, dass Du alles unter Kontrolle hast. Damit Dich keiner böse überraschen und Dir Angst machen kann. Mit dem kleinen, ängstlichen, ohnmächtigen Kind, das Du mal warst, willst Du nie wieder was zu tun haben. Das Problem ist nur: dieses kleine Kind ist immer noch da. Es lebt in Dir. Und es sehnt sich danach, einen Platz in dieser Welt zu haben – genau wie Du. Es möchte beachtet und anerkannt werden, genau wie Du. Es klopft immer wieder bei Dir an. Und Du kannst es ignorieren und ablehnen, wie Du willst: es sehnt sich danach, Raum bei Dir zu bekommen, endlich *da sein* zu dürfen, *mit* seiner Ohnmacht und Schwäche ein Lebensrecht zu haben in Deiner Seele. Und je öfter Du es überhörst, desto lauter und enttäuschter schreit es rum und tritt es gegen die Tür. Das sind so die Momente, wenn Du gerade wieder Deinen Mann oder Deine Frau oder Deine Kinder oder Deine Kollegen anschreist wegen irgendwelcher Kleinigkeiten. Statt dem Kind *in Dir* endlich die Tür aufzumachen – und ihm Raum zu geben in der Herberge. Ich fürchte übrigens, dass gerade im Moment viele Männer mit solchen ohnmächtig zornigen Kindern in sich die Welt regieren oder Terror machen ...
Ihr Lieben, vielleicht ist das alles der Grund, warum Gott so kommt, wie er kommt. Warum er selber ein Heimatloser wird, anstatt es sich bequem zu machen. Weil sein Herz für alle schlägt, die keinen Raum haben. Weil er uns nicht nur irgendwie nahe sein will. Sondern genau dahin kommen will, wo unsere tiefsten Kränkungen und Wunden liegen. Und wo der Kern unserer Probleme liegt, im Kleinen wie im Großen. Und er sagt uns immer wieder neu durch diese alte Geschichte: „Ich will da sein, wo Ihr seid! Ich bin da, wo Ihr Eure größte Not habt! Ich bin da, wo all Eure unerfüllten Sehnsüchte liegen. Ich will mitten in Eurer Heimatlosigkeit an Eurer Seite sein. Damit Ihr endlich wieder spürt, wie unendlich geliebt Ihr von mir seid. Und zwar nicht erst, wenn Ihr stark seid, wenn Ihr vermeintlich alles richtig macht, nein, so wie Ihr seid, liegt Ihr mir zutiefst am

Herzen: mit Euren Stärken und Schwächen, mit Eurer Freude und mit Euren Wunden, mit der Schönheit Eures Lebens und mit seiner Tragik. Gerade da, wo Ihr Euch abgelehnt, verachtet, gedemütigt und rausgeschmissen fühlt, will ich sein und Euch spüren lassen, wie wertvoll Ihr für mich seid! Und dass in meinem Herzen ein Zuhause auf Euch wartet und schon immer für Euch gewartet hat! Ich teile Eure Heimatlosigkeit, damit Ihr endlich nach Hause kommen könnt, damit Ihr Euren inneren Kindern die Tür öffnen und sie in die Arme schließen könnt, damit sie in Euch endlich zur Ruhe kommen können. Ich komme in Eure Heimatlosigkeit, damit Ihr endlich aufhören könnt, so verzweifelt zu kämpfen um einen Platz in dieser Welt. Damit Ihr Euren Drang nach Macht und Kontrolle ablegen könnt, Euren Drang nach Perfektion, nach Unentbehrlichkeit, diesen verzweifelten Tanz darum, der Beste, der Schönste, der Wichtigste zu sein, um endlich *sein zu dürfen*. Ich werde heimatlos, damit Ihr heimkehren könnt in meine Liebe."
Ihr Lieben, was, wenn wir diesem Gott wirklich die Tür öffnen würden? Wenn wir ihm erlaubten, uns einfach so zu lieben, wie wir sind? Wenn wir ihm unsere Kränkungen und Wunden hinhalten würden, anstatt sie vor ihm und sogar vor uns selber zu verstecken? Wenn wir ihm erlauben würden, unserem inneren Kind zur Seite zu treten und es zu erlösen, und uns gleich mit? Und wenn wir uns dann hinein nehmen lassen würden in seine weihnachtliche Bewegung. Und schauen, wo jemand in unserer Nähe gerade jetzt unsere Beachtung braucht. Unsere Aufmerksamkeit. Einen Moment unserer Zeit. Ein Lob. Ein Stück Gastfreundschaft. Eine offene Tür. Wir müssen das nicht perfekt machen. Aber wir dürfen vergnügt, erlöst und befreit damit anfangen – zur Weihnachtszeit und immer wieder.

Das innere und das himmlische Kind
Gedanken zur Menschwerdung Gottes

Weihnachten ist das Fest, das die meisten Menschen am tiefsten berührt. An Ostern und Pfingsten können viele locker vorbeigehen, an Weihnachten vorbeizukommen ist viel schwerer. Das hat vermutlich mehrere Gründe. Es hängt vielleicht mit der Jahreszeit zusammen, in der wir es feiern. Mit der unmittelbaren Erfahrung von Dunkelheit und der Sehnsucht nach Licht. Es hängt aber sicher auch damit zusammen, dass wir die Geburt eines Kindes feiern. Das ist natürlich leichter zu bedenken als der grausame Kreuzestod eines erwachsenen Menschen. Wenn Kinder im Spiel sind, dann wird in vielen von uns sofort etwas angerührt. Wir brauchen oft ja nur ein Neugeborenes zu sehen und sofort passiert eine ganze Menge. Ich habe früher nie so recht verstanden, warum ältere Menschen zu strahlen beginnen, wenn sie ein Kind vor sich haben. Heute verstehe ich das sehr gut. Nicht, dass es mit Kindern immer nur schön und einfach wäre, das ist es nicht. Aber dieses neue und frische und spontane und noch nicht so festgefahrene Leben zu sehen, das ist einfach wunderschön. Unsere Tochter hatte vorgestern während des ersten Kindermusicalgottesdienstes Johanna Schlüter auf dem Arm. Und sagte hinterher auf die ihr eigene Art: „Ich hätte gut noch eine Stunde so mit ihr sitzen können. Kleine Babies sind immer so schön prall." Also: in Kindern begegnet uns das „pralle" Leben. Und etwas davon geschieht auch, wenn wir uns dem Kind in der Krippe nähern. Wir ahnen, dass da wirklich etwas „prall" und frisch und neu werden kann in dieser oft so abgestandenen Welt.
Und ich denke, dass zu Weihnachten noch etwas geschieht: das Kind in der Krippe erinnert uns daran, dass wir alle selber ein Kind in uns tragen. Nämlich das Kind, das wir mal waren – vielleicht erst vor kurzem, vielleicht vor langer Zeit. Keiner von uns kommt als Erwachsener auf diese Welt – auch wenn es bei manchen Menschen so scheint. Wir

haben alle so begonnen wie das Kind in Krippe: quicklebendig und mit dem gewaltigen Drang, zu leben und zu wachsen. Und gleichzeitig winzig und hilflos, angewiesen darauf, dass uns jemand versorgt, dass uns jemand Liebe schenkt, in den Arm nimmt, beachtet und beschützt. Und das, was wir in dieser Phase unseres Lebens an Erfahrungen sammeln, prägt uns und bestimmt unser Leben wie kaum etwas anderes. Das hängt einfach damit zusammen, dass das unsere ersten Eindrücke von dieser Welt und von diesem Leben sind. Erste Eindrücke haben immer besonderes Gewicht. Stellt Euch vor, Ihr kommt irgendwo zum ersten Mal hin, in eine neue Gruppe oder Gemeinschaft. Was Ihr da erlebt, wird über lange Zeit Euer Verhältnis zu dieser Gruppe prägen. Ob man Euch wahrnimmt oder nicht, ob man Euch begrüßt oder einfach übersieht, ob man Euch einen Platz anbietet oder Euch zu verstehen gibt, dass *diese* Plätze aber seit 68 alle besetzt sind – das wird entscheidend dafür sein, wie Ihr Euch in dieser Gruppe fühlen werdet und ob Ihr überhaupt wiederkommt. Die ersten Eindrücke – die sind wie ein inneres Gerüst, das wir bauen. Spätere Eindrücke können das Gerüst verändern, sie können es in einem bestimmten Maße umbauen. Aber sie werden dieses Gerüst nie ersetzen und verschwinden lassen.
Und deswegen sind Dinge, die wir in unserer Kindheit erleben, so bedeutsam und prägend für vieles, was danach geschieht. Was wir an in dieser Zeit an Liebe erfahren, an Aufmerksamkeit und Wertschätzung, was wir an Verletzungen erleben, an Missachtung oder sogar Gewalt, das bleibt lebendig und wirkt weiter. Auch wenn wir selbst längst erwachsen sind und unter ganz anderen Bedingungen leben. Jeder und jede von uns trägt ein solches lebendiges und verletztes Kind in sich. Auch wenn wir das vergessen oder vielleicht sogar nichts mehr damit zu tun haben wollen: das Kind ist da. Und es sucht immer noch das, was es von Anfang an gesucht hat: nämlich Beachtung und Liebe und Aufmerksamkeit.
Manchmal meldet es sich in unseren Träumen. Dann tauchen plötzlich Szenen von früher auf. Oft welche, an die wir überhaut nicht gerne erinnert werden. Oder: wir träumen, wir wären mit einem Kind unterwegs, auf das wir aufpassen sollen. Und plötzlich stellen wir panisch fest, dass wir das Kind irgendwo stehengelassen haben: im Kaufhaus oder im Bus oder in der U-Bahn. Das sind echte Albträume. Und oft warnen sie uns nicht davor, besser auf unsere wahren Kinder aufzupassen. Oft erinnern sie uns daran, dass da in uns ein Kind lebt, das wir einfach vergessen haben und das darauf wartet, dass wir es wahrnehmen und ihm zuhören.
Vor einer Weile habe ich mit meiner Frau den Film „Avatar" von James Cameron gesehen. Da geht es um einen Konzern, der die Bodenschätze eines entfernten Mondes ausbeuten will. Die Urbevölkerung dieses Mondes soll in Verhandlungen überzeugt werden, ihren Widerstand dagegen aufzugeben. Für den Fall, dass das nicht gelingt, steht aber schon eine hochgerüstete Söldnertruppe bereit. Und der Befehlshaber dieser Truppe ist ein Colonel namens Miles Quaritch, gespielt von Stephen Lang. Dieser Colonel Quaritch ist eine absolut beeindruckende und furchteinflößende Erscheinung: so aufgepumpt, stahlharte Muskeln, stahlharter Blick, ein Auftreten, das keinen Widerspruch zulässt. Ein Mann wie ein Panzer. Der mir selbst im Kinosessel echt Angst gemacht hat. Und irgendwann während des Films habe ich mich plötzlich gefragt: Was für ein Kind mag irgendwo tief in diesem Mann leben? Und was hat dieses Kind erlebt? Wovor hat es solche Angst? Dass später aus ihm ein Mensch geworden ist, der so hart werden musste, der sich so hat panzern müssen, ja, im Grunde ein Panzer *geworden* ist? Und was würde dieser Mensch brauchen, um sich ein bisschen entspannen und abrüsten zu können? Und diese Frage können wir bei jedem Menschen stellen, der uns Angst macht oder der sich merkwürdig oder anstrengend verhält: Was mag der vor langer Zeit erlebt haben, dass er so geworden ist?

Ich lese gerade ein Buch der Psychotherapeutin Lydia Benecke. Diese Frau arbeitet als Kriminalpsychologin, sie arbeitet therapeutisch mit schweren Straftätern, mit Mördern und Sexualstraftätern. Und schreibt sehr klar und einfühlsam über ihre Arbeit. Unter anderem beschreibt sie die Haltung, die sie einnimmt, wenn sie mit Menschen spricht, die zum Teil Grauenhaftes getan haben. Sie schreibt: *„Ich versuche etwas über sein Leben zu erfahren; zu verstehen, was mit ihm passiert ist, warum er so geworden ist. ... dann stelle ich mir das Kind vor, das er früher war. Das Kind, das in einer Lebensumgebung aufwuchs, die seine jetzige Persönlichkeit geformt hat. Ich frage mich, was dieses Kind damals vermisst hat, womit es nicht klar kam. ... Wenn ich mit einem Täter arbeite, sehe ich diese Ursprünge seiner Persönlichkeit. Ich denke an das Kind, das er mal war. Dann ist es leicht, freundlich mit ihm zu reden und ihm zu zeigen, dass man ihn nicht für ein Monster hält."*
Damit keine Missverständnisse entstehen: Lydia Benecke *entschuldigt* damit die Taten ihrer Gesprächspartner nicht im Geringsten. Und die Therapie, die die Täter mit ihr machen, ist alles andere als ein Ausflug oder ein Kaffeekränzchen. Es ist eine so wichtige Aufgabe, Verstehen und Entschuldigen zu unterscheiden. Schuld ist Schuld, das muss gesagt und gesehen werden. Aber der Weg hin zu dieser Schuld, der will verstanden werden. Wenn wir das tun, stellen wir übrigens fest, dass wir an manchen Stellen unseres Lebens vielleicht nur um Haaresbreite von „den Straftätern" entfernt waren, dass vielleicht nur eine Winzigkeit hätte anders sein müssen, und unser oder ihr Leben wäre anders verlaufen. Verstehen ist so wichtig. Nicht zuletzt, weil sich unser inneres Kind danach vor allem sehnt: gesehen und *verstanden* zu werden.
Der Musiker Herbert Grönemeyer hat gesungen: „Kinder an die Macht." Ich fürchte, dass in dieser Welt längst Kinder an der Macht sind. Dass viele Menschen, gerade auch mächtige und einflussreiche Menschen, von ihren verletzten und übersehenen inneren Kindern angetrieben werden, ohne es zu spüren, ohne Kontakt zu diesen alten Ängsten und Verletzungen zu haben. So wie Colonel Quaritch, der zum Panzer wird, um sich nie wieder wehrlos und schwach zu fühlen. So wie vielleicht auch der Zöllner Zachäus, der groß tut und reich wird, um sich nie wieder klein und arm fühlen zu müssen. An wie vielen Stellen werden wir von unseren inneren Kindern geleitet, ohne es zu merken. Weil wir sie nicht sehen wollen und den Kontakt mit ihnen abgebrochen haben. Lydia Benecke nennt hier ihr Lieblingszitat, einen Satz aus dem Roman „Wer die Nachtigall stört" von Lee Harper: *„Du wirst einen Menschen nie wirklich verstehen, bis du die Dinge aus seinem Blickwinkel betrachtest. Bis du in seine Haut schlüpfst und darin umherläufst."*
Ihr Lieben, ist es nicht genau das, was zu Weihnachten geschieht? Gott „schlüpft in unsere Haut", er taucht hautnah in unsere Welt, so wie sie eben ist. Und wird Mensch, mit allem, was dazugehört. Er wird *Kind* wie wir alle. Das heißt: er kommt nicht als Erwachsener, als einer, der schon etwas aus sich gemacht hat, der seine Rolle gefunden hat, der seine Strategien entwickelt hat, um seine Nöte und Unzulänglichkeiten zu verbergen. Nein, er wird Kind. Und das bedeutet: Er kommt genau so ungeschützt wie wir, er kommt genau da hin, wo unsere größte Lebendigkeit ist und wo unsere nachhaltigsten Verletzungen liegen. Genau da will er uns begegnen. Genau da will er in unserer geschundenen Haut sein, die sich so sehr nach Berührung sehnt – durch andere Menschen und durch ihn. Näher kann er uns nicht sein. Stellt Euch vor, was geschehen könnten, wenn unsere inneren Kinder in Berührung kämen mit diesem himmlischen und gleichzeitig so irdischen Kind! Stellt Euch vor, wenn das Kind, das in Euch lebt, in echten Kontakt käme mit dem Kind in der Krippe. Was könnte da passieren? Was würde da endlich gesehen und verstanden werden können! Wie heilsam könnte das sein! Und was könnten wir an Rüstung und an Masken ablegen in dieser Begegnung.

Ich vermute, dass der erwachsene Jesus nie den Kontakt verloren hat zu dem hilflosen und bedrohten Kind, das er mal war. Das kann man zumindest ahnen, wenn man sieht, wie er mit wirklichen Kindern umgeht: er herzt und segnet sie. Was würde es bedeuten, wenn wir unsere inneren Kinder von ihm „herzen“ und segnen lassen würden? Und genau dazu ermutigt er auch, wenn er uns dazu auffordert, wie die Kinder zu werden. Das kann auch bedeuten: „Nehmt neu Kontakt auf zu dem Kind, das Ihr ward und das in Euch wohnt! Ignoriert es nicht länger! Lasst es nicht allein! Nehmt es wahr – und nehmt es in den Arm. Wenn Ihr dem Kind in Euch zuhört, wenn Ihr es ernst nehmt, wenn Ihr es in den Arm nehmt und haltet, dann kann es sich beruhigen. Wenn Ihr es zur Krippe führt, damit es in Kontakt kommt mit dem himmlischen Kind. Mit der Liebe, aus der heraus es erdacht wurde und entstanden ist. Was könnte da heil werden? Was könnte da aus Euren alten Verletzungen sogar zum Segen werden für andere?“
Weihnachten ist auch das: eine Ermutigung, Kontakt aufzunehmen mit unserem inneren Kind – und mit ihm dem himmlischen zu begegnen. Und keine Sorge: Wir werden nicht kindisch, wenn wir das tun. Im Gegenteil, wir werden erst dann richtig erwachsen. Das Verständnis und die Geduld entwickeln, die zum Erwachsensein gehört. Mit anderen, aber vor allem erst mal mit uns selbst. Und noch etwas ist dabei wichtig: das himmlische Kind hilft uns nicht nur, unser inneres Kind zu umarmen. Es zeigt uns auch, dass jederzeit etwas Neues in uns zur Welt kommen kann. Gerade an der Krippe werden wir erleben, dass nicht zwangsläufig alles so weiterlaufen muss, wie wir es so früh erfahren haben. Wir müssen nicht alles wiederholen, was wir erlebt haben. Wir müssen nicht die Gefangenen unserer eigenen Lebensgeschichte bleiben. Wir müssen nicht zeitlebens die Strategien weiterverfolgen, die wir einmal gewählt haben. Wir können etwas Neues tun. Denn wir sind nicht nur Kinder unserer Eltern und unserer persönlichen Biographie. Wir sind Kinder des lebendigen Gottes, der sich immer neu auf den Weg macht, um diese Welt mit seiner Liebe zu verwandeln. Auch das ist Weihnachten: Gott wird ein Kind, damit nicht alles beim Alten bleibt. Sondern damit Neues werden kann. Deswegen: lasst uns zur Krippe gehen und mit dem Gotteskind in Kontakt kommen. Etwas Besseres, Heilsameres kann uns nicht passieren.

Fürchte Dich nicht

Nick trat auf den Schulhof und atmete tief durch. Vor einer Viertelstunde war der Weihnachtsschulgottesdienst in der benachbarten Kirche zu Ende gegangen. Nick hatte noch die vertrauten Worte des Engels im Ohr: *„Fürchtet Euch nicht! Siehe, ich verkündige Euch große Freude, die allem Volk widerfahren wird. Denn Euch ist heute der Heiland geboren …“* Das Übliche halt, dachte er. Nick machte sich nicht viel aus Glaube und Gottesdienst. Er war eher aus Gewohnheit hingegangen. Und außerdem waren einige seiner Freunde an der Vorbereitung beteiligt gewesen. Nick selber war in religiösen Fragen ein äußerst kritischer Kopf – und nicht nur da. Als er noch Reli gehabt hatte, hatte er seinen Lehrer Herrn Krämer gerne mit Fragen traktiert: ob die Existenz von Engeln denn empirisch erwiesen sei. Und ob die Geburt Jesu denn historisch verifiziert werden könne. Herr Krämer hatte tapfer mit ihm diskutiert. Überzeugt war Nick am Ende allerdings nie gewesen. Aber das war alles nicht so wichtig. Sein wirkliches Problem mit *Weihnachten* lag ganz woanders. Es hatte mit zuhause zu tun. Genauer gesagt, mit seinen Eltern. Und mit ihm selber auch.
Nick erinnerte sich noch gut an die Zeit, in der alle drei sich ganz gut verstanden hatten. Das musste so bis vor vier, fünf Jahren gewesen sein. Seitdem hatte sich eine Menge verändert. Zwischen seinen Eltern war irgendwas passiert. Entweder stritten sie sich

heftig und ausdauernd. Oder sie schwiegen sich vorwurfsvoll an. Nick hatte nie wirklich kapiert, was da eigentlich los war. Er stellte nur immer wieder fest, dass beide ganz ordentlich austeilen konnten. Seine Mama hatte es drauf, schmerzhafte kleine Stiche zu setzen, während sein Papa regelmäßig ausflippte und offen rumschrie. Besonders, wenn seine beiden besten Freunde vorbeikamen: Jim Beam und Johnny Walker. Meistens blieben die beiden länger, als es gut war, und dann konnte man die jähzornige Seite von Papa hautnah erleben. Einmal musste sich Nick zwischen seine Eltern stellen, als sein Vater auf seine Mutter losgehen wollte. Das war zwar nie wieder vorgekommen, und am nächsten Tag hatte sein Vater sich wortreich und ehrlich entschuldigt. Trotzdem – von diesem Tag an hatte Nick ständig die Antennen ausgefahren. Und bekam jedes Mal einen Adrenalinschub, wenn sich eine bestimmte Stimmung zuhause aufbaute.

Manchmal kam es allerdings auch vor, dass seine Eltern an einem Strang zogen. Meistens dann, wenn es darum ging, an ihm herumzunörgeln. Mal beschwerten sie sich, dass er zu oft weg war und sich gar nicht mehr blicken ließ. Dann beschwerten sie sich, dass er zu viel zu Hause herumhing und nichts Ordentliches machte. Über seine Noten beschwerten sie sich sowieso immer. Offenbar meinten sie, Nörgeln sei ein gutes pädagogisches Mittel, um ihn zu einem schulischen Leistungssprung zu motivieren. Nick fühlte sich schon mies, wenn er nur daran dachte. Zugleich war ihm klar, dass der ganze Mist zuhause nicht ganz allein seinen Eltern zuzuschreiben war. Er selber konnte auch ein echter Stinkstiefel sein. Besonders in letzter Zeit. Nicht zuletzt zu sich selber. Es gab Tage, da hasste er sich und das Leben überhaupt. Und dann gab es Tage, da konnte er überhaupt nicht beschreiben, wie er sich eigentlich fühlte.

All das war übers Jahr schon schwierig genug. Aber am Heiligen Abend wurde es besonders schwierig. Da waren seine Eltern nämlich regelmäßig auf dem Trip, dass es doch wenigstens an diesem Abend mal schön und harmonisch und friedlich zugehen sollte. Weihnachten sei schließlich das Fest der Familie. Nick fragte sich, wie das plötzlich auf Knopfdruck gehen sollte, wenn es doch das ganze Jahr nicht ging. Und er hatte recht: seit vier Jahren endeten gerade die Weihnachtsabende regelmäßig in einer mittleren Katastrophe.

Und jetzt schlappte er mit gesenktem Kopf über den Schulhof. Plötzlich spürte er eine Hand an seinem linken Arm. Anna hatte sich bei ihm untergehakt. „Ah, Ferien“ sagte sie. „Ich freue mich total. Und Du?“ – „Doch“, murmelte Nick. „Klar. Ferien sind super.“ Anna sah ihn an: „Das klingt aber nicht so begeistert“, sagte sie. „Doch, ich freu mich, ehrlich“, sagte Nick. „Die letzten Wochen waren ganz schön heftig.“ – „Das kannst Du wohl sagen“, meinte Anna. „Ach, ich freue mich total auf Weihnachten! Bis dahin ausschlafen, Geschenke hab ich schon alle.“ Nick sagte nichts. Geschenke hatte er noch kein einziges, aber das war nun wirklich kein echtes Problem. Seine Gedanken wanderten zum bevorstehenden Weihnachtsabend. „Hey, was ist los?“ fragte Anna. „Nix“, sagte Nick. „Bin nur müde.“ – „Du hast doch irgendwas, das sehe ich doch“, sagte Anna und schaute ihn besorgt an. „Alles okay“, sagte Nick. „Bin nur kaputt. Ausschlafen klingt nicht schlecht.“ – „Nick, erzähl mir nichts“, sagte Anna. „Dir geht's nicht gut. Das sehe ich doch.“ Nick blieb stehen und sah Anna an. Er wollte ihr nichts erzählen. Er wollte überhaupt keinem was erzählen. Andere erzählten viel von zuhause und schimpften über ihre Eltern. Nick machte das nicht. Ihm kam das immer ein bisschen vor wie Verrat. Vielleicht war er da komisch, aber so war es nun mal. „Ich will nicht drüber reden, echt“, sagte er und ging. Eine Sekunde später war Anna wieder an seiner Seite. Sie sagte nichts, sie ging einfach neben ihm her. Eigentlich musste sie in einen anderen Raum, aber sie blieb da. Nick spürte plötzlich einen Kloß im Hals. Er seufzte. Er spürte, wie sein Widerstand zu schmelzen begann. So war das mit Anna. Sie war wie Momo aus der Geschichte von Michael Ende. Irgendwie fingen die meisten Leute in ihrer Nähe an zu erzählen. Als sie am Sekretariat vorbeikamen, gab Nick auf. Und erzählte. Längst nicht

alles, aber ein bisschen. Anna hörte ihm schweigend zu. Dann drückte sie ihn fest und lange, sagte: „Ich denk an Dich morgen!“ Und zog mit trauriger Miene davon.
Der Heilige Abend kam. Und er wurde genau so, wie Nick es vermutet hatte. Am Anfang bemühten seine Eltern und er sich um gutes Wetter und gute Miene. Der Baum wurde geschmückt, der Tisch gedeckt. Man ging sogar in den Gottesdienst, das gehörte ja trotz allem irgendwie dazu. Das Essen kam auf den Tisch. Die Geschenke wurden mit einem breiten Lächeln verteilt, der Art Lächeln, die einem schon nach kurzer Zeit Muskelkrämpfe im Gesicht verursacht. Alles wirkte nach außen feierlich und familiär. Aber die Spannung war mit Händen zu greifen. Es dauerte nicht lange, bis die ersten kleinen Pfeile flogen. Nicks Papa hatte bei einem Geschenk von Mama nicht genug Begeisterung an den Tag gelegt und bekam sofort eine entsprechende Bemerkung verpasst. Papa wurde wie immer sofort sauer und pampte zurück. Suchte sich Unterstützung von seinen Kumpels Jim und Johnny, die ihm schnell die Zunge lösten. Aus ersten fiesen Bemerkungen wurde ein offener Schlagabtausch. Das wars dann mit Weihnachten. Nick fühlte sich zum Kotzen. Er wollte etwas sagen, um die Situation zu beruhigen, aber auch seine Worte kamen zorniger und lauter heraus als er es eigentlich beabsichtigt hatte. Er fühlte sich einfach nur schlecht und hilflos. Was in Gottes Namen sollte man denn machen, um diese beiden gestörten Erwachsenen zur Vernunft zu bringen. Aber war er selber denn wirklich vernünftiger? Aber war das überhaupt seine Aufgabe, hier der Vernünftige zu sein? Er hatte die Schnauze voll. Er stand auf und ging mit schnellen Schritten zur Tür. „Wo willst Du hin?“ schrie sein Vater? „Jetzt bleib mal gefälligst hier, wir haben Weihnachten!“ – „Ich muss pinkeln!“ schrie Nick zurück. „Darf ich vielleicht noch mal aufs Klo??“ Sein Vater winkte ab. Nick lief zur Toilette, schlug die Tür vor seinen zeternden Eltern zu und schloss ab. Er zog die Hose runter und setzte sich. Das Klo war so ziemlich der einzige Ort, an den man sich gesellschaftlich akzeptiert dieser ätzenden Welt entziehen konnte.
Er musste tatsächlich pinkeln. Danach saß er noch lange da, den Kopf in die Hände vergraben. Wie sollte er diesen Abend nur überstehen? Am besten war es, hier zu bleiben und sich bis Neujahr nicht von der Stelle zu rühren.
Es war noch nicht ganz Neujahr, als es in seiner Hosentasche vibrierte. Nick sah auf. Wie konnte man eine Vibration in der Hosentasche spüren, wenn man die Hose gar nicht anhatte? Typische Nick-Frage, sogar noch in dieser Situation. Aber klar, die Hose hing über seinen Füßen, also war da noch Kontakt. Nick griff in die Tasche und holte sein Handy raus. Er schaute aufs Display: WhatsApp-Nachricht von Anna. Er öffnete die Nachricht: „Hey, ich denke an Dich! Alles, alles Gute! Lass Dich drücken!“ Nick schluckte. Anna saß mit Sicherheit mit ihren Leuten unterm Baum und feierte fröhlich. Aber jetzt hatte sie sich Zeit genommen und an ihn gedacht. Ihm wurde warm. In diesem Moment vibrierte das Handy erneut. Nachricht von Max. „Hey, Alter, ich wünsch Dir frohe Weihnachten! Lass Dich bloß nicht unterkriegen! Bis bald!“ Nick starte auf die Nachricht. Was war das denn jetzt? Das konnte doch kein Zufall sein. Sag bloß, Anna hatte den anderen was weitererzählt ... Das Handy vibrierte schon wieder. Leon: „Alter, ich hab keine Ahnung, was bei Dir los ist. Aber Anna hat gesagt, ich soll Dir schreiben. Um eins nach neun. Annas Wünsche sind mir Befehl. Alles Gute Dir! Lass Dich umarmen, Bruder! Hau rein!“ Nick schluckte. Als hätte Leon seine Gedanken gelesen. Lange konnte er nicht darüber nachdenken, denn die nächste Nachricht kam. Katharina. Wie üblich schickte sie eine lange Kette von Emoticons: Weihnachtsbäume, Geschenke, Herzen, Engel, lachende Smileys ... Und dahinter ein kurzes, aber herzliches „Hab dich lieb“. Es brummte wieder. Nachricht von Sara: „Lieber Nick, am Samstag Anti-Weihnachts-Party bei mir. Ich will Dich sehen! Alles, alles Liebe!“ Das nächste Brummen. Yanick schickte ihm ein kleines, gemeines Weihnachtsvideo, in dem eine falsche Tanne hinterhältig versuchte, anderen Tannen ihre Weihnachtsdeko anzudrehen

– woraufhin diese reich geschmückt sofort als Weihnachtsbäume abgesägt wurden. „Hey! Lass Dich nicht umhauen! Bleib standhaft!“ schrieb Yanick dazu. Wie passend! Nächstes Brummen. Tim. War mal wieder etwas verpeilt und schickte ihm eine Musikdatei: „An Tagen wie diesen wünscht man sich Unendlichkeit!“ – „Bloß nicht“, dachte Nick und grinste. Samstag gerne Unendlichkeit, aber heute nicht. Und weiter gings. Jessy meldete sich. Jakob schrieb. Carla schickte eine ihrer traumhaft schönen Nachrichten. Und so ging es weiter. Acht Minuten pausenloses Brummen auf seinem Klo. Dann kam die letzte Nachricht, wieder von Anna: „Keine Angst! Wir sind da!“
Nick starrte auf das Display. Für einen Moment war er überwältigt. Er spürte, wie eine Welle von Glück von ganz unten nach oben kam. Er las noch einmal Annas letzte Nachricht. Worte mischten sich in seinem Kopf: „Hab keine Angst – fürchte Dich nicht – siehe, ich verkündige Dir große Freude – wir sind da ...“ Er ging zurück auf die Übersicht der Chats. Schaute auf die Profilbilder seiner Freunde. Las ihre Namen. Sie waren alle da. Alle online. Für ihn. „Mein ganz persönlicher Engelchor“, ging es ihm plötzlich durch den Kopf. Er atmete tief durch. Öffnete die erste Nachricht und schrieb einfach „Danke!“ Das machte er bei allen anderen. Mehr war jetzt nicht drin. Später würde er sich ausführlicher bedanken für diesen himmlischen Gesang. Er stand auf, zog sich die Hose hoch. Wusch sich die Hände und das Gesicht. Blickte in den Spiegel. Sah sich grinsen. Und dachte ein paar typische, systematische Nick-Gedanken. Erstens: Engel existierten definitiv. Zweitens: sie nutzten WhatsApp. Drittens: Sie waren faszinierenderweise genau zum richtigen Zeitpunkt online. Viertens: Sie sangen nicht nur auf den Feldern von Bethlehem, sondern sogar bei ihm auf dem Klo. Und passte das nicht sogar ganz gut? War nicht sogar das Jesuskind gerade da zur Welt gekommen, wo buchstäblich die Kacke am Dampfen war – in einem Stall? Vielleicht sollte er doch mal wieder mit Herrn Krämer ein kleines Gespräch führen. Er trocknete sich ab und richtete sich auf. Er würde diesen Abend überstehen. Und die nächsten Tage auch. Vielleicht sogar ein bisschen mehr als das. Er öffnete die Tür, löschte das Licht und ging zurück auf seine ganz persönlichen nächtlichen Felder von Bethlehem.

Der Raufboldengel

Alex saß am Frühstückstisch und blätterte in der Zeitung. Es war Montag, drei Tage vor Heiligabend, sein erster Urlaubstag. Er nahm einen kräftigen Schluck Kaffee und las in aller Ruhe erst den Sportteil, dann die Stellenanzeigen. Die Arbeit in seiner Firma nervte ihn schon lange. Vielleicht war es Zeit, mal was anderes zu machen. Er überflog die Anzeigen und landete bei mehreren Security-Firmen. Das würde vielleicht passen. Die Statur für diesen Job hatte Alex: 1,92 groß, 110 Kilo, gestählt von vielen Jahren Krafttraining und Kampfsport. Und furchterregend aussehen konnte er auch, wenn er wollte – mit seinem kantigen Schädel und seinen raspelkurzen Haaren. Das Problem war nur: Die Securityfirmen suchten im Moment nur Leute zur Bewachung von Flüchtlingseinrichtungen. Und das kam für Alex nicht in Frage. Es war schon schlimm genug, dass die ganzen Syrer und Afghanen jetzt überall in der Stadt zu sehen waren. Dass sie auch noch auf Kosten des Steuerzahlers bewacht wurden, ärgerte ihn maßlos. Wer bewachte denn bitte schön die Deutschen, wenn sie durch schwierige Stadtviertel laufen mussten? Oder wenn osteuropäische Banden wieder mal auf Einbruchstour waren? Alex fragte sich, was die Bundeskanzlerin im Sommer geritten haben mochte, alle Türen aufzumachen und alle Asylanten einfach reinzulassen. Wer wusste schon, wie viel Gesocks unter diesen Leuten war? Viele waren doch gar nicht wirklich bedroht, sondern kamen nur, um Sozialleistungen abzugreifen oder Bomben zu legen. Paris hatte

das mal wieder gezeigt. Aber so was durfte man ja nicht mehr laut sagen in Deutschland. Dann gab es sofort einen Aufschrei und man wurde als „Rechtsextremer" oder sogar als „Nazi" beschimpft. Und die Presse spielte dieses Spiel brav mit. Wo erfuhr man in der Zeitung denn noch die Wahrheit? Die Medien schrieben doch nur, was die Regierung ihnen vorgab. Nur eine Handvoll Leute hatte in diesem Land den Mut dazu, die Wahrheit zu sagen. Lutz Bachmann war so einer. Der nahm kein Blatt vor den Mund bei seinen Pegida-Demos. Na gut, dass er mal mit Drogen gehandelt und im Rotlichtmilieu Auftragseinbrüche gemacht hatte, das war natürlich *nicht schön*. Aber hatte nicht jeder schwarze Flecken in seiner Geschichte? Wer wusste, wie viel Dreck die feinen Politiker alle am Stecken hatten, die ständig auf Bachmanns Vergangenheit herumritten.
Alex fragte sich, was passieren würde, wenn das christliche Abendland immer weiter von Moslems überschwemmt wurde. Moslems, die in der Regel jung und männlich waren. Was holte man sich da für Gefahren ins Haus. Man wusste doch schließlich, wie „der Araber" so tickte. Und wie sollte das überhaupt gehen mit der viel beschworenen Integration? Wo bitte schön sollten denn die ganzen Arbeitsplätze herkommen? Wenn doch schon viele Deutsche keine Arbeit hatten? Okay, auch Alex wusste, dass das Altenheim, in dem seine Mutter lebte, es immer schwerer hatte, qualifiziertes Personal zu finden. Aber mal ehrlich: die eigene Mutter in den Händen arabischer Pflegekräfte – wollte man das?
Aber es hatte keinen Zweck, sich nur über diese Dinge aufzuregen. Man musste was tun. Und Alex war ein Mann der Tat. Deshalb hatte er auch nicht lange gezögert, als sich in seinem Stadtteil eine Aktionsgruppe nach dem Vorbild von Pegida gegründet hatte. Jetzt demonstrierte er regelmäßig mit anderen Aufrechten lautstark in der Stadt. Mit Brandanschlägen oder gewalttätigen Überfällen hatten sie natürlich nichts zu tun. Aber die braven Bürger ein bisschen erschrecken wollten sie schon. Irgendwer musste ja den Mund aufmachen in dieser sogenannten Demokratie, die nach Alex´ Meinung schon länger keine mehr war.
Alex legte die Zeitung beiseite und ging auf den Balkon. Das Wetter war wunderbar. Die letzten Tage waren unnatürlich mild gewesen. Aber über Nacht waren die Temperaturen gefallen. Trotzdem würde es ein perfekter Tag fürs Motorradfahren werden. Alex liebte die Touren auf seiner Maschine. Und er verachtete die ganzen Weicheier, die im Oktober ihre Bikes in die Garage stellten, um dann am ersten warmen Wochenende heldenhaft die Motoren aufdröhnen zu lassen. Er fuhr das ganze Jahr hindurch, solange Wetter und Straße es zuließen. Er packte ein bisschen Proviant ein, stieg in seine Kluft und fuhr los. Nach zwei Stunden machte er Rast in einem Biker-Cafe. Um diese Jahreszeit war nicht viel los. Er traf trotzdem ein paar bekannte Gesichter, trank Kaffee, plauderte und fuhr anderthalb Stunden später weiter. Die Sonne ging bereits unter. Alex genoss das Fahren, ohne Zeitdruck, ohne Stress im Nacken. Er beschloss, noch nicht nach Hause zu fahren, sondern noch eine seiner Lieblingsrunden zu drehen.
Es war etwa halb acht, als er sich auf den Weg nach Hause machte. Er musste durch eine kleine Senke, die zwischen seinem Ortsteil und dem Stadtteil davor lag. Hier konnte die Temperatur schon mal ein paar Grad tiefer liegen als im Ort selbst. Aber darüber dachte Alex heute nicht nach. Er war noch so begeistert von der heutigen Tour, dass er im Tal noch einmal Gas gab und die Kurve schneller nahm als sonst.
Die kleine Fläche überfrierender Nässe sah er erst im letzten Moment. Er versuchte noch abzubremsen, aber es war zu spät. Das Hinterrad ging weg, er spürte, wie er die Kontrolle über die Maschine verlor. Mit einem Satz sprang er ab. Die Maschine schlitterte über den Gehweg den kleinen Abhang hinunter. Er selbst flog durch die Luft und landete unsanft in einem Erdloch, das durch die Regenfälle der letzten Tage zu einer ordentlichen Pfütze geworden war. Ein stechender Schmerz durchfuhr sein Bein

und seine Brust. Irgendwas war gebrochen, das war ihm sofort klar. Er nahm den Helm ab und tastete nach seinem Kopf. Gott sei Dank schien der in Ordnung zu sein. Aber jede Bewegung seiner Arme ließ seine Brust heftig schmerzen. Er versuchte, sich aus der Pfütze zu heben, aber es ging nicht. Mit den Schmerzen im Bein kam er kaum ein paar Zentimeter weit. Er fingerte mühsam sein Handy aus der Tasche. Kein Empfang – das durfte doch jetzt wohl nicht wahr sein. Verdammt noch mal, was sollte er jetzt machen? Die paar Autofahrer, die an dieser Stelle vorbeikamen, würden ihn bestimmt nicht bemerken. Zumal die Stadt aus Spargründen an dieser Stelle die Straßenbeleuchtung ausgeschaltet ließ. Kein Mensch würde ihn hier finden. Und er musste hier weg. Allmählich drang das eiskalte Wasser durch seine Kluft. Er spürte, wie er auskühlte. Mein Gott, was mache ich nur, dachte er. Was ist, wenn mich keiner hier findet?
Die nächste Stunde fühlte sich an wie eine Ewigkeit. Die Kälte hatte sich inzwischen in seinem ganzen Körper ausgebreitet. Seine Zähne klapperten. Da hörte er plötzlich ein Geräusch. Was war das? Waren das Stimmen? Kamen da Leute vorbei? Die Geräusche kamen näher. Alex nahm alle Kraft zusammen: „Hallo!" Jedes Wort erzeugte Schmerzen in seinem Brustkorb. „Ist da jemand? Bitte helfen Sie mir! Ich bin hier unten!" Keine Reaktion. Die Stimmen plauderten da oben munter weiter. Alex rief noch mal, so laut er konnte: „Hallo! Bitte helfen Sie mir! Ich brauche Hilfe!" Oben wurde es still. Hatte man ihn gehört? „Hallo?" klang es von oben. „Ja, hier bin ich!" rief Alex! „Hier unten! Ich bin verletzt." In diesem Moment schoss ihm ein Gedanke durch den Kopf: was, wenn das da oben jetzt eine Gruppe von Asylanten war? Die ihm Geld und Handy klauen und ihn dann liegen lassen würden? Aber dann hörte er eine beruhigende Stimme: „Warten Sie! Bleiben Sie, wo Sie sind! Ich komme zu Ihnen!" Die Stimme sprach perfektes Hochdeutsch. Gott sei Dank. Alex hörte, wie sich Schritte schnell näherten. Eine Gestalt kam näher. Schließlich konnte Alex die Gestalt erkennen: ein junger Mann mit schmalem Gesicht und langen Haaren, zu einem Pferdeschwanz zusammengebunden. Der junge Mann beugte sich vor und sah ihn besorgt an. „Was ist mit Ihnen?" fragte er. „Hab mir wahrscheinlich das Bein gebrochen", keuchte Alex. „Und die Rippen tun verdammt weh." Der junge Mann nahm seine Hand. „Mein Gott, Sie sind ja total kalt", sagte er und stand auf. „Ich sage eben meinen Freunden Bescheid. Die rufen den Krankenwagen. Und dann müssen wir Sie sofort da rausholen. Sie dürfen da nicht länger liegen." – „Aber, nein, so was müssen doch Experten machen!" keuchte Alex. „Wir haben Experten dabei," rief der junge Mann. „Zwei meiner Freunde waren beim Rettungsdienst." Der junge Mann spurtete den kleinen Abhang hoch und redete aufgeregt mit den anderen. Dann kam er mit einer Gruppe von Männern zurück. Stimmen sprachen aufgeregt durcheinander. Und diesmal klangen sie überhaupt nicht mehr Hochdeutsch. Nein, das musste Arabisch oder Persisch sein oder so was. Plötzlich war Alex umringt von Leuten, die keineswegs so deutsch aussahen wie der langhaarige junge Mann. „Ach, Du Scheiße", dachte er und spannte die Muskeln an, was sofort wieder einen kräftigen Schmerz in seiner Brust hervorrief. Einer der Männer beugte sich zu ihm und sagte ein paar Worte, die er nicht verstand. „Was hat er gesagt?" fragte Alex. „Er sagt, dass Sie keine Angst haben müssen. Dass alles gut wird," antwortete der junge Mann. Zwei der Männer redeten gerade gestikulierend auf ihre Freunde ein. Das schienen die beiden ehemaligen Sanitäter zu sein. Die anderen nickten. Dann gingen sie in die Knie. Und schoben vorsichtig ihre Arme unter Alex´ geschundenen Körper. Einer gab ein kurzes Kommando. Dann hoben sie Alex hoch. Instinktiv verkrampfte er sich. Jetzt hing er da bewegungsunfähig mitten in der Pampa auf den Armen von ungefähr acht Arabern – und, verdammt noch mal, es tat kaum weh. Die Jungs verstanden was von ihrem Fach, das musste man ihnen lassen. Alex entspannte sich. Es war beinahe angenehm, so getragen zu werden. Da hörte er einen der Männer auf Arabisch etwas sagen. Der junge

Mann übersetzte wieder: „Er sagt, sie dürfen sich nicht so hängen lassen. Sie müssen ein bisschen mitmachen.“ – „Oh, Tschuldigung“, murmelte Alex und spannte ein wenig die Muskeln an.
Mit vereinten Kräften schafften sie ihn den kleinen Abhang hoch. Auf dem Gehweg hatten einige Männer schon ihre Jacken ausgebreitet. Sie froren offensichtlich, nickten ihm aber aufmunternd zu. Der junge Mann hockte sich zu ihm. „Wie kommt es, dass Du so viele arabische Freunde hast?“ fragte Alex. Der junge Mann grinste. „Das liegt daran, dass ich *Syrer* bin.“ – „Aber Du sprichst perfekt Deutsch!“ staunte Alex. „Siebzehn Monate Sprachkurs beim Internationalen Bund. Sprachen sind einfach mein Ding,“ sagte der junge Mann. „Aber Du siehst überhaupt nicht aus wie ein Syrer,“ sagte Alex weiter. „Wie sehen Syrer denn aus?“ fragte der junge Mann. „Na, wie … die da“, sagte Alex und bereute es sofort. Der junge Mann lachte. „Wenn bei uns in Syrien wieder Frieden ist,“ sagte er, „dann lade ich Dich mal ein. Dann zeige ich Dir schwarzhaarige Syrer, braunhaarige Syrer, rothaarige Syrer – und sogar blonde. Meine kleine Nichte Beyda hat blonde Locken. Die sieht aus wie – wie nennt Ihr das – ein Raufboldengel.“ – „Das heißt Rauschgoldengel“, murmelte Alex. „Na ja, alle Worte kann ich halt doch noch nicht“, grinste der junge Mann. „Ich heiße übrigens Peres. Wie die Hauptstadt von Frankreich, nur mit zwei „e“.“ – „Ich bin Alex“, sagte Alex. Mehr konnte er nicht sagen, denn in diesem Moment kam der Rettungswagen. Die Rettungskräfte liefen zu ihm hin, packten ihn ein und brachten ihn ins Krankenhaus. Ihm fiel noch ein, dass es vielleicht nicht schlecht gewesen wäre, „Danke“ zu sagen.
Die nächsten Tage verbrachte Alex im Klinikum. Am Morgen des Heiligen Abends tauchte Peres überraschend auf - mit Blumen in der Hand. Alex hatte sich erst gefragt, von welchem Friedhof er die wohl geklaut hatte. Er schwieg kleinlaut, als Peres ihm erzählte, dass seine Freunde dafür zusammengelegt hatten. Peres zog sein Handy aus der Tasche. Öffnete die Galerie und zeigte ihm Fotos: die Notunterkunft in der Sporthalle. 120 Betten in einem riesigen Raum. Dann ein Bild von zwei Kindern: ein Mädchen mit blonden Engelslocken schaute ein wenig schüchtern in die Kamera, ein anderes mit langen schwarzen Haaren lachte und schnitt Grimassen. „Das sind Beyda und Trfa,“ sagte er. „Sie haben Dir ein Bild gemalt.“ Alex nahm das Bild und betrachtete es. Ein Haus war darauf zu sehen, eine Sonne und ein paar lachende Menschen. Alex hatte plötzlich ein merkwürdiges Gefühl im Bauch. „Nette Mädchen,“ sagte er. „Willst Du sie mal kennenlernen?“ fragte Peres. „Die beiden würden sich freuen. Leider kann ich Dich nicht einfach ins Camp mitnehmen. Die Security lässt keinen durch. Aber wir treffen uns jede Woche in der Gemeinde in der Nähe. Komm doch einfach mal vorbei.“ Alex nickte vorsichtig. Vielleicht würde er das machen. „Sag mal,“ fragte er, „sind eigentlich alle Syrer so wie Du?“ Peres stand auf und grinste. „Sind alle Deutschen so wie *Du*?“ fragte er zurück. Er winkte zum Abschied und ging.
Am Nachmittag ging Alex in den Klinikgottesdienst. Wenn man das christliche Abendland retten wollte, sollte man wohl wenigstens zu Weihnachten in die Kirche gehen. Als es in der Weihnachtsgeschichte hieß, dass Maria und Josef „keinen Raum in der Herberge“ hatten, musste er an Peres´ Fotos denken. Und bei der Geburt des Kindes hatte er die Gesichter von Beyda und Trfa vor Augen. Seine beiden muslimischen Christkinder. Obwohl – „muslimische Christkinder“, das war ja wohl ein ziemlicher Widerspruch. Oder vielleicht doch nicht? Er schüttelte verwirrt den Kopf und sang mit den anderen „O du fröhliche“.
Wochen später machte sich Alex auf Krücken auf den Weg ins Gemeindehaus. Konnte ja nicht schaden, mal zu schauen, was da so los war. Als er den Raum betrat, kamen sofort ein paar vertraute Gestalten auf ihn zu. Die er jetzt zum ersten Mal bei Tageslicht sah. Peres führte ihn herum. Etliche junge Männer standen am Billardtisch, am Kicker oder an der Tischtennisplatte. Ein paar Mädchen spielten mit einer Gruppe junger

Frauen Mau-Mau. Meine Güte, wann hatte er das zum letzten Mal gespielt? An einem anderen Tisch lachte eine junge Frau mit Kopftuch plötzlich laut auf. „Was ist denn da so lustig?“ fragte Alex. „Sie hat ihren Mann gerade zum vierten Mal beim Mensch-ärgere-dich-nicht rausgeworfen,“ sagte Peres. „Und?“ fragte Alex. „Können syrische Männer das ab?“ – „Nicht alle“, grinste Peres, „aber der schon. Und ich wette mit Dir: der rächt sich. Wirft sie gleich noch kurz vor dem Ziel raus.“ Peres führte Alex zu Beyda und Trfa. Die beiden malten Rätselbilder. Alex musste raten, was da zu sehen war. Die Zeit verging im Flug. Gegen acht stand er auf, verabschiedete sich und schwang sich auf seinen Krücken nach Hause.
Am nächsten Morgen saß Alex wieder beim Frühstück vor der Zeitung. Sportteil, Stellenanzeigen, Nachrichten. Sein Blick fiel auf eine der Schlagzeilen. Wieder hatte irgendwer in irgendeinem Ort eine Flüchtlingsunterkunft in Brand gesetzt. Alex dachte an seine Aktionsgruppe. Seit Wochen war er nicht mehr da gewesen. Die meisten in der Gruppe würden so etwas nicht tun. Aber bei ein, zwei Leuten war er sich nicht so sicher. Er stellte sie sich vor, wie sie auf die Sporthalle zugingen. Mit etwas Brennbarem im Gepäck. Und dann stellte er sich die Menschen in der Sporthalle vor: Peres, Beyda, Trfa und die anderen. Alex erstarrte. Mein Gott, das durfte ihnen nie, niemals passieren. Sie brauchten Schutz. Man rettete das christliche Abendland nicht, in dem man Muslime angriff. Sondern indem man ... Menschen menschlich behandelte. Jemand musste sie beschützen. Nein, nicht jemand. *Er* würde das tun. Sobald er wieder laufen konnte. Er trank einen großen Schluck Kaffee, griff zum Hörer und wählte die Nummer der Firma „Bergische Bewachung“.

Tu nichts – Weihnachten kommt von allein

Hannah betrachtete den Baum, der jetzt vor ihr stand. Es war inzwischen der zweiunddreißigste, den sie von allen Seiten genau inspizierte. Hannah hatte ihre genauen Vorstellungen, wie ein Baum für ihr Wohnzimmer auszusehen hatte: nicht zu klein und nicht zu groß durfte er sein, auf keinen Fall spirgelig, aber auch nicht zu dicht, die Äste schön gleichmäßig verteilt, ohne Lücken oder Ausreißer. Perfekt eben! Und wenn sie ihn dann noch mit ihrer ganz speziellen Christbaumdeko schmückte, dann würde er ein echter Hingucker sein. Ihr Mann Werner durfte den Baum gleich transportieren und zuhause schnurgerade und sicher aufstellen. Schmücken würde sie ihn selbst.
Weihnachten erforderte gründliche Vorbereitung, da durfte man nichts dem Zufall überlassen. In der Werbung hörte Hannah oft den Spruch: „Weihnachten wird unterm Baum entschieden.“ Da war natürlich einiges dran: der Baum selbst und die Auswahl und Verpackung der Geschenke darunter war wichtig. Deshalb nahm sich Hannah viel Zeit dafür und versuchte, alles individuell zu gestalten. Und trotzdem sagte der Werbespruch nicht die ganze Wahrheit. Weihnachten wurde nicht nur unter dem Baum, sondern natürlich auch in der Küche entschieden. Und im Wohnzimmer. Da vor allem. Alles war wichtig: die Auswahl des Essens, das auf den Tisch kam. Die Weihnachtsdeko in den Räumen, in denen man sich aufhielt. Und dann natürlich der Ablauf des Abends selbst. Der war in Hannahs und Werners Haus immer gleich. Ihre Familie kam, es gab einen Aperitif zur Begrüßung. Dann machte man sich auf zum Kindermusical in der nahegelegenen Kirche. Glaube hin oder her, das gehörte einfach dazu. Dann ging es weiter zuhause: ein Glas Sekt, Plaudern und Warmwerden im Wohnzimmer. Dann das Essen an einem liebevoll gedeckten Tisch. Dann die Bescherung. Mit Glöckchen und Weihnachtsliedern von CD. Und schließlich der informelle Teil: ein gemeinsames Spiel oder Quiz oder irgendwas anderes. So kannten und liebten sie es seit Jahren. Aber auch

diese Dinge machten sich nicht von selbst: Das genaue Timing war wichtig. Im richtigen Moment mussten die Gläser gefüllt oder zu Tisch gebeten werden. Die Lautstärke der CD war genauso wichtig wie der richtige Kommentar zum jeweiligen Geschenk. Hannah war Meisterin in alldem. Sie war die Moderatorin des Abends. Sie führte durch das Programm und fühlte quasi, was genau wann an der Reihe war. Der Erfolg gab ihr Recht: Ihre Kinder kamen samt Partnerinnen und Partnern nach wie vor selbstverständlich am Heiligen Abend zu Werner und ihr. Und wenn dann irgendwann der Satz fiel: „Bei Euch" oder besser noch: „Bei Dir ist es doch am Schönsten!", dann begann Hannah zu schweben. Dann war es wirklich Weihnachten geworden!
Auch an diesem Heiligen Abend begann alles so harmonisch und gut wie immer. Hannah hatte alles perfekt vorbereitet. Das Haus erstrahlte in weihnachtlichem Glanz. Die Düfte aus der Küche ließen einem schon jetzt das Wasser im Munde zusammenlaufen. Die Kinder kamen. Die Älteste, Friederike, und ihr Tom. Sebastian und seine Katharina. Paul und seine Sara. Und schließlich Nesthäkchen Luisa mit ihrem neuen Freund Max. Hannah war stolz auf ihre Kinder. Aus allen war was geworden. Und alle hatten wunderbare Partnerinnen und Partner gefunden. Bis auf Luisas neuen Freund. Diesen komischen Max. Den mochte Hannah so gar nicht. Max hatte oft so ein komisches Grinsen auf den Lippen. Er machte gerne kritische und ironische Bemerkungen zu allem möglichen, Familie, Politik, Kirche, was auch immer. Echt unangenehm. Schade, dass sich Luisa ausgerechnet in diesen Typen verliebt hatte. Schade, dass Mütter da nicht mehr Einfluss drauf hatten. Manche Dinge waren schlecht eingerichtet in dieser Welt.
Es versprach, wieder ein gelungener Abend zu werden. Der Aperitif ließ die Anspannung der letzten Tage schnell abfallen. Das Kindermusical in der Kirche war richtig schön. Der anschließende Sekt löste die Zungen, es wurde erzählt, gescherzt, gelacht. Hannah war hochzufrieden. Alles lief wunderbar. Genauso bei Vorspeise und Salatteller. Beides war köstlich und wurde wortreich gelobt. Beim Hauptgericht unterhielten sich alle über die Pläne des nächsten Jahres. Paul und Sara sprachen von beruflichen Veränderungen, die anstanden. Katharina erzählte von den Urlaubsplanungen. Und Tom und Friederike griffen das Thema auf, indem sie sagten: „Übrigens, wir überlegen, nächstes Jahr über Weihnachten mal in die Karibik zu fliegen. Einfach mal gucken, wie das so ist, in der Wärme Weihnachten zu feiern." Und mit Blick auf Hannah fügten sie hinzu: „Das ist doch okay für Euch, oder?"
Hannah erstarrte. Was hatte ihre Tochter da gerade gesagt: Weihnachten in der Karibik? Wieso um Himmels willen? Gefiel es ihnen nicht mehr bei ihr? Schmeckte das Essen nicht richtig? War der Abend nicht abwechslungsreich genug? Oder noch schlimmer: War sie, Hannah, ihrer Tochter vielleicht zu langweilig? Hannahs Magen krampfte sich zusammen. Sie zwang sich zu einem Lächeln und sagte: „Kein Problem, Schatz! Für uns ganz bestimmt nicht!"
Das Essen ging munter weiter. Und langsam entspannte sich Hannah wieder. Der Wein tat das Seine dazu. Schließlich war es Zeit für die Bescherung. Reihum wurden die Geschenke verteilt und ausgepackt, nach einem festen Ritual, das zu jedem Heiligen Abend gehörte. Hannah taute wieder auf, freute sich von Herzen, wenn sie das Leuchten auf den Gesichtern ihrer Kinder beim Auspacken ihrer Geschenke sah. Jedes „Ah" oder „Wow" oder „Oh wie schön" tat einfach nur gut. Irgendwann war die Reihe an ihr selbst. Alle gaben ihr strahlend ein Geschenk und drückten sie. Max war der letzte. Er überreichte ihr ein schmales, dünnes Päckchen. „Frohe Weihnachten, Schwiegermutter!" sagte er und grinste. Hannah musste sich zwingen, ihn nicht böse anzufunkeln. Schwiegermutter! Ha! Das hättest Du wohl gerne, Junge. Sie legte das Päckchen achtlos unter den Baum und betrachtete ihre Familie beim Auspacken. Alle, wirklich alle Gesichter begannen beim Auspacken ihrer Geschenke zu leuchten. Bis auf eins: Luisa

packte ihr Geschenk aus, ein leises, etwas müdes Lächeln ging über ihr Gesicht. Sie schaute ihre Mutter an und sagte: „Danke, Mama, das ist echt schön!“ Hannah schaute ihre Tochter besorgt an. „Echt schön“ hatte sie gesagt? Mehr nicht? „Gefällt es Dir nicht?“ fragte Hannah enttäuscht. „Doch, Mama, ich sag doch: echt schön!“ sagte Luisa. „Hätte ich Dir lieber was anderes schenken sollen?“ fragte Hannah. „Nein, wieso, es gefällt mir doch!“ antwortete Luisa schnell. „Aber ich seh Dir doch an, dass es Dir nicht gefällt!“ sagte Hannah. „Mama“, sagte Luisa und klang allmählich genervt. „Du kannst es mir ruhig sagen, wenn es nichts für Dich ist,“ sagte Hannah. „Hör auf, Mama“, sagte Luisa gereizt. „Doch ehrlich, ich merk das doch!“ beharrte Hannah. „Verdammt, Mama, jetzt hör endlich auf! Ich kann's nicht mehr hören! Ich bin heute einfach kaputt und nicht so gut drauf! Und deshalb bin ich halt nicht so begeistert, wie Du es gerne hättest! Tut mir echt Leid! Aber es ist nun mal nicht immer so, wie Du Dir das vorstellst! Immer muss alles nach Deinen Vorstellungen laufen! Ich kann's nicht mehr ab! Boah, Max, ich muss hier raus!“ Sie stampfte aus dem Zimmer, riss ihre Jacke vom Haken und ging. Max schaute Hannah an, zuckte die Achseln und ging hinterher. Diesmal grinste er nicht.
Hannah stand wie vom Donner gerührt da. Ihr war zum Heulen zumute. Die anderen schauten betreten in die Gegend. Der Abend war gelaufen. Man setzte sich zwar wieder zusammen und trank und redete, aber wirklich gute Stimmung kam nicht mehr auf. Nach einer Weile kamen Luisa und Max zurück. Luisa sagte: „Tut mir Leid, Mama, ich hab überreagiert. Mir geht's grad nicht so gut.“ Und Hannah sagte: „Ist schon okay.“ Aber nichts war okay. Alle gingen früh ins Bett, viel früher als sonst. Auch Werner ging früh. Und Hannah saß einsam und allein im Wohnzimmer. Sie sah sich um. So viel Mühe hat sie sich gegeben. Und es war ein katastrophaler Abend geworden. Der größte anzunehmende Unfall. Sie schüttelte den Kopf und goss sich das nächste Glas Wein ein. Sie fühlte sich hundsmiserabel. Es hatte keinen Zweck, schon ins Bett zu gehen, sie würde eh nicht einschlafen können. Immer wieder gingen ihr die letzten Stunden durch den Kopf. Was hatte sie falsch gemacht? Hatte sie Luisa zu sehr bedrängt? Aber sie wollte doch nur das Beste für ihre Kinder! Mein Gott, wie hatte das nur so schiefgehen können?
Sie starrte auf den Baum, den sie so liebevoll geschmückt hatte. Dann fiel ihr Blick auf das schmale unscheinbare Päckchen, das als einziges noch darunterlag. Max´ Geschenk. Sie griff danach. Wenn man eh nicht schlafen konnte, konnte man ja wenigstens mal reinschauen. Sie riss das Papier auf. Ein schmales, grünes Büchlein. Hatte sie sich schon gedacht. Zuerst sah sie die Rückseite. „Stephen Cottrell“, las sie, „Jahrgang 1958, Bischof der anglikanischen Kirche“. Was sollte das denn jetzt? Hatte der alte Lästerer Max ihr jetzt was Frommes geschenkt? Sie drehte das Büchlein um und las den Titel, der in roten Buchstaben gedruckt war: „Tu nichts! Weihnachten kommt von allein!“ Sie starrte auf die Buchstaben. Und merkte, wie ihr der Kamm schwoll. Was hatte ihr der bescheuerte Max denn da geschenkt? „Tu nichts – Weihnachten kommt von allein!“ So ein Blödsinn. Weihnachten kam natürlich nicht von allein! Nichts kam von allein! Für alles musste man etwas tun! Alles brauchte gute Vorbereitung und harte Arbeit. Wenn man wollte, dass Gäste sich wohl fühlten, dann musste man sich richtig reinhängen! Die Gäste kamen doch schließlich nicht von allein. Keiner kam einfach von allein, wenn man nicht ...
Hannah erstarrte plötzlich. Und spürte, wie sie einen Kloß im Hals bekam. Ein sehr altes Gefühl war plötzlich wieder da. Hatte sie genau das nicht immer schon empfunden, von klein auf? Ganz viel tun zu müssen, damit andere Menschen kamen? Überhaupt auf sie aufmerksam wurden? Sie wahrnahmen? Die kleine, unscheinbare Hannah? Hatte sie sich nicht immer anstrengen müssen, damals schon, damit Menschen sie überhaupt sahen? Immer ein paar Punkte mehr in den Arbeiten als andere, immer eine Note besser. Bei den Kindergeburtstagen und später auf ihren Geburtstagsparties: immer

mehr, mehr Attraktionen, mehr kleine Geschenke, mehr Überraschungen, alles mehr und lauter, damit überhaupt Leute kamen? Die allein um ihretwillen doch bestimmt niemals kommen würden? Hannah schluckte. Sie schaute sich um. Sah die schöne, geschmackvolle Deko am Baum, auf den Fensterbänken und Tischen, auf den Regalen. All das schrie plötzlich förmlich nach Aufmerksamkeit. All das schien zu sagen: „Bitte! Schaut mich doch an!"
Hannah kippte das nächste Glas Wein – und einen großen Grappa direkt dazu. Sie war den Tränen nahe. Wieder fiel ihr Blick auf den Titel des Büchleins: „Tu nichts – Weihnachten kommt von allein!" Sie meinte, Max´ Stimme zu hören, die ihr diese Worte sagten. Aber diesmal nicht ironisch, sondern besorgt und verständnisvoll. Hannah schluckte erneut. Sie blätterte in dem Büchlein, las ein paar Zeilen. Langsam tat der Alkohol seine Wirkung. Immer wieder fielen ihr die Augen zu. In ihrem Kopf drehten sich die Gesichter von Max und ihren Kindern und vermischten sich mit Szenen aus dem Krippenspiel und mit Worten aus dem grünen Büchlein. All das floss zusammen und floss in die Worte, die sich plötzlich in ihrem Kopf bildeten: „Tu nichts! – Weihnachten kommt von allein. Von ganz allein! Weihnachten. Da kommt einer – von ganz alleine! Zu Dir! Ja, genau: Zu Dir! Tu nichts! Ich komme von ganz allein. Und nicht, weil Du so viel tust und machst. Ich komme um Deinetwillen! Weil ich Dich sehen will! Weil Du mir am Herzen liegst. Weil Du mir so fehlst! Und Du musst nichts tun, gar nichts, nichts anderes, als mich – ankommen zu *lassen!"*
Hannah öffnete die Augen. Was war das gerade gewesen? Sie hatte definitiv zuviel getrunken. Was zum Henker hatte sie da gerade erlebt? Keine Ahnung. Sie spürte nur, dass da gerade etwas einen uralten wunden Punkt und eine tiefe Sehnsucht berührt hatte. Sie begann zu weinen. Und spürte, wie sich etwas öffnete in ihrer Seele. Lange saß sie da, ohne irgendetwas zu tun. Sie ließ dieses Gefühl einfach nur wirken, sonst nichts. Dann stand sie irgendwann ein wenig schwankend auf und machte sich auf den Weg in eine unruhige Nacht.

Als Hannah aufwachte, war es fast elf Uhr. Sie erschrak und sprang aus dem Bett. Verdammt! Sie musste doch Frühstück für alle machen. Sie sprang unter die Dusche, zog sich schnell an und lief nach unten. Alle saßen am Tisch – und der Tisch war gedeckt. Das gab es also auch: dass ein Tisch gedeckt war, ohne dass sie dazu beigetragen hatte. Alle wünschten ihr einen schönen guten Morgen. Hannah lächelte etwas müde und gab den Wunsch zurück. Sie setzte sich an den Tisch. Der war natürlich nicht so schön und festlich, wie sie das gemacht hätte, aber, verflixt noch mal, musste das denn überhaupt sein? War das denn wirklich so wichtig? War es nicht viel wichtiger, dass sie jetzt einfach alle hier waren? Und zusammen frühstückten? Die Stimmung war gedämpft, der letzte Abend wirkte noch nach, das spürte man, aber, ja, verflixt noch mal, war das denn so schlimm? War es denn unter Menschen nicht immer wieder so, dass man neu starten und in Stimmung kommen musste? Und das konnte man nicht erzwingen, das kam, wenn es kam, von alleine. Keiner konnte auf Knopfdruck wieder gut drauf sein, da half auch die beste Vorbereitung nichts. Es war nun mal, wie es war. Hannah war verwirrt, als sie das dachte. Das war eigentlich überhaupt nicht ihre Art. Aber irgendwie drängten sich ihr diese Gedanken auf heute morgen. „Tu nichts – Weihnachten kommt von allein! Auch zu Dir!" Ja, vielleicht, vielleicht war es so. Dieses verflixte kleine, wunderbare Buch! Sie lächelte und schüttelte den Kopf. Die anderen betrachteten sie erstaunt. Frühstückten weiter, fingen an zu plaudern, zu lachen. Es wurde ein schöner Morgen. Kein spektakulärer, einfach ein schöner. Und das war genug. Ja, das war völlig okay. Diesmal wirklich.
Am Nachmittag hieß es Abschied nehmen. Die Kinder und Schwiegerkinder fuhren zu den jeweiligen Schwiegereltern. Für Hannah immer ein schwerer Moment. Sie drückte

Kinder und Partner. Luisa noch einmal besonders fest. Dann war Max an der Reihe. Er grinste Hannah an und sagte: „Es war schön bei Euch!“ Hannah lächelte und sagte: „Du hast mir ein schönes und wertvolles Geschenk gemacht, Schwiegersohn! Weißt Du das? Ist Dir das klar?“ - „Och,“ sagte Max und grinste. „Gern geschehen. Und denk dran: Wir auch!“ – „Was wir auch?“ fragte Hannah. „Luisa und ich, wir kommen auch von allein. Weil wir gerne bei Dir sind. Du musst nichts machen. Du musst uns einfach nur lassen!“ Er blinzelte ihr zu, winkte und ging zum Wagen. Hannah schaute ihm und den Kindern nach. Sie atmete tief durch. Was war dieser Heilige Abend grandios in die Hose gegangen! Und wie kostbar war er gerade dadurch geworden. Mit leichterem Herzen sie ins Haus und beschloss, den Rest des Tages nichts zu tun, sondern es einfach - Weihnachten sein zu lassen.

Anna und der Weihnachtsengel

Anna trat aus der Kirchentür und blinzelte in den grauen Morgen. Gerade hatten sie den Weihnachtsschulgottesdienst hinter sich gebracht. Der Pfarrer hatte eine Geschichte von Engeln erzählt, die den Menschen auf der Erde zur Seite standen. Und anschließend hatten Schüler allen im Gottesdienst kleine Engel aus Papier verteilt mit der Aufschrift: *„Ich wünsche Dir zu Weihnachten einen Engel!“* Anna blieb stehen und betrachtete einen Moment lang den Papierengel in ihrer Hand. Sie verzog leicht den Mund, knüllte den Engel zusammen und stopfte ihn in eine hintere Tasche ihrer Jeans. Sie glaubte nicht an Engel, die einem irgendwie helfen konnten. Schon gar nicht zu Weihnachten.

Weihnachten war nämlich für Anna ein ziemlich schwieriges Fest. Einerseits freute sie sich darauf, wie 10 – jährige Mädchen das eben tun. Andererseits hatte sie gerade vor dem Heiligen Abend ziemlichen Bammel. Und das hing mit ihren Eltern zusammen. Annas Eltern waren zwar nicht geschieden wie die Eltern ihrer besten Freundin Jenny. Aber sie waren seit zwei Jahren praktisch immer kurz davor. Kaum ein Tag verging, ohne dass es wegen irgendetwas mächtigen Streit gab, und zwar die Sorte Streit, die sich stundenlang hinziehen kann, ohne irgendwas zu bringen. Oder es herrschte einfach Funkstille. Tagelang kein Wort. Im Streiten war die Mama große Klasse, während es der Papa in der Funkstille zu einer gewissen Meisterschaft gebracht hatte. Für Anna war beides schlimm. Entweder versuchte sie, in solchen Momenten zu schlichten, was aber meistens mit einem *„Misch Dich da bitte nicht ein!“* im Keim erstickt wurde. Oder aber sie begann, sich so danebenzubenehmen, dass die Eltern das Streiten vergaßen und stattdessen sie anschnauzten. Ein Schimpfkonzert der Eltern konnte Anna leichter ertragen als den ständigen Kampf Papa gegen Mama und umgekehrt.

Über’s Jahr war diese Situation schon schwer genug. Zu Weihnachten allerdings wurde sie unerträglich. Kurz vor Heiligabend erinnerten sich Annas Mama und Papa nämlich regelmäßig daran, dass man zu Weihnachten doch so etwas wie eine intakte Familie zu sein habe. Das führte dann dazu, dass sich für ein paar Tage alle mächtig um Harmonie bemühten. Die Eltern besorgten zusammen mit Anna den Weihnachtsbaum, gemeinsam schmückten sie das Weihnachtszimmer, besuchten den Krippenspielgottesdienst um vier und machten dann Würstchen mit Kartoffelsalat. Alles mit einem weihnachtlich blanken Lächeln um die Lippen. Dieses Lächeln bewirkte bei Anna immer einen dicken Kloß im Hals. Denn sie wusste, dass es nur bis etwa 20.15 Uhr halten würde – oder bis zum zweiten Glas Wein. Dann fiel meist irgendein falsches Wort und der alte Streit brach los, nur heftiger und schlimmer als sonst. Für Anna war das stets der Zeitpunkt, auf ihr Zimmer zu fliehen, das Christkind und den Weihnachtsmann zum Teufel zu wünschen und sich anschließend in den Schlaf zu heulen.

Leider war niemand da, mit dem Anna über diese Weihnachtskatastrophen hätte reden können. Die Omas und Opas von Anna waren alle sehr nett, aber auch sehr parteiisch. Die Eltern von der Mama meinten, der Papa sei an allem schuld. Die Eltern vom Papa sahen das genau umgekehrt. Da Anna fand, dass beides nicht so ganz stimmte, mochte sie das Thema bei den Großeltern nur ungern anschneiden. Annas Freundin Jenny war eine wunderbare Zuhörerin für Probleme aller Art. Wenn es aber um streitende Eltern ging, war sie sehr schnell nur noch bei sich selbst und ihren eigenen Problemen.

Der diesjährige Heilige Abend verlief genau so wie die anderen. Papa und Mama und Anna bemühten sich um ein harmonisches Familiendasein. Das hielt diesmal ungefähr bis zum zweiten Würstchen. Der Papa machte eine kritische Bemerkung über den Tannenbaum, woraufhin die Mama ihn daran erinnerte, dass er den Baum höchstselbst ausgesucht habe. „Was soll das denn jetzt schon wieder heißen?“ fragte der Papa. „Das soll nur heißen, dass Du ihn ausgesucht hast, meine Güte. Musst Du denn direkt wieder so einen miesen Ton anschlagen!“ gab die Mama zurück. „Ach, jetzt bin ich’s wieder gewesen!“ schnauzte der Papa. „Vielleicht hörst Du mal auf, unseren ganzen Heiligen Abend kaputtzumachen!“ Und so ging es weiter. Alles wie gehabt. Anna versuchte zu schlichten, aber es brachte nichts. Schließlich hielt sie sich nur noch die Ohren zu und rannte in ihr Zimmer. Sie schmiss sich auf’s Bett und zog sich die Decke über den Kopf. Dieses Weihnachtsfest war mal wieder gründlich in die Hose gegangen.

Irgendwann musste Anna eingenickt sein, denn das Klingeln des Telefons ließ sie aufschrecken. Das Telefon stand meist bei ihr im Zimmer zum Zweck stundenlangen Austauschs mit ihrer Freundin Jenny. Anna blieb noch eine Weile liegen und lauschte dem Klingeln. Wahrscheinlich die Omas und Opas. Sie rappelte sich seufzend hoch und griff zum Hörer: „Hier ist Anna, und wer immer Ihr seid: Wünscht mir ja keine frohen Weihnachten!“ sagte sie. Doch statt der erwarteten Oma- / Opa – Stimme hörte sie jemand völlig Fremdes sagen: „Ach Du meine Güte, da muss ich mich ja mächtig verwählt haben!“ Anna hatte die Stimme noch nie gehört. Sie tippte auf ältere Dame. „Tut mir leid, junge Frau“, sagte die Stimme, „dass ich Sie ausgerechnet am Heiligen Abend störe! Zu blöd auch!“ – „Ich bin keine junge Frau“, sagte Anna, „und Sie können ruhig Du zu mir sagen.“ – „Wie alt bist Du denn?“ fragte die Stimme am anderen Ende. „10“, sagte Anna. „Weia,“ sagte die Stimme, „da habe ich mich aber mächtig verschätzt. Aber immerhin habe ich Deinen Namen mitgekriegt: Also, Anna, tut mir leid, dass ich Dich gestört habe, gerade zu Weihnachten.“ – „Macht nichts“, sagte Anna, „ist sowieso egal.“ – „He“, sagte die Stimme, „das klingt aber gar nicht glücklich. Ist irgendwas nicht in Ordnung bei Dir?“ - `Was geht Dich das an?´, dachte Anna. „Es geht mich natürlich nichts an“, sagte die Stimme, „aber ich finde, ein zehnjähriges Mädchen sollte sich am Heiligen Abend anders anhören.“ - `Das finde ich auch´, dachte Anna und musste plötzlich schlucken. „Lass mich mal raten!“ sagte die Stimme. „Du hast Dir ein schönes friedliches Weihnachtsfest gewünscht, und stattdessen fliegen bei Euch die Fetzen, stimmt’s? Ach Quatsch, Du brauchst nichts zu sagen! Meine Neugier geht nur wieder mit mir durch.“ – „Es ist aber so“, sagte Anna leise, „Sie haben schon ganz recht.“

Einen Moment schwieg die Stimme am anderen Ende. Und als sie wieder zu sprechen anfing, klang sie ernst, wach und sehr warm. „Na, dann leg mal los!“ sagte sie. „Erzähl mal ein bisschen!“ Normalerweise hätte Anna in einem solchen Moment gesagt: „Ich Ihnen was erzählen? Ich kenne Sie doch überhaupt nicht.“ Aber das tat sie nicht. Sie legte los und erzählte. Ohne genau zu wissen, warum. Sie redete und redete. Und mit der Zeit wurde sie warm und erzählte alles, was sich in ihrem Kopf und in ihrem Herzen angesammelt hatte. Von dem schlimmen Streiten und dem noch schlimmeren Schweigen. Von ihrer Angst davor, ihre Eltern zu verlieren. Von ihrer Wut, die sie manchmal auf ihre Eltern hatte und auf den lieben Gott und den Weihnachtsmann und überhaupt auf alle. Von ihren erfolglosen Versuchen, Frieden zu schaffen. Anna erzählte und erzählte, und mit der Zeit löste sich der Kloß in ihrem Hals und machte den Weg frei für die Tränen. Nach einer Weile schluchzte sie nur noch in den Hörer. Schließlich griff sie nach einem Tempo, prustete kräftig hinein, und fragte schniefend und ein wenig ängstlich: „Sind sie noch da?“ – „Na klar“, sagte die Stimme. „Glaubst Du, ich geh auf Klo, während Du mir was erzählst?“ Anna musste durch die Tränen hindurch lächeln. Sie fühlte sich ein bisschen freier um den Hals. „Das klingt ganz schön verzwickt, was Du da erzählst“, sagte die Stimme. „Ist es auch“, sagte Anna. „Und das Schlimmste ist...“ Sie suchte nach Worten und fand keine. Nach einer Weile sagte die Stimme: „Du fragst Dich, ob Du nicht dran schuld bist, dass Deine Eltern es so schwer haben miteinander, stimmt's?“ – Der Kloß kam wieder. „Vielleicht ginge es ihnen besser, wenn ich nicht da wäre“, murmelte Anna. „Hm“, machte die Stimme im Hintergrund und schwieg einen Moment. „Jetzt pass mal auf, Anna! Was ich Dir jetzt sage, schreibst Du Dir dick hinter die Ohren. Oder am besten auf ein großes Blatt und hängst es Dir über's Bett. Ja? Pass auf: **Kinder, Kinder sind immer unschuldig!** Immer! Hast Du das verstanden?“ „Ja“, sagte Anna leise und atmete tief durch. „Was Deine Eltern da durchmachen, ist ganz schön verzwickt und bestimmt nicht leicht zu lösen. Aber Du bist nicht der Grund. Und Du kannst ihnen da auch wenig helfen. Das müssen sie selber hinkriegen. Aber bei einem bin ich ziemlich sicher: Ich wette, daß sie Dich alle beide liebhaben.“ Und leise drohend fügte sie hinzu: „Und wenn nicht, sind sie beide ziemliche Deppen.“ Anna musste lachen. „Ich wird's mir aufschreiben“, sagte sie. „Darf ich Sie was fragen?“ – „Na klar!“ sagte die Stimme. „Wie alt sind Sie eigentlich?“ fragte Anna. „Ich bin 82“, sagte die Stimme. „Was??“ sagte Anna erstaunt. „Aber wieso ...“ – „Wieso ich alte Schachtel Dich so gut verstehe, meinst Du?“ fragte die Stimme. „Das ist ganz einfach: Ich bin auch mal ein 10 – jähriges Mädchen gewesen. Und es war bei uns nicht viel anders als bei Dir, obwohl damals keiner von Trennung geredet hätte. Aber wir haben das zuhause alle gespürt. Und ich weiß noch sehr gut, wie sich das angefühlt hat. Gerade zu Weihnachten.“ – „Weihnachten ist doch nur was für richtige Familien“, sagte Anna. „Das glaube ich nicht“, sagte die Stimme. „Denk mal an die alte Geschichte von dem Kind in Bethlehem: Da gibt's keine richtige Familie. Da ist eine Frau, die ein uneheliches Kind kriegt, da ist ein Mann, der sich noch ein paar Tage vorher fast aus dem Staub gemacht hätte ...“ – „Ehrlich?“ fragte Anna. „Kannst Du nachlesen!“ sagte die Stimme. „Nein, nein, Weihnachten wird es für Leute wie Dich. So und jetzt hol was zu schreiben.“ – „Wieso?“ fragte Anna. „Ich geb Dir meine Telefonnummer“, sagte die Stimme, „und wenn Dir danach ist, rufst Du mich an.“ – „Darf ich echt?“ fragte Anna. „Wehe, wenn nicht!“ sagte die Stimme. Anna lachte und notierte die Nummer der alten Dame. Dann sagte sie: „Danke, dass Sie sich verwählt haben!“ – „Ich glaube nicht mehr, dass ich mich verwählt habe,“ sagte die Stimme. „Und jetzt Anna: Fröhliche Weihnachten! Gerade für Dich! Lass Dich nicht unterkriegen!“ – „Fröhliche Weihnachten!“ sagte Anna und legte auf.

Eine Weile lag sie einfach auf ihrem Bett und schaute an die Decke. In der Wohnung war es jetzt ruhig. Offenbar waren ihre Eltern ins Bett gegangen. Anna stand auf und ging Richtung Klo. Sie blickte auf den Zettel mit der Telefonnummer und steckte ihn in die hintere Tasche ihrer Jeans. Da fühlte sie plötzlich ein Stück Papier. Sie zog es aus der Tasche und strich es glatt: Es war der Papierengel aus dem Schulgottesdienst. Anna betrachtete ihn eine Weile. `Ich nehm alles zurück´, dachte sie und grinste den Engel an. Dann legte sie ihn und den Zettel mit der Nummer auf ihren Nachttisch und ging ins Bad.

Herberge und Stall

„Und sie gebar ihren ersten Sohn und wickelte ihn in Windeln und legte ihn in eine Krippe, denn sie hatten sonst keinen Raum in der Herberge." So haben wir es gerade gehört. Die alte, vertraute Szene: Jesus kommt nicht im geschützten Raum einer Herberge zur Welt, in einem ordentlichen, sauberen Zimmer, sondern in einem Kuh- und Ziegenstall. Und ich habe früher immer gedacht: Was sind das für hartherzige Leute, diese ganzen Gastwirte, dass sie der hochschwangeren Frau und ihrem Partner kein Zimmer geben. Vielleicht ist das ja auch teilweise so. Wahrscheinlich ist die Sache aber viel schlichter: Bethlehem ist einfach *proppenvoll.* Es ist Volkszählung. Ausnahmezustand. Die haben einfach kein Zimmer. Manchmal ist man einfach völlig dicht. Und dann geht nichts mehr.
Nur einer macht es anders. Der hat zwar das Haus genauso voll. Aber er bietet dem müden Paar seinen Stall an. Immerhin ein Dach überm Kopf - das ist ja schon mal was. Und ich frage mich: Warum sind da nicht schon andere drauf gekommen? Den Stall anzubieten? Vielleicht auch wieder aus einem ganz schlichten Grund: das macht man einfach nicht! Man schickt doch keine Leute über Nacht in den Stall. Um Himmels willen, den *Stall* anbieten, zum Unterkommen, zum Übernachten, das geht *gar* nicht. Dann lieber die Achseln zucken und weiter schicken, wenn das eigene Haus voll ist.
Und das kommt mir plötzlich sehr vertraut vor. Und ich frage mich: Wie wäre es, wenn Herberge und Stall ein *Bild* wären für mein persönliches Leben, für unser persönliches Leben – und für die Art, wie wir mit bestimmten Dingen umgehen? Spielen wir das mal durch.
Unser Leben: Da gibt's auf der einen Seite die Herberge. Obere Etage. Gepflegt. Die Zimmer schön eingerichtet. Das Ganze einladend präsentiert. So dass es Menschen anzieht, zu kommen, einzukehren, zu bleiben. In der Hoffnung, dass sie sich wohlfühlen und uns weiterempfehlen. Dafür steht die Herberge: Für den Teil von uns, den wir bewusst gestalten, der unser Aushängeschild ist – und über den wir uns gerne definieren. In dem wir gerne die Tür öffnen und hineinschauen und sagen: Das bin ich! Und auf die Pflege dieses Gebäudeteils verwenden viele von uns eine ganze Menge Energie. Die Herberge – das ist unser Stil, das ist unsere Handschrift, das sind unsere Stärken, unseren guten Eigenschaften, unsere Erfolge, das ist die Art, wie wir uns geben, das sind wir, wie wir uns selber gerne sehen und andere uns sehen sollen. Und wenn es ein gut gepflegtes Gebäude ist, dann kommen da ja auch gerne Leute hin. Und dann ist man schnell „besetzt", belegt, beansprucht. Und dann kann es leicht passieren, dass man vor lauter Beschäftigung und Business die Momente gar nicht richtig mitbekommt, in denen Gott leise bei einem anklopft.
So. Und dann gibt's da eben noch die untere Etage. Der Stall. Da leben die Tiere. Man könnte auch sagen: da ist das Leben, das wir nicht einfach so unter Kontrolle haben, unsere Vitalität, unsere Antriebe, unsere Aggression, alles noch unterhalb unsere

Bewusstseinsschwelle. Halt unten im Stall. In jeder Seele schlummert das. Meistens schön angebunden und in Schach gehalten. Aber manchmal machen sich die Viecher ja auch los und klettern die Treppe hoch in die Herberge. Dann gibt's einen Wutausbruch oder einen Anfall ungehemmter Lebendigkeit und das kann die Gäste da oben ganz schön irritieren. Der Stall ist kein schlechter Ort, er ist warm und behaglich, ein bisschen wie die Höhle, in der wir ja alle herangewachsen sind. Und zugleich ist er eben archaisches, tierisches Gelände. Und vor allem ist da - Mist. Natürlich: Es gibt Stallbesitzer, die halten ihren Stall tadellos in Ordnung. Und doch ist es der Ort, an dem der Mist immer wieder landet - unwillkürlich. Das liegt in der Natur der Sache. Und es gibt eben auch Ställe, die eher vernachlässigt sind. Und ich fürchte, viele von uns haben genau so einen Raum, einen vernachlässigten Stall in ihrer Seele. All das, was wir in den schön eingerichteten Zimmern oben bestimmt nicht haben wollen, landet da unten. Und da kann einiges zusammenkommen im Untergeschoss unserer Seele: alte Verletzungen, die nie wirklich geheilt sind. Alte Fehler, die wir irgendwann gemacht haben, und die auch nach langer Zeit noch vor sich hin gären, weil wir sie uns nie selbst verziehen haben – und andere vielleicht auch nicht. Die Seiten, die wir an uns selber gar nicht mögen, die uns buchstäblich an uns selber stinken, die werden gerne da unten reingedrückt. Familiengeschichten, die nicht so toll waren, wie wir uns das wünschen und wie wir es brauchen, die sammeln sich da unten – besonders gerne zur Weihnachtszeit. Da wird ja die obere Etage noch mal ganz besonders aufpoliert, damit auch alles schön und harmonisch ist zu Fest. Und wehe, dann fängt es plötzlich an Heiligabend an, von unten aus dem Stall zu riechen, und der alte Mist kommt nach oben. Das kommt er aber leider gerne – gerade da! Und noch manches andere ist da unten: Lebensziele, die man unfreiwillig aufgegeben hat, Zorn, den man sich nie erlaubt hat, wirklich zu spüren, Trauer, die nie empfunden und gelebt werden durfte, Liebe, die enttäuscht wurde und jetzt da unten zu Hass vergärt. Und vieles andere mehr. Kein Wunder, das wir da unten nur ungern jemanden reinlassen – und das nicht nur zur Weihnachtszeit!

Doch ein Wirt tut es offenbar. Der hat den Mut, diesen Stall aufzumachen und das Paar da reinzulassen. Und wahrscheinlich weiß er gar nicht, dass er Gott da hineingelassen hat. Und plötzlich geschieht etwas an diesem Ort: der Stall wird zwar nicht von einem Moment auf den nächsten ausgemistet – so einfach läuft das nicht, auch und gerade mit Gott nicht! Aber *erleuchtet* wird er! Neu beschienen mit einem klaren, freundlichen Licht, das alles sichtbar macht, was da ist und es zugleich in neuem Licht erscheinen lässt. Und plötzlich zieht in all den Muff ein neuer Duft hinein, Himmelsduft, der eine Ahnung davon mitbringt, wie es sein könnte, wie sich die Dinge heilsam verwandeln könnten, wenn wir Gott hineinließen an *diese* Orte. Und plötzlich fange ich an zu ahnen, dass das der Ort ist, an dem Jesu Geburt von Anfang an stattfinden sollte. Dass für seine Geburt nie die Herberge geplant war, sondern schon immer der Stall. Der erwachsene Jesus wird auf die Frage, warum er mit den Sündern isst, sagen: *„Nicht die Gesunden brauchen einen Arzt, sondern die Kranken!"* Diese Geschichte erzählt genau das schon auf ihre Weise: Nicht die Herberge braucht Erlösung, sondern der Stall. Nicht die Seite an uns, der wir ohnehin schon viel Aufmerksamkeit und Sorgfalt schenken, braucht Gottes heilende Nähe, sondern all das, was in den Schatten der unteren Etage geraten ist.

Was wäre, wenn wir Gott genau dahin einladen würden? Wenn wir ihm sagen würden: Komm in den Stall meiner Seele! Und lass da Dein heilendes Licht leuchten! Bring da einen neuen Duft hinein! Was, wenn wir das so offen und ehrlich sagten? Und diese Etage nicht länger verstecken würden, weder vor ihm noch vor uns selbst? Ich weiß, das kostet Überwindung. Aber es liegt eine große Verheißung darin. Die Verheißung dieser alten Geschichte: *„Siehe, ich verkündige Euch große Freude! Euch ist heute der Heiland* *geboren! Und Ihr werdet ihn finden in Windeln gewickelt und in einer Krippe liegen – mitten im Stall!"* Was könnte in Bewegung geraten, was könnte heilen, wenn wir Gott wirklich – nach *unten* ließen bei uns. Ja, wir würden mit manchem von da unten noch einmal deutlich und schmerzhaft konfrontiert werden. Aber manches wird ja schon erlöst, wenn wir damit einfach nur in *Kontakt* kommen! Und wir würden gerade darin die unglaublich heilsame Erfahrung machen, geliebt und bejaht zu sein von einem, der nicht nur auf unserer Schokoladenseite zu Hause sein will, sondern auf unserer Schattenseite. Um sie neu und heilsam zu erleuchten.

Und dann könnte uns auch der Mut zuwachsen, selber mal wieder nach unten zu gehen in Stall und hinzuschauen auf das, was da unten alles ist. Und einem vertrauten Menschen ein wenig davon zu erzählen. Wir wissen oft so wenig voneinander, so wenig davon, was sich unter der Oberfläche befindet. Warum haben wir so viel Angst davor? Ich weiß, es kostet Überwindung, sich diesem Stockwerk unseres Lebens zu stellen. Aber wie viel Leben könnten wir gewinnen, wenn wir in Kontakt mit der geballten Lebendigkeit da unten kämen! Und wie viel Kraft würden wir gewinnen, wenn wir sie nicht ständig dafür bräuchten, die Tür nach unten zuzuhalten! Und wie viel Mist verwandelt sich zu wertvollem Dünger, wenn er nicht länger da unten bleibt, sondern herausgebracht wird an die frische Luft! Und wenn *Gott* da unten zur Welt kommen will, was haben wir dann zu fürchten?

Lasst uns einen Schritt in diese Richtung gehen. Lasst uns Gott einladen und sagen: „Herr, oben ist bei mir leider alles dicht – gerade zu den Feiertagen. Aber komm doch nach unten. Komm genau da zur Welt und breite Dich da aus mit Deiner Liebe! Und lass es Weihnachten werden mitten im dunkelsten Bereich meines Lebens!"

Literaturverzeichnis

- Benecke, Lydia: Auf dünnem Eis. Die Psychologie des Bösen, Köln 2013
- Breit-Keßler, Susanne (Hg.): Zeig dich! Sieben Wochen ohne Kneifen, edition chrismon, Leipzig 2017
- Cloud, Henry / Townsend, John: Nein sagen ohne Schuldgefühle, Holzgeringen 15/2012
- Dawkins, Richard: Der Gotteswahn, Berlin 9/2007
- Elbert, Thomas / Schauer, Maggie / Weierstall, Roland: Der Krieger in uns, Spektrum der Wissenschaft, 11.10.2012
- Emmott, Stephen: Zehn Milliarden, Berlin 2013
- Evangelischer Kirchenkreis Solingen: Lust zu Gerechtigkeit, Solingen 2017
- Fliege, Jürgen: Kirchenbeben, Düsseldorf / München 1997 (außerdem zum Kreuz: Allgemeines Deutsches Sonntagsblatt 26/1999)
- Grün, Anselm: Dem Bösen begegnen, München 2013
- Hellinger, Bert: Die Mitte fühlt sich leicht an, München 9/2003
- Kermani, Navid: Ungläubiges Staunen, München 2015
- Mika, Bascha / Festerling, Arnd (Hg.): Was ist gerecht?, Frankfurt 2015
- Sölle, Dorothee: Es muss doch mehr als alles geben, Hamburg 1992
- Sonntagsblatt Thema: Zweifel, Ausgabe 2/2015, München 2015
- Stahl, Stefanie: Das Kind in dir muss Heimat finden, München 2015

MIX
Papier aus verantwortungsvollen Quellen
Paper from responsible sources
FSC® C105338

Printed by Books on Demand GmbH, Norderstedt / Germany